David Safier, 1966 geboren, zählt zu den bekanntesten und erfolgreichsten Autoren der deutschen Drehbuchszene. Er konzipierte zahlreiche Serien. Bekannt wurde er vor allem mit seinen Drehbüchern zu TV-Erfolgen wie «Nikola», «Mein Leben & Ich» sowie «Berlin, Berlin», für das er unter anderem mit dem Grimme-Preis und dem Emmy, dem amerikanischen Fernseh-Oscar, ausgezeichnet wurde. David Safier lebt und arbeitet in Bremen. Sein Debüt, «Mieses Karma», verkaufte sich bisher über eine Million Mal. «Jesus liebt mich» stand fast ein Jahr lang auf der Spiegel-Bestsellerliste.

David Safier

JESUS LIEBT MICH

Roman

Rowohlt Taschenbuch Verlag

7. Auflage November 2010

Veröffentlicht im Rowohlt Taschenbuch Verlag,
Reinbek bei Hamburg, November 2009
Copyright © 2008 by Rowohlt Verlag GmbH,
Reinbek bei Hamburg
Illustrationen Ulf K.
Umschlaggestaltung any.way, Barbara Hanke /
Cordula Schmidt (Illustration: Ulf K.)
Satz Haarlemmer PostScript (InDesign)
bei Pinkuin Satz und Datentechnik, Berlin
Druck und Bindung CPI – Clausen & Bosse, Leck
Printed in Germany
ISBN 978 3 499 24811 5

Das für dieses Buch verwendete FSC®-zertifizierte Papier
Lux Cream liefert Stora Enso, Finnland.

Für Marion, Ben und Daniel
… ich liebe euch

I

So hat Jesus doch nie im Leben ausgesehen, dachte ich, als ich mir ein Abendmahl-Gemälde im Pfarrbüro ansah. Der war doch ein arabischer Jude, wieso sieht er dann auf den meisten Bildern aus wie einer von den Bee Gees?

Weiter kam ich in meinen Gedanken nicht, denn Pastor Gabriel betrat das Büro, ein älterer Herr mit Bart, einschüchternden Augen und tiefen Sorgenfalten, die sicherlich jeder bekommt, der über dreißig Jahre Schäfchen hüten muss.

Ohne jegliche Begrüßung fragte er mich: «Liebst du ihn, Marie?»

«Ja … ähem … klar liebe ich Jesus … großartiger Mann …», antwortete ich.

«Ich meine den Mann, den du in meiner Kirche heiraten willst.»

«Oh …»

Pastor Gabriel stellte immer so indiskrete Fragen. Die meisten Leute in unserem kleinen Örtchen Malente führten das darauf zurück, dass er sich ernsthaft für die Menschen interessierte. Ich hingegen glaubte, dass er schlicht und ergreifend unglaublich neugierig war.

«Ja», erwiderte ich, «natürlich liebe ich ihn.»

Mein Sven war ja auch ein liebenswerter Mann. Ein sanfter Mann. Einer, bei dem ich mich geborgen fühlen konnte. Dem es auch kein bisschen was ausmachte, mit einer Frau zusammen zu sein, deren Body-Mass-Index Anlass für Klagegebete gab. Und vor allen Dingen: Bei Sven konnte ich mir sicher sein, dass er mich nicht mit einer Stewardess betrügt – so wie mein Ex Marc, von dem ich hoffte, dass er einmal in der Hölle schmoren würde. Betreut von äußerst kreativen Dämonen.

«Nimm Platz, Marie», forderte Gabriel mich auf und schob seinen Lesesessel an den Schreibtisch. Ich setzte mich hin und versackte im dunklen 70-Jahre-Leder, während Gabriel an seinem Tisch Platz nahm. Ich musste zu ihm aufsehen, und mir war sofort klar: Das ist eine von ihm durchaus beabsichtigte Blickachse.

«Du willst also in der Kirche heiraten?», fragte Gabriel.

Nein, im Hühnerstall, hätte ich am liebsten gereizt geantwortet, erwiderte aber in möglichst nettem Tonfall: «Ja, darüber wollte ich mit Ihnen sprechen.»

«Ich habe dazu nur eine Frage, Marie.»

«Und welche?»

«Warum willst du in der Kirche heiraten?»

Die ehrliche Antwort darauf wäre gewesen: Weil es nichts Unromantischeres gibt als eine Hochzeit auf dem Standesamt. Und ich schon als kleines Mädchen von einer kirchlichen Hochzeit in Weiß geträumt habe und es auch jetzt noch tue, obwohl ich vom Kopf her natürlich weiß, dass es nichts Kitschigeres gibt, aber wer interessiert sich bei einer Heirat schon für den Kopf?

Doch dies zuzugeben schien mir nicht gerade förderlich für mein Anliegen. Daher stammelte ich mit dem besten Lächeln, das ich nur zaubern konnte: «Ich … Es ist mir ein tiefes Bedürfnis in der Kirche … vor Gott …»

«Marie, ich sehe dich hier so gut wie nie in den Gottesdiensten», unterbrach mich Gabriel scharf.

«Ich … ich … muss beruflich viel tun.»

«Am siebten Tag sollst du ruhen.»

Ich ruhte am siebten Tag, und auch am sechsten Tag, und manchmal feierte ich sogar krank, um an einem der ersten fünf Tage zu ruhen, aber das war wohl nicht das, was Gabriel meinte.

«Du hast schon vor zwanzig Jahren in meinem Konfirmandenunterricht an Gott gezweifelt», mahnte Gabriel.

Der Mann hatte vielleicht ein Gedächtnis. Dass er das noch wusste! Damals war ich dreizehn und mit dem coolen Kevin zusammen. In seinen Armen fühlte ich mich wie im Himmel, und mit ihm hatte ich auch meinen ersten Zungenkuss. Aber leider wollte er mich nicht nur küssen, er wollte auch immer wieder unter meinen Pulli. Ich ließ das nicht zu, weil ich fand, dass das noch Zeit hatte. Eine Ansicht, die er nicht teilte. Deswegen fummelte er bei der Konfirmanden-Freizeit-Party unter dem Pulli einer anderen, direkt vor meinen Augen. Und die Welt, wie ich sie kannte, endete in diesem Augenblick.

Es konnte mich auch nicht trösten, dass Kevin die Brüste der anderen mit der gleichen Sensibilität behandelte, die Bäcker beim Herstellen von Brötchenteig an den Tag legen. Selbst meine zwei Jahre ältere Schwester Kata konnte mich nicht beruhigen, obwohl sie so schöne Dinge sagte wie: «Der hat dich gar nicht verdient», «Er ist ein blöder Sack» oder «Man sollte ihn standrechtlich erschießen».

So lief ich zu Gabriel und fragte ihn mit Tränen in den Augen: «Wie kann es einen Gott geben, wenn es in der Welt etwas so Fieses wie Liebeskummer gibt?»

«Erinnerst du dich auch, was ich dir darauf geantwortet habe?», fragte Gabriel.

«Gott lässt den Liebeskummer zu, weil er den Menschen einen freien Willen gegeben hat», erwiderte ich mit einem leicht leiernden Tonfall.

Ich erinnerte mich auch daran, dass ich damals fand, dass Gott Kevin ruhig den freien Willen wieder hätte nehmen können.

«Ich habe ebenfalls einen freien Willen», erklärte Gabriel. «Ich bin kurz vor der Pensionierung und muss nicht mehr jeden trauen, von dessen Gottesfürchtigkeit ich nicht überzeugt bin. Warte auf meinen Nachfolger. Der kommt in sechs Monaten!»

«Wir wollen aber jetzt heiraten!»

«Und das ist mein Problem, weil …?», fragte er provozierend.

Ich schwieg und fragte mich: Darf man Pastoren eigentlich hauen?

«Ich mag es nicht, wenn man meine Kirche als Eventstätte nutzt», erklärte Gabriel und sah mich durchdringend an. Ich war kurz davor, mich schuldig zu fühlen – meine Wut wich einem diffusen schlechten Gewissen.

«Du weißt, dass es noch eine evangelische Kirche im Ort gibt», sagte Gabriel.

«Aber … in der will ich nicht heiraten.»

«Und warum nicht?»

«Weil … weil …», ich wusste nicht, ob ich es wirklich sagen sollte. Aber eigentlich war es ja auch egal, Pastor Gabriel hatte offensichtlich eh keine gute meine Meinung von mir. Also sagte ich etwas kleinlaut: «Weil in der Kirche meine Eltern geheiratet haben.»

Verblüffenderweise wurde Gabriel nun sanfter: «Du bist Mitte dreißig, da müsstest du doch über die Trennung deiner Eltern langsam mal hinweg sein?»

«Klar … klar, bin ich das, wäre ja auch albern, wenn nicht», antwortete ich. Schließlich hatte ich ja ein paar Stunden Therapie hinter mir, bis die mir zu teuer wurde. (Eigentlich sollten alle Eltern darauf verpflichtet werden, für ihre Kinder gleich bei der Geburt ein Sparkonto einzurichten, damit die später davon ihren Psychologen zahlen konnten.)

«Aber du hast dennoch Angst, dass es Unglück bringt, dich in der Kirche trauen zu lassen, in der deine Eltern heirateten?», hakte Gabriel nach.

Nach kurzem Zögern nickte ich: «Ich bin halt abergläubisch.»

Er sah mich an, mit einem überraschend verständnisvollen Blick. Anscheinend setzte gerade seine christliche Nächstenliebe ein.

«Einverstanden», erklärte er. «Ihr könnt hier heiraten.»

Ich konnte es kaum fassen: «Sie ... Sie sind ein Engel, Pastor!»

«Ich weiß», antwortete er und lächelte dabei merkwürdig melancholisch.

Als Gabriel merkte, dass mir dies auffiel, bedeutete er mir hinauszugehen. «Schnell, bevor ich es mir anders überlege.»

Ich sprang erleichtert auf und eilte Richtung Tür. Dabei fiel mein Blick auf ein weiteres Gemälde, diesmal eines von der Wiederauferstehung Jesu. Und ich dachte bei mir: Der sieht wirklich so aus, als ob er gleich *Stayin' Alive* singen würde.

2

«Ich hab dir doch gesagt, Pastor Gabriel ist ein ganz netter Mann», sagte Sven, während er mir auf dem Sofa in unserer süßen kleinen Dachgeschosswohnung die Füße massierte. Das machte er – im Gegensatz zu allen anderen Männern – supergerne, was ich auf einen seltenen Gendefekt zurückführte. Meine Exfreunde hatten mich meistens nicht länger als zehn Minuten massiert und erwarteten für diese großartige Leistung anschließend Sex. Besonders Stewardessliebhaber Marc, von dem ich hoffte, dass er später in der Hölle von äußerst kreativen Dämonen betreut würde, die in der altehrwürdigen Kunst der Kastration ausgebildet waren.

Bevor ich mit Mitte dreißig Sven kennenlernte, war ich Single und mein Sexleben inexistent. Jedes Mal, wenn ich Frauen mit Kindern sah, merkte ich, wie meine biologische Uhr ticktack machte. Und jedes Mal, wenn diese völlig übermüdeten Mütter mich mitleidig anlächelten und mir erzählten, dass man nur mit Kindern eine glückliche, erfüllte, in sich ruhende Frau sein konnte, traf das mein äußerst fragiles Selbstbewusstsein. In diesen Augenblicken konnte ich mich nur mit einem Liedchen beruhigen, das ich extra für solche Situationen gedichtet hatte: «Ich hab keine Schwangerschaftsstreifen, dudei, dudei! Ich hab keine Schwangerschaftsstreifen, dudei, dudei, hey!»

Ich versuchte mich schon mit der Tatsache abzufinden, als eine dieser alten Frauen zu enden, die sieben Monate nach ihrem Tod zufällig von Entrümpelungsunternehmern verwest in ihrer Zweizimmerwohnung gefunden werden, da traf ich Sven.

Ich hatte zuvor in einem Malenter Café im Vorbeigehen gegenüber einer extrem nervigen frischgebackenen Mutter meinen Schwangerschaftsstreifen-Song etwas zu laut gesungen. Die glückliche, erfüllte Mutter zeigte mir daraufhin, wie sehr sie in sich ruhte: Sie schüttete mir ihren Kaffee ins Gesicht. Ich stolperte, fiel und schlug gegen eine Tischkante. Ich hatte eine Platzwunde an der Stirn, fuhr sofort mit dem nächsten Taxi ins Krankenhaus und wurde von Sven in Empfang genommen. Er arbeitete dort als Pfleger und war keine überragende Schönheit – von daher passten wir sehr gut zueinander. Als ich beim Nähen der Wunde weinte, gab er mir ein Taschentuch. Als ich wegen der Flecken auf meiner schönen Bluse jammerte, tröstete er mich. Und als ich ihm für alles dankte, lud er mich zur Pizza ein. Fünfzehn Pizzen später zog ich zu ihm und war heilfroh, meine Zweizimmerwohnung nie wieder sehen zu müssen.

Weitere vierundachtzig Abendessen später machte Sven mir einen formvollendeten Heiratsantrag: auf den Knien, mit einem wunderschönen Ring, der ihn mindestens ein Monatsgehalt gekostet hatte. Dabei ließ er die Kinderfußballmannschaft, die er in seiner Freizeit betreute, ein riesiges Herz aus Rosen legen und *Dein ist mein ganzes Herz* singen.

Er fragte mich: «Willst du meine Frau werden?»

Für einen Augenblick dachte ich mir: «Wenn ich jetzt nein sage, dann sind die Kinder für den Rest des Lebens verstört.»

Dann antwortete ich tief gerührt: «Klar will ich das!»

Sven rieb meine Füße gerade mit Extra Sensitive Massageöl ein, das künstlich nach Rosen duftete, da fiel mein Blick auf den «Malenter Kurier». Er hatte eine Immobilienanzeige angekringelt.

«Du … hast da was angekreuzt?»

«Da gibt's ein Neubaugebiet, wo wir uns die Grundstückspreise leisten könnten.»

«Und … warum sollten wir uns das angucken?», fragte ich alarmiert.

«Na ja, etwas Größeres wäre nicht schlecht … wenn wir mal Kinder haben wollen.»

Kinder? Hatte er da eben «Kinder» gesagt? In meinen

Single-Zeiten hatte ich zwar neidisch auf Mütter gestarrt, aber seitdem ich mit Sven zusammen war, fand ich, dass ich noch ein bisschen Zeit hatte, bis ich als Augenringe-Zombie anderen erzählte, wie erfüllt ich bin.

«Ich … finde, wir sollten unser Leben als Paar noch ein bisschen genießen», gab ich zu bedenken.

«Ich bin neununddreißig und du vierunddreißig. Mit jedem Jahr, das wir warten, wird die Chance größer, dass wir ein behindertes Kind bekommen», erklärte Sven.

«Du hast eine nette Art, eine Frau vom Kinderkriegen zu überzeugen», erwiderte ich und versuchte dabei zu lächeln.

«Entschuldige.» Sven entschuldigte sich immer sehr schnell.

«Schon gut.»

«Aber … du willst doch auch welche?», fragte er.

Ich wusste nicht, was ich antworten sollte. Wollte ich wirklich welche? Meine Sprechpause näherte sich bedrohlich einer Schweigeminute, als der zunehmend verunsicherte Sven nachfragte: «Nicht wahr, Marie?»

Da ich diesen lieben Mann einfach nicht leiden sehen konnte, scherzte ich: «Klar, fünfzehn Stück.»

«Fußballmannschaft plus Auswechselspieler», lächelte er glücklich. Dann küsste er meinen Nacken. Damit begann er traditionell das Vorspiel. Aber er brauchte ausnahmsweise mal sehr lange, um mich in Wallung zu bringen.

3

«Kläranlage wird dreißig Jahre alt» tippte ich als Überschrift meines neuen Seite-eins-Artikels, ohne jeglichen Anflug von Elan. Als ich die Journalistenschule verließ, hatte ich noch auf eine Stelle bei einem Magazin wie dem «Spiegel» gehofft, aber dazu hätte ich wohl einen besseren Abschluss als 2,7 haben müssen. So landete ich zuerst in München bei der «Anna», dem Magazin für die moderne Frau, deren Aufmerksamkeitsspanne für höchstens eine halbe Seite langt. Es war kein Traumjob, aber an guten Tagen fühlte ich mich fast wie Carrie aus «Sex and the City». Um so zu sein wie sie, fehlten mir eigentlich nur ein fünfstelliges Budget für Markenklamotten und eine Fettabsaugung.

Vielleicht wäre ich ewig bei der «Anna» geblieben. Aber leider wurde dort Marc Chefredakteur. Leider war er supercharmant. Leider wurden wir ein Paar. Leider betrog er mich mit der schlanken Stewardess, und leider reagierte ich darauf nicht ganz so souverän, wie ich es hätte tun sollen: Ich versuchte ihn mit dem Auto zu überfahren.

Na ja, nicht wirklich ernsthaft.

Aber er musste schon ein bisschen aus dem Weg springen.

Nach dieser Aktion kündigte ich bei der «Anna» und fand mit meinem suboptimalen Lebenslauf auf dem ausgetrockneten Journalistenmarkt keine andere Stelle als ausgerechnet beim «Malenter Kurier», und die auch nur, weil mein Vater den Verleger kannte. Mit einunddreißig Jahren in meinen Heimatort zurückzukehren war für mich so, wie mit einem Schild herumzulaufen, auf dem stand: «Hallo, ich habe in meinem Leben aber so was von komplett versagt.»

Der Vorteil, in so einer verstaubten Redaktion zu arbeiten, lag lediglich darin, dass ich genug Zeit hatte, mir über die Sitzordnung der Hochzeitsfeier Gedanken zu machen, was bekanntlich eine Wissenschaft für sich ist. Besonders beschäftigte mich die Frage, wie ich meine geschiedenen Eltern positionieren sollte. Während ich mir darüber den Kopf zerbrach, betrat Papa die Redaktion und machte die Sache mit der Sitzordnung noch komplizierter. Migräne verursachend kompliziert.

«Ich muss dir dringend etwas erzählen», begrüßte er mich. Ich war verwundert, lag doch ein Strahlen in seinem sonst so blassen Gesicht. Er hatte reichlich Eau de Cologne aufgetragen, und seine wenigen verbliebenen Haare waren ausnahmsweise gekämmt.

«Du, Papa, kann das noch ein bisschen warten?», fragte ich. «Ich habe keine Zeit, ich muss einen Artikel schreiben über alles, was ich noch nie über die Beseitigung von Exkrementen wissen wollte.»

«Ich habe eine Freundin», platzte es aus ihm heraus.

«Du … du … Das ist ja wunderbar», stammelte ich und vergaß die Exkremente.

Papa hatte eine Freundin? Das war eindeutig eine Überraschung. Ich malte mir aus, wer diese Frau wohl sein mochte: eine ältere Dame aus dem Kirchenchor vielleicht? Oder eine Patientin aus seiner Urologenpraxis (obwohl ich mir die erste Begegnung lieber nicht so genau vorstellen mochte).

«Sie heißt Swetlana», strahlte Papa.

«Swetlana?», wiederholte ich und versuchte sämtliche Vorurteile gegenüber slawisch klingenden Frauennamen aus meinen Gedanken zu verdrängen. «Klingt … nett …»

«Sie ist nicht nur nett. Sie ist großartig», strahlte er noch mehr.

Mein Gott, er war verliebt! Das erste Mal seit über zwanzig Jahren. Und obwohl ich mir das immer für ihn gewünscht hatte, war ich mir gerade nicht ganz sicher, wie ich das finden sollte.

«Du wirst dich bestimmt gut mit Swetlana verstehen», sagte Papa.

«Ah ja?»

«Ihr habt ein Alter.»

«Was?!?»

«Jedenfalls fast.»

«Was heißt das? Ist sie vierzig?», fragte ich.

«Nein, sie ist fünfundzwanzig.»

«Wie alt?»

«Fünfundzwanzig.»

«WIE ALT?»

«Fünfundzwanzig.»

«WIEEEE ALT???»

«Warum fragst du das immer wieder?»

Weil sich mein Hirn bei der Vorstellung, dass mein Vater eine fünfundzwanzigjährige Freundin hatte, der Kernschmelze näherte.

«Wo, wo, woher kommt sie denn genau?», fragte ich, um Contenance bemüht.

«Aus Minsk.»

«Russland?»

«Weißrussland», korrigierte er mich.

Ich schaute mich irritiert um und hoffte, irgendwo eine versteckte Kamera zu erspähen.

«Ich weiß, was du jetzt denkst», sagte Papa.

«Dass hier bestimmt eine versteckte Kamera ist?»

«Gut, ich weiß doch nicht, was du denkst.»

«Was hast du denn gedacht, was ich dachte?», fragte ich.

«Dass Swetlana auf mein Geld aus ist, nur weil ich sie über eine Partnervermittlung im Internet kennengelernt habe …»

«Du hast sie wo kennengelernt?», unterbrach ich ihn.

«Bei www.amore-osteuropa.com.»

«Oh, www.amore-osteuropa.com – das klingt ja total seriös!»

«Du bist ironisch, oder?»

«Und du naiv», erwiderte ich.

«Auf www.Partnervermittlungs-Test.de hat die Agentur die besten Ratings», hielt er dagegen.

«Na, wenn www.Partnervermittlungs-Test.de das sagt, dann ist Swetlana sicherlich eine hochanständige Frau, die weder Interesse an deinem Geld noch der deutschen Staatsbürgerschaft hat», ätzte ich.

«Du kennst Swetlana doch gar nicht!» Papa war nun sehr beleidigt.

«Aber du?»

«Ich war letzten Monat in Minsk …»

«Halt, halt, halt – alle Maschinen stopp!» Ich sprang von meinem Stuhl auf und baute mich vor ihm auf. «Du hast mir doch erzählt, du besuchst mit dem Kirchenchor Jerusalem. Du hattest dich doch so auf die Grabeskirche gefreut.»

«Ich habe gelogen.»

«Du hast deine eigene Tochter angelogen?» Ich konnte es nicht fassen.

«Weil du mich sonst aufgehalten hättest.»

«Und zwar mit Waffengewalt!»

Papa atmete durch: «Swetlana ist ein extrem reizendes Wesen.»

«Ja, das glaub ich. Sie reizt mich ja jetzt schon», erwiderte ich.

«Aber …»

«Nichts aber! Sich auf so eine Frau einzulassen ist verrückt!»

Papa antwortete mit einer Mischung aus Trotz und Trauer: «Du gönnst mir mein Glück nicht.»

Das traf mich. Natürlich gönnte ich ihm jedes Glück. Seit meinem zwölften Lebensjahr, seit dem Tag, als Mama ihn verlassen hatte, wollte ich Papa wieder glücklich sehen.

Als er damals, weiß wie eine Wand, vor mir stand und mir erklärte, dass Mama ausgezogen sei, konnte ich es nicht glauben. Ich fragte ihn, ob es denn gar keine Chance gebe, dass sie wieder zu uns zurückkehrt.

Er schwieg. Lange. Schließlich schüttelte er nur stumm den Kopf. Dann begann er zu weinen. Ich brauchte eine Weile, bis ich es überhaupt realisierte: Mein Papa weinte. Als er gar nicht mehr aufhören konnte, nahm ich ihn in die Arme. Und er weinte an meiner Schulter.

Keine Zwölfjährige sollte ihren Papa so weinen sehen.

Ich dachte nur: «Lieber Gott, bitte mach, dass alles wieder gut wird. Dass Mama wieder zu ihm zurückkommt.» Aber mein Gebet wurde nicht erhört. Vielleicht musste Gott ja gerade Leute in Bangladesch vor einer Flutkatastrophe retten.

Jetzt war Papa endlich wieder glücklich, nach all den Jahren. Aber anstatt mich für ihn zu freuen, hatte ich nur Angst, ihn nochmal weinen zu sehen. Diese Swetlana würde ihm mit Sicherheit das Herz brechen.

Entschlossen sagte er zu mir: «Und damit du es weißt, ich bringe Swetlana mit zur Hochzeit.»

Dann ging er hinaus und knallte dabei die Tür zu, ein bisschen zu theatralisch, wie ich fand. Ich starrte noch etwas auf die Tür, schließlich fiel mein Blick wieder auf die Sitzordnung. Und die Migräne setzte ein.

4

Egal, was Pastor Gabriel von mir dachte, ich betete öfter mal zu Gott. Ich glaubte zwar nicht hundertprozentig an einen allmächtigen Herrn im Himmel, hoffte aber sehr, dass es ihn gab. So betete ich, wenn ein Billigflieger, in dem ich saß, startete und landete. Oder vor der Ziehung der Lottozahlen. Oder wenn ich wollte, dass der ständig laut singende Operntenor in der Wohnung unter uns seine Stimme verliert.

Vor allen Dingen aber betete ich, dass diese Swetlana meinem Papa nicht das Herz brach.

Meine ältere Schwester Kata, die mit ihren blonden, wilden Haaren aussah wie eine widerborstige Version von Meg Ryan, fand meine Gebete albern, und das sagte sie mir auch. Sie war eine Woche vor der Hochzeit nach Malente angereist, und wir joggten gerade gemeinsam um den Malenter See.

«Marie», lächelte Kata, «wenn es einen Gott gibt, warum gibt es dann so Dinge wie Nazis, Kriege oder Modern Talking?»

«Weil er den Menschen den freien Willen gegeben hat», antwortete ich, Gabriel zitierend.

«Und warum gibt er den Menschen einen freien Willen, mit dem sie sich gegenseitig quälen?»

Ich überlegte eine Weile, dann antwortete ich geschlagen: «Touchez.»

Kata war schon immer die Abgeklärtere von uns beiden. Mit siebzehn schmiss sie die Schule, ging nach Berlin, hatte dort ihr Coming-out als Lesbe und startete eine Karriere als Zeichnerin eines täglichen Comicstrips einer überregionalen Zeitung. Mit dem Titel «Sisters». Über zwei Schwestern. Über uns.

Kata hatte von uns beiden auch die viel bessere Kondition. Sie schnaufte kein bisschen, während ich schon nach achthundert Metern den schönen Malenter See nicht mehr halb so schön fand.

«Sollen wir aufhören zu laufen?», fragte sie.

«Ich muss … bis zur Hochzeit noch zwei Kilo abnehmen», keuchte ich.

«Dann wiegst du immer noch 69», grinste Kata.

«Kein Mensch mag schlanke Klugscheißer», konterte ich hechelnd.

«Es ist doch schön, wenn Papa nach zwanzig Jahren Abstinenz mal Sex hat», brachte Kata das Thema auf www.amore-osteuropa.com.

Papa hatte Sex?

Das war ein Bild, das ich nie vor Augen haben wollte! Das sich aber gerade zu meinem Entsetzen in meine Hirnrinde einfräste.

«Er ist dabei bestimmt glücklich und …»

Weiter kam Kata nicht, ich hielt mir die Hände an die Ohren und sang laut: «Lalala, ich will das gar nicht hören. Lalalala, das interessiert mich nicht.»

Kata hörte auf zu reden. Ich nahm die Hände wieder von den Ohren.

«Obwohl Männer», hob Kata lächelnd wieder an, «die wie Papa so lange ohne feste Bindung waren, zwischendrin sicher mal zu Prostituierten gehen …»

Ich nahm erneut die Hände an die Ohren und sang so laut ich konnte: «Lalalala, wenn du noch weiterredest, hau ich dich …»

Kata schmunzelte: «Ich bin immer wieder beeindruckt, wie erwachsen du doch bist.»

Ich war viel zu sehr außer Atem, um etwas zu erwidern,

und ließ mich erschöpft auf die nächste Parkbank fallen, die im Schatten eines Kastanienbaums stand.

«Und ich bin immer wieder beeindruckt, wie gut deine Kondition ist», ergänzte Kata.

Ich warf ihr eine Kastanie an den Kopf.

Kata grinste nur. Sie war auch nicht ein Zehntel so schmerzempfindlich wie ich. Während ich schon jammerte, wenn ich einen eingerissenen Zehennagel hatte, jammerte sie nicht mal, als sie vor fast fünf Jahren einen Tumor im Kopf hatte. Oder – wie sie es formulierte – «die Gelegenheit herauszufinden, wer meine wahren Freunde sind».

Als sie so krank war, nahm ich jedes Wochenende den Flieger nach Berlin und besuchte sie in der Klinik. Es war hart zu sehen, wie sehr meine Schwester litt, wie sie vor lauter Schmerzen nicht mal mehr richtig schlafen konnte. Tabletten linderten ihr Leiden kaum. Infusionen auch nicht. Und die Chemotherapien taten ihr Übriges: Aus meiner kraftvollen Schwester wurde ein abgemagertes kahlköpfiges Wesen, das seine Glatze mit einem frechen Totenkopf-Tuch verhüllte. Damit sah sie aus, als ob sie jeden Moment auf Captain Sparrows Piratenschiff *Black Pearl* anheuern würde. Nach sechs Wochen wunderte ich mich, dass Katas damalige Freundin Lisa nicht mehr zu Besuch kam.

Kata erklärte nur: «Wir haben uns getrennt.»

«Wieso das denn?», fragte ich geschockt.

«Wir hatten unterschiedliche Interessen», antwortete Kata kurz.

«Welche?», wollte ich irritiert wissen.

Kata lächelte süßsauer: «Sie zieht gerne durchs Nachtleben, ich kotze wegen Chemo.»

Meine Schwester war fest entschlossen, den Tumor zu besiegen. Als ich sie fragte, woher sie ihren unglaublichen Willen nehme, antwortete sie: «Ich habe gar keine andere Wahl. Ich glaube doch nicht an ein Leben nach dem Tod.»

Ich aber betete für Kata, natürlich ohne ihr davon zu erzählen, das hätte sie nur genervt.

Jetzt hatte sie es fast geschafft – sollten in den nächsten Monaten keine Rückschläge mehr auftreten, würde sie noch ein langes Leben vor sich haben. Und ich würde endgültig wissen, ob Gott meine Gebete erhört hatte. Denn das war nun mal sein Aufgabengebiet. Ein Tumor hatte ja wohl kaum etwas mit dem freien Willen der Menschen zu tun.

«Was schaust du denn so nachdenklich?», fragte Kata. Mir war nicht danach, das Gespräch auf den Tumor zu bringen, denn Kata konnte es – verständlicherweise – nicht ertragen, dass mich ihre Krankheit stets trauriger stimmte als sie selbst. Ich stand von der Bank auf und machte mich auf den Rückweg.

«Laufen wir nicht mehr?», fragte Kata.

«Ich nehme lieber mit einer Diät ab.»

«Warum willst du überhaupt abnehmen?», fragte Kata. «Du hast doch immer erzählt, dass Sven dich so liebt, wie du bist.»

«Sven schon, aber ich mich nicht», antwortete ich.

«Und, wollt ihr bald Kinder?», fragte Kata scheinbar leichthin.

«Hat noch Zeit», erwiderte ich.

Kata schaute mich an, mit dem beiläufigen Blick, den sie immer draufhatte, wenn sie auf etwas hinauswollte.

«Sieh mal, dahinten schwimmt ein schwarzer Schwan», versuchte ich – wenig elegant –, das Thema zu wechseln.

«Bei Marc wolltest du immer Kinder», bemerkte Kata, die mich eigentlich nie Themen wechseln ließ, wenn ich wollte.

«Sven ist nicht wie Marc.»

«Deswegen frage ich ja», sagte Kata ernst, «du hast Marc so sehr geliebt, dass du mir gleich in der zweiten Woche die Namen der beiden Kinder verkündet hast, die du mit ihm haben wolltest. Mareike und …»

«… Maja», vollendete ich leise. Ich wollte immer zwei Töchter, die so ein tolles Verhältnis haben wie Kata und ich.

«Und, was ist jetzt mit Mareike und Maja?», fragte Kata.

«Ich will noch die Zeit als Paar genießen», antwortete ich, «die Blagen müssen sich etwas gedulden, bis sie mich nerven können.»

«Hat es was mit Sven zu tun?» Kata ließ einfach nicht locker.

«Quatsch!»

«Protestierte sie eine Spur zu laut», grinste Kata, hörte dann aber auf, mich weiter mit dem Thema zu löchern. Ich fragte mich verunsichert, ob ich nicht wirklich eine Spur zu laut protestiert hatte. Wollte ich vielleicht gar keine Kinder?

5

Unterdessen

Während sich Marie und Kata vom Malenter See entfernten, schwamm der schwarze Schwan ans Ufer. Dort watschelte er über die Kieselsteine auf den Uferweg, schüttelte sein feuchtes Gefieder und … verwandelte sich in George Clooney.

Clooney strich sich durch sein trocken glänzendes Haar, zupfte seinen eleganten schwarzen Designeranzug zurecht und setzte sich auf die schattige Parkbank, auf der eben noch die beiden Schwestern verschnauft hatten. Er saß dort eine Weile und wartete auf etwas. Oder jemanden. Dabei bewarf er einige Enten im See so scharf und gezielt mit Kastanien, dass sie davon k. o. gingen und ertranken. Aber auch dieser kleine Spaß konnte dem Mann keine Freude bereiten. Er war müde. Sehr müde. Er litt unter dem Burn-out-Syndrom. Dieses verdammte letzte Jahrhundert!

Vorher ging es ja noch, aber seitdem: Egal, wie er sich auch anstrengte, die Menschen waren einfach viel, viel besser darin, sich die Hölle auf Erden zu bereiten, als er, Satan.

Sicher, er hatte auch ein paar gute Ideen entwickelt, um die Menschen zu quälen: Neoliberalismus, Reality-TV, Modern Talking (auf den Song Cheri, Cheri, Lady war er besonders stolz), aber alles in allem konnte er den Menschen nicht mehr das Wasser reichen. Die waren mit ihrem blöden freien Willen viel zu kreativ.

«Lange nicht mehr gesehen», sagte plötzlich eine Stimme hinter ihm.

Satan drehte sich um und sah … Pastor Gabriel.

«Das letzte Mal vor ziemlich genau 6000 Jahren», erwiderte Satan, «als er mich aus dem Himmel rauswarf. Oder besser gesagt: runterwarf.»

Gabriel nickte: «Das waren noch Zeiten.»

«Ja, das waren sie», nickte Satan.

Die beiden lächelten sich an wie zwei Männer, die einstmals befreundet waren und es tief in ihrem Herzen bedauern, dass sie es nicht mehr sind.

«Du siehst müde aus», sagte Satan zu Gabriel.

«Danke gleichfalls», erwiderte Gabriel.

Die beiden lächelten sich noch mehr an.

«Also, wozu dieses Treffen?», wollte Satan wissen.

«Ich soll dir etwas von Gott ausrichten», antwortete Gabriel.

«Und was?»

«Das Jüngste Gericht steht vor der Tür.»

Satan überlegte eine Weile, dann seufzte er erleichtert: «Wurde ja auch langsam mal Zeit.»

6

Unsere Hochzeit begann wie bei vielen anderen Paaren auch: mit einem mittleren Nervenzusammenbruch der Braut. Zitternd stand ich vor dem Eingang der Kirche, in der die Gäste auf meinen Auftritt warteten. Eigentlich war fast alles so perfekt, wie ich es mir immer gewünscht hatte: Die Kirchenbänke waren voll, alle würden gleich mein wunderbares weißes Kleid bestaunen, in das ich nun auch sehr gut reinpasste, weil ich es tatsächlich geschafft hatte, drei Kilo herunterzuhungern. Aber das Beste war: Wir hatten die standesamtliche Hochzeit übersprungen! Ich würde also ganz romantisch in der Kirche mein Jawort geben, und der Standesbeamte würde anschließend noch vor Ort die Sache staatlich beglaubigen. Wie gesagt, fast alles war perfekt. Es gab nur ein Problem: Mein Papa wollte die Braut nicht mehr hineinführen.

«Du hättest», sagte Kata zu mir, «seine Swetlana einfach nicht so hart beschimpfen sollen.»

«Ich hab sie nicht hart beschimpft», erwiderte ich mit Tränen in den Augen.

«Du hast sie ‹Wodka-Nutte› genannt.»

«Okay, ich hab sie vielleicht doch hart beschimpft», gab ich zu.

Bevor ich in die Kutsche zur Kirche stieg, hatte ich mir eigentlich fest vorgenommen, bei meinem ersten Zusammentreffen mit Swetlana ganz cool zu bleiben. Als ich dann aber tatsächlich auf diese zwar stark geschminkte, aber dennoch hübsche, zierliche Frau traf, war mir klar, dass sie meinem Papa das Herz brechen würde. So ein junges Model konnte sich gar nicht in ihn verliebt haben! Ich sah vor meinem geistigen Auge, wie Papa wieder in meinen Armen weinte. Und da ich diese Vorstellung nicht ertragen konnte, bat ich Swetlana, sich wieder nach Weißrussland zu verziehen. Oder gleich nach Sibirien durchzufahren. Das machte Papa wütend. Er beschimpfte mich. Ich versuchte ihm klarzumachen, dass er nur ausgenutzt würde. Er beschimpfte mich noch mehr. Da rastete ich aus. Da ich ausrastete, rastete auch er aus. Und da fielen nun mal Begriffe wie «Wodka-Nutte», «undankbare Tochter» und «Viagra-Papa».

Warum nur tut man immer den Menschen am meisten weh, die man vor sich selbst schützen will?

«Komm», sagte Kata, trocknete meine Tränen und nahm mich an der Hand. «Ich führe dich hinein.»

Sie öffnete mir die Tür, das Orgelspiel begann. Am Arm meiner geliebten Schwester betrat ich möglichst würdevoll die wunderschöne Kirche und machte mich auf den Weg Richtung Altar. Die meisten der anwesenden Gäste hatte Sven eingeladen. Viele waren mit ihm verwandt; und die anderen waren seine Freunde aus dem Fußballverein, seine Kollegen aus dem Krankenhaus, Leute aus der Nachbarschaft … Ach, eigentlich war halb Malente mit Sven verwandt oder befreundet. Ich selbst hatte bei weitem nicht so viele Freunde. Eigentlich nur einen richtigen, er saß in Reihe fünf: Michi war ein dünner, klappriger Kerl, hatte wirres Haar und trug ein T-Shirt mit der Aufschrift «Schönheit ist total überbewertet».

Wir beide kannten uns schon seit den Schulzeiten. Damals gehörte er einer echt freakigen Minderheit an: Er war ein katholischer Messdiener.

Auch heute noch war Michi der einzige richtig gläubige Mensch, den ich kannte. Jeden Tag las er in der Bibel, über die er mal zu mir sagte: «Marie, was in der Bibel steht, muss einfach stimmen. Die Storys sind so durchgeknallt, das kann sich gar kein Mensch ausgedacht haben.»

Michi nickte mir aufmunternd zu, und ich konnte wieder lächeln. In Reihe drei sah ich meinen Vater, und ich hörte schlagartig wieder auf damit. Er war immer noch wütend auf mich, während Swetlana ganz verunsichert auf den Boden blickte und sich wahrscheinlich fragte, was wir Deutsche so unter Gastfreundschaft verstanden. Und unter verwandtschaftlichem Zusammenhalt.

In Reihe eins, absichtlich weit weg von Papa, saß meine Mutter, die mit ihren kurzen, rotgefärbten Haaren ein bisschen aussah wie eine Betriebsratsvorsitzende. Sie wirkte viel vitaler als damals, als sie im blauen Bademantel am Frühstückstisch saß und mit müdem Gesicht zu Kata und mir sagte: «Ich trenne mich von eurem Vater.»

Mama erklärte uns geschockten Kindern bemüht sanft, dass sie Papa schon lange nicht mehr liebe, dass sie nur wegen uns bei ihm geblieben sei und dass sie einfach nicht weiter eine Lüge leben könne.

Heute weiß ich, dass es für sie der richtige Schritt war. Schließlich konnte sie ihren Traum vom Psychologiestudium verwirklichen, den Papa immer blockiert hatte. Sie lebte nun in Hamburg, hatte dort eine Praxis für – ausgerechnet – Paartherapie und war viel, viel selbstbewusster als je zuvor. Dennoch wünschte sich ein Teil von mir immer noch, dass Mama damals die Lüge weitergelebt hätte.

«Eine Ehe zu führen ist schwer», verkündete Pastor Gabriel bei der Predigt mit seiner sonoren Stimme, «aber alles andere ist noch schwerer.»

Es war nicht gerade eine «Was-für-ein-schöner-Tag-lasst-uns-jubilieren-und-frohlocken»-Predigt. Aber das war von Pastor Gabriel auch nicht anders zu erwarten gewesen. Ich war ja schon froh, dass sich sein Vortrag nicht um «Menschen, die meine Kirche für Events missbrauchen» drehte.

Sven sah mich während der Predigt in einer Tour überglücklich an. So überglücklich, dass ich es nicht ertragen konnte, nicht so überglücklich zu sein wie er, obwohl ich doch so gern so überglücklich sein wollte und es wohl nur noch nicht war, weil ich von dem Streit mit Papa zu durcheinander war.

Ich bemühte mich, nun auch zu strahlen. Aber je mehr ich mich bemühte, desto verkrampfter wurde ich. Vor lauter schlechtem Gewissen gegenüber Sven sah ich von ihm weg, schaute mich ein bisschen in der Kirche um und blieb mit meinem Blick an einem Jesus-Kreuz hängen. Zuerst schossen mir dumme Sprüche durch den Kopf, die wir als Pubertierende im Konfirmandenunterricht gemacht hatten: «Hey, Jesus, was machst du denn hier?» – «Ach, Paulus, ich häng hier nur so rum.»

Aber dann sah ich die roten Punkte an den Händen, wo die

Nägel durchgehauen worden waren. Ein Schauer durchlief meinen Körper. Kreuzigen, was war das nur für ein brutaler Mist? Wer hatte sich das überhaupt ausgedacht? So etwas unglaublich Grausames! Wer auch immer das war, musste eine echt schlimme Kindheit gehabt haben.

Und Jesus? Der wusste doch, was auf ihn zukommen sollte. Warum hat er sich dem ausgesetzt? Klar, um all unsere Sünden auf sich zu nehmen. Das war ein beeindruckendes Opfer für die Menschheit. Aber hatte Jesus denn überhaupt eine Wahl? Konnte er es sich aussuchen, sich zu opfern? Es war doch seine Bestimmung, schon von Kindesbeinen an. Dafür hatte ihn sein Vater auf die Erde geschickt. Aber was war das für ein Vater, der so ein Opfer von seinem Sohn verlangte? Und was hätte die Super Nanny zu diesem Vater gesagt? Höchstwahrscheinlich: «Geh doch bitte mal in die Wuthöhle.»

Plötzlich bekam ich Angst: Es war sicher keine gute Idee, in der Kirche Gott zu kritisieren. Schon gar nicht bei der eigenen Hochzeit.

Entschuldige bitte, Gott, sprach ich in Gedanken zu ihm. Es ist nur, musste Jesus so gequält werden, um zu sterben? War das wirklich nötig? Ich meine, hätte er nicht durch was anderes sterben können als durch so eine Kreuzigung? Durch etwas Humaneres? Vielleicht durch einen Schlaftrunk?

Andererseits, gab ich mir darauf selber zu bedenken, würden bei einem Schlaftrunk in allen Kirchen statt Kreuzen überall Trinkbecher hängen …

«Marie!», sagte Pastor Gabriel mit durchdringender Stimme.

Erschrocken blickte ich zu ihm: «Ja, hier!»

«Ich habe dir eine Frage gestellt», sagte er.

«Klar, klar … habe ich gehört», flunkerte ich verlegen.

«Und, willst du die vielleicht auch beantworten?»

«Nun ja, warum nicht?»

Ich schaute zu dem verunsicherten Sven. Dann blickte ich in das Kirchenschiff, sah in jede Menge irritierter Augen und überlegte, wie ich mich herauswinden könnte, aber mir fiel rein gar nichts ein.

«Ähem, wie war nochmal die Frage?», wandte ich mich verunsichert wieder an Gabriel.

«Ob du Sven heiraten willst?»

Mir wurde heiß und kalt. Es war einer von jenen Augenblicken, in denen man am liebsten spontan ins Koma fallen möchte.

Die halbe Kirche lachte, die andere Hälfte war entsetzt, und Svens verunsichertes Lächeln geriet zur Grimasse.

«War nur ein kleiner Scherz», erklärte Gabriel.

Erleichtert atmete ich auf.

«Ich habe lediglich gefragt, ob du für den Trauspruch bereit bist.»

«Entschuldigen Sie, ich war in Gedanken», erklärte ich kleinlaut.

«Und an was hast du gedacht?»

«An Jesus», erwiderte ich wahrheitsgemäß. Die genauen Details behielt ich lieber für mich.

Gabriel war mit der Antwort zufrieden, die Gäste ebenfalls, und Sven lächelte erleichtert. Dem Pastor bei der eigenen Trauung wegen Jesus nicht zuzuhören war anscheinend in Ordnung.

«Wollen wir also mit dem Trauspruch beginnen?», fragte Gabriel, und ich nickte.

Es wurde schlagartig still in der Kirche.

Gabriel wandte sich an Sven: «Sven Harder, willst du Marie Holzmann, die Gott dir anvertraut, als deine Ehefrau lieben und ehren und die Ehe mit ihr nach Gottes Gebot und Verheißung führen – in guten und in bösen Tagen –, bis dass der Tod euch scheidet, so antworte: Ja, mit Gottes Hilfe.»

Sven hatte Tränen in den Augen und antwortete: «Ja, mit Gottes Hilfe.»

Es war unglaublich, es gab tatsächlich einen Mann, der mich heiraten wollte. Wer hätte das je gedacht?

Gabriel drehte sich daraufhin zu mir, ich wurde nun extrem nervös, meine Beine zitterten, und mein Magen wurde flau.

«Marie Holzmann, willst du Sven Harder, den Gott dir anvertraut, als deinen Ehemann lieben und ehren und die Ehe mit ihm nach Gottes Gebot und Verheißung führen – in guten und in bösen Tagen –, bis dass der Tod euch scheidet, so antworte: Ja, mit Gottes Hilfe.»

Mir war schon klar, dass ich in diesem Augenblick «Ja, mit Gottes Hilfe» hätte sagen müssen. Doch schlagartig wurde mir bewusst: «Bis dass der Tod euch scheidet» war eine weitreichende Zeitspanne. Eine extrem weitreichende Zeitspanne. Das hatte man sich bestimmt damals ausgedacht, als die Christen eine Lebenserwartung von dreißig Jahren hatten, bevor sie in ihren Lehmhütten starben oder von einem Löwen im Circus Maximus verspeist wurden. Aber heute, heute hatten wir Menschen eine Lebenserwartung von achtzig, neunzig Jahren. Wenn die Medizin so weitermachte, dann könnte man sicher auch hundertzwanzig Jahre alt werden. Andererseits war ich nicht privat versichert, also würde ich doch nur achtzig, neunzig Jahre alt werden, aber das war immer noch alt genug …

«Hmm!», räusperte Gabriel sich auffordernd.

Ich versuchte, mit einem gerührten Glucker Zeit zu gewinnen. Die Leute sollten denken, dass ich kein Wort rausbekam, weil ich vor Rührung weinte. Mein Blick ging indessen zur Tür. Ich erinnerte mich an die «Reifeprüfung», in der Dustin Hoffman die Braut aus der Kirche entführte, und fragte mich, ob Marc vielleicht von meiner Hochzeit erfahren hatte und nach Malente gefahren war und jetzt gleich durch die Tür stürmen würde … Dass ich in diesem Augenblick an Marc dachte, war nicht unbedingt ein gutes Zeichen.

«Marie, das ist der Augenblick, wo du ‹Ja› sagen müsstest», erklärte Pastor Gabriel mit einem leicht drängelnden Unterton.

Als ob ich das nicht wüsste!

Sven biss sich hypernervös auf die Lippen.

In der Menge sah ich meine Mutter und fragte mich: Würde ich bei Sven vielleicht auch so enden wie sie? Würde ich meinen Töchtern auch irgendwann am Frühstückstisch verkünden: Tut mir leid, Mareike und Maja, ich liebe euren Vater schon seit Jahren nicht mehr?

«Marie, jetzt antworte bitte!», forderte Gabriel mich auf.

In der ganzen Kirche war nur noch eins zu hören … mein Magenknurren.

«Marie …», flehte Sven. Er geriet langsam in Panik.

Ich dachte an die Tränen meiner noch nicht geborenen Töchter. Und da wusste ich plötzlich, warum ich keine Kinder von Sven haben wollte.

Ich liebte ihn. Aber nicht genug für ein ganzes Leben.

Doch was würde ihm mehr wehtun? Wenn ich jetzt «Nein» sagte oder mich später von ihm scheiden ließe?

7

«Was habe ich nur getan, was habe ich nur getan?», heulte ich, als ich auf dem kalten Boden der Kirchen-Damentoilette saß.

«Du hast ‹Nein› gesagt», erwiderte Kata, die neben mir saß und dafür sorgte, dass das von mir vollgeheulte Klopapier im Bindeneimer landete.

«Ich weiß, was ich gesagt habe!», jaulte ich auf.

«Es war auch genau das Richtige. Es war mutig und ehrlich!», tröstete Kata und rollte noch etwas Papier für mich ab. «So viel Mut haben nicht viele. Die meisten an deiner Stelle hätten ‹Ja› gesagt und einen Riesenfehler begangen. Okay, du hättest dir vielleicht einen etwas besseren Zeitpunkt dafür auswählen können, ihn abzuservieren …»

«Sind die Gäste schon weg?», fragte ich.

«Ja. Und die Kinder werden sicherlich für den Rest ihres Lebens traumatisiert sein, wenn es ums Thema Heiraten geht», lächelte Kata nett.

«Was … was ist mit Sven?»

«Der steht draußen vor der Tür und will mit dir sprechen.»

Ich hörte auf zu flennen. Sven wartete vor der Tür? Wenn ich ihm alles erklären würde, vielleicht würde er dann ja verstehen, dass ich ihm noch mehr Schmerz ersparen wollte.

Dass wir beide nur unglücklich geworden wären. Ja, sicher würde er das verstehen, trotz all des Kummers, den ich ihm bereitet hatte. Er war ja ein verständnisvoller Mann.

«Hol ihn rein», bat ich Kata.

«Ich glaube nicht, dass das eine gute Idee ist …»

«Hol ihn rein.»

«Mit ‹ich glaube nicht, dass das eine gute Idee ist› wollte ich eigentlich ausdrücken, dass es eine außerordentlich beknackte Idee ist.»

«Hol ihn rein!», insistierte ich.

«Okay.»

Kata stand auf und ging los. Ich rappelte mich mit meinem zerknautschten Kleid auf, ging zum Spiegel und sah mein verheultes, von der Schminke verlaufenes Gesicht. Ich warf mir etwas kaltes Wasser hinein, die Schminke verlief noch mehr.

Sven betrat die Toilette, seine Augen waren schwer gerötet, ganz offensichtlich hatte auch er geheult. Ich hoffte, dass er mir verzeihen würde. Er war so ein anständiger Mensch, sicher würde er es tun.

«Sven …», hob ich an und suchte nach den richtigen Worten, um das Zerbrochene ansatzweise zu kitten.

«Weißt du was, Marie?», unterbrach er mich.

«Nein …?», antwortete ich vorsichtig.

«Du kannst dir deine Füße ab jetzt selbst massieren … wenn du mit deinem fetten Schwabbelbauch überhaupt drankommst!»

Ich war geschockt.

Sven stürzte aus der Damentoilette hinaus.

Und Kata legte sanft den Arm um mich: «Anscheinend liebte er dich doch nicht so, wie du warst.»

Am liebsten hätte ich mich für die nächsten Jahre auf der Damentoilette der Kirche eingenistet, aber Pastor Gabriel hatte was dagegen. Er bat mich zu gehen, überraschenderweise ohne ein anklagendes Wort. «Schließlich», so sagte Gabriel, «steht nirgendwo in der Bibel geschrieben, dass man die ‹Willst du?›- Frage mit ‹Ja› beantworten müsse.»

Beim Verlassen der Kirche fiel mein Blick nochmal zufällig auf ein Jesus-Bild. Ich erinnerte mich, wie Gabriel uns im Konfirmandenunterricht erzählt hatte, dass Jesus Wasser in Wein verwandelt hatte, damit eine Hochzeitsfeier weitergehen konnte. Tja, sah so aus, als ob man heute so einen Partygast nicht brauchte.

Vor der Kirchenpforte waren Svens Verwandte und Freunde schon alle weg, was mich enorm erleichterte, hatte ich doch für einen Sekundenbruchteil eine gute alte zünftige Dorf-Steinigung befürchtet. Nur meine kleine Familie war noch versammelt: Mama, Papa, Michi und Swetlana, die sich sicherlich mittlerweile auch fragte, in was für eine Familie sie sich da hinterlistig einschleichen wollte.

Papa machte Mama gerade Vorwürfe: «Im Prinzip bist du an allem schuld. Wegen dir ist sie bindungsunfähig.» Ich hörte das und wollte sofort wieder zurück aufs Klo.

Doch Mama sah mich zuerst und stürmte auf mich zu: «Mein Liebes, wenn du jemanden zum Reden brauchst ...»

Jau, das fehlte mir noch: Psychotherapie bei Mama.

«Du kannst gerne mit mir nach Hamburg kommen», bot sie an, aber es war mehr eine Mischung aus Schuldbewusstsein und professionellem Therapeutenreflex als wahre Mutterliebe.

Papa trat zu uns und bot mir an: «Du kannst auch in deinem alten Zimmer schlafen.»

Egal, ob ich seine Swetlana beleidigt hatte, egal, ob er noch sauer war: Ich war seine Tochter, und er hatte immer einen Platz für mich in seinem Haus. Das war schön.

Auch Michi wollte mir helfen: «Du kannst auch bei mir übernachten. Ich habe schöne Horrorfilme zum Ablenken: ‹Saw›, ‹Saw 2›, ‹Die Braut, die sich nicht traut›.»

Ich musste trotz allem grinsen. Michi konnte mich immer besser zum Lachen bringen als Sven oder Marc. Blöd nur, dass meine Hormone nicht seine Vorliebe für Humor teilten.

«Penn bei Michi», raunte Kata mir zu, «und penn mit ihm.»

Ich konnte es nicht glauben, dass sie das jetzt vorschlug, und wurde rot, halb vor Wut, halb vor Scham.

«Das lenkt ab. Und er will dich seit Jahrhunderten», ergänzte sie.

«Erstens will er mich nicht seit Jahrhunderten», zischelte ich zurück. «Und zweitens, haben Michi und ich eine platonische Freundschaft.»

«Marie», antwortete Kata, «Plato war ein Vollidiot.»

Ich entschied mich gegen Horrorfilme bei Michi und Therapiestunden bei Mama, sagte dafür Papa zu. Kurz darauf betrat ich mein ehemaliges Kinderzimmer. Es sah immer noch so aus wie früher, also fürchterlich peinlich. An der Wand hingen Poster von Boybands, deren Mitglieder heute höchstwahrscheinlich Hartz IV bezogen. Ich schälte mich aus meinem Hochzeitskleid und ließ mich in Unterwäsche – andere Klamotten hatte ich ja nicht – auf mein altes, plüschiges Bett fallen. Tief deprimiert blickte ich an die Decke, wo man einen großen Wasserfleck sehen konnte – der Dachstuhl war kaputt. Papa wollte ihn demnächst reparieren lassen, was eine nette Idee war, sah es doch so aus, als würde ich den Rest meines Lebens in diesem Zimmer bleiben. Zumindest wollte ich nie wieder da raus, in die blöde Welt.

Kata setzte sich auf den Boden und lehnte sich ans Bett. Sie redete nicht, zeichnete stattdessen ganz ruhig an ihrem Comicstrip. Nach einer Weile betrachtete ich das Ergebnis.

«Handelt dein Strip jetzt die ganze nächste Woche von meiner Desasterhochzeit?», fragte ich.

«Die nächsten zwei», grinste Kata.

«Und wie lange wirst du den überhaupt zeichnen?»

«Bis du erwachsen wirst», antwortete sie liebevoll.

«Ich bin erwachsen», protestierte ich schwach.

Kata blickte mich nur mitfühlend an: «Bist du nicht.»

«Sagte die Frau, die keine einzige Beziehung mehr eingehen will», erwiderte ich verletzt. Seitdem Lisa sie im Krankenhaus verlassen hatte, hatte Kata nur noch One-Night-Stands.

«Es ist eindeutig weiser, sein Herz nicht an Dinge oder Menschen zu binden und stattdessen den Augenblick zu genießen», erklärte Kata in einem nonchalanten Ton.

Es war ein Satz, der mir wieder mal zeigte, dass sie in der Tiefe ihres Herzens völlig desillusioniert war, wenn es um die Liebe ging. Und hoffnungslos. Doch ich war viel zu fertig, um sie darauf anzusprechen.

«Kannst du mich allein lassen?», bat ich sie nach kurzem Schweigen.

«Wenn man dich allein lassen kann?», fragte sie vorsichtig.

«Kann man», versicherte ich tapfer.

Meine Schwester gab mir einen Kuss auf die Stirn, schnappte sich ihren Block und ging raus. Ich nahm Papier und Stift aus meinem alten Schreibtisch und setzte mich auf das Bett, um eine «Positiv-Negativ»-Liste über mein Leben zu erstellen. Meine Therapeutin hatte mir das mal empfohlen, damit ich in Krisensituationen erkenne, dass mein Leben nicht so schlimm ist, wie ich denke.

Negativ in meinem Leben

1. Ich habe eine Hochzeit vergeigt, weil ich zu wenig Gefühle habe für den Mann, den ich heiraten wollte.
2. Und zu viele Gefühle für einen Mann, der mich mit einer Kleidergröße-34-Tussi betrogen hat.
3. Ich hatte das letzte Mal mit dreizehn Jahren Kleidergröße 34.
4. Ich habe einen Job, den ich mehr hasse als der durchschnittliche Palästinenser die Juden.
5. Ich habe aber auch keine Perspektive auf einen anderen Job.
6. Außerdem habe ich kaum Freunde.
7. Dafür hasst mich sicher halb Malente für das, was ich Sven angetan habe.
8. Ich übernachte wieder in meinem Kinderzimmer.
9. Im Alter von fünfunddreißig.
10. Ganz offensichtlich hat Kata recht: Ich bin wirklich nicht erwachsen.

Mehr fiel mir nicht ein. Nur zehn Negativ-Punkte. Also weit entfernt von einem ganzen Dutzend. Nicht schlecht. Allerdings betrafen sie alle wesentlichen Punkte meines Lebens: Liebe, Beruf, Freunde, Charakter.

Aber noch war nicht alles verloren, nun würde meine Positiv-Liste folgen:

Positiv in meinem Leben

1. Ich habe eine Schwester wie Kata.

Ich brauchte extrem lange, bis mir ein zweiter Punkt einfiel.

2. Es kann nicht mehr schlimmer kommen.

Da hörte ich meinen Vater im Schlafzimmer unter mir stöhnen.

Und Swetlana schrie dazu: «Gib's mir!»

Da strich ich Punkt zwei wieder von der Liste.

8

Unterdessen

Einige Menschen opfern für die Liebe ihre Ehe, andere ihren Beruf und wiederum andere ihr Nervenkostüm. Doch im Vergleich zu Pastor Gabriel waren diese Leute jämmerliche Opfer-Amateure. Vor dreißig Jahren opferte er nicht nur seine bisherige Existenz, sondern auch solche nicht zu verachtenden Dinge wie seine Flügel und seine Unsterblichkeit. All das, weil er sich als Engel in eine Sterbliche verliebt hatte. Das tun viele Engel, aber Gabriel hatte immer gedacht, ihm würde so etwas nie passieren. Er war ein Erzengel. Der Erzengel Gabriel! Der Vorsteher aller Engel! Der, der Maria verkündet hatte, dass sie ein Kind bekommen würde.

Doch eines Tages sah er auf der Erde eine junge Frau, die ihn tief in seinem Herzen (bildlich gesprochen, Engel haben keine Organe) berührte. Mehr noch: Als er sie sah, war er richtig froh, dass er keine Organe hatte, sie hätten sich sonst sicherlich vor lauter Aufregung neu in seinem Körper angeordnet.

Schon beim ersten Anblick dieses Wesens war Gabriel verloren. Dabei hatte er im Verlauf seiner unsterblichen Existenz schon viel hübschere Frauen gesehen: Kleopatra, Maria Magdalena, dieses rätselhafte Mädel, das Leonardo da Vinci gezeichnet hatte ... Und auch viel mutigere Frauen hatte Gabriel schon getroffen, diese Jeanne d'Arc zum Beispiel war beeindruckend gewesen, wenn auch manchmal in ihrem Furor etwas irritierend.

Dagegen war die Dame, in die er sich verliebte, doch recht gewöhnlich. Eine wie tausend, ach Millionen andere auch. Er konnte sich nicht erklären, warum ausgerechnet diese Frau ihn so faszinierte, warum er sich plötzlich nach so törichten Dingen sehnte, wie ihr stundenlang übers Haar zu streichen. Ja, Liebe hat nun mal diese unglaublich irritierende Eigenschaft, nicht erklärbar zu sein. Selbst für Engel nicht.

Lange kämpfte Gabriel gegen seine Gefühle an, aber dann bat er schließlich Gott, ihn zum Menschen zu machen, damit er um diese Frau werben könne. Gott erhörte ihn, Gabriel verlor seine Flügel, kam als Sterblicher auf die Erde und versuchte das Herz seiner Angebeteten zu gewinnen. Vergeblich, denn sie liebte ihn nicht.

Diese blöden Menschen mit ihrem freien Willen!

Stattdessen heiratete die von ihm so geliebte Frau einen anderen. Und hatte mit diesem Mann zwei Kinder. Namens Kata und Marie.

Am Morgen nach Maries geplatzter Hochzeit stand Gabriel überraschend vor der Hamburger Wohnungstür von Maries Mutter, zu der er über all die Jahrzehnte Kontakt gehalten hatte. Sie wusste nicht, dass er sie noch immer liebte. Sie wusste auch nicht, dass Gabriel einst ein Engel war. Gott hatte ihm und allen anderen dreihundert Engeln, die der Liebe wegen im Laufe der Jahrtausende zu Menschen geworden waren (darunter übrigens auch Audrey Hepburn) verboten, jemals seine Herkunft preiszugeben.

«Hast du die Offenbarung des Johannes in der Bibel gelesen, Silvia?», fragte Gabriel drängelnd.

«Ja, und sie war überraschend, auf eine verstörende Art und Weise», erwiderte Maries Mutter Silvia.

«Die meisten Menschen kennen die Offenbarung nicht», haderte Gabriel. «Dabei bildet sie die letzten zweiundzwanzig Kapitel der Bibel.»

«Die meisten Menschen lesen Bücher halt nicht zu Ende», schmunzelte Silvia.

«Es ist aber wichtig, sie ganz zu lesen!», insistierte Gabriel. Ihn störte es, dass die meisten die Heilige Schrift als eine Art Buffet ansahen und sich nur rauspickten, was in ihre Weltsicht passte. Wenn er selbst an ein Buffet ging, aß er immer von allen Speisen! Zumindest hatte er dies früher getan, jetzt plagte ihn des Öfteren Sodbrennen. Sterblich zu sein hatte definitiv Nachteile!

«Komm schon», grinste Maries Mutter, «in diesem Bibelteil steht, dass es eine Endschlacht zwischen den Guten und den Bösen geben wird. Liest sich wie ein abgelehnter Entwurf vom ‹Herrn der Ringe›.»

«Das ist nicht ‹Herr der Ringe›!», protestierte Gabriel.

«Aber fast: Satan schickt die drei apokalyptischen Reiter zur Erde …»

«Es sind vier Reiter!», korrigierte Gabriel. «Krieg, Hunger, Krankheit und Tod.»

«Und Jesus wandelt wieder auf Erden und besiegt den Satan und seine Hoppe-Hoppe-Reiter», spottete Silvia.

«Ja, genau dies wird er tun», insistierte Gabriel.

«Und danach erschafft Jesus gemeinsam mit Gott ein Himmelreich auf Erden», grinste Silvia noch breiter.

«So wird es geschehen!»

«Klingt, als ob dieser Johannes, der das für die Bibel aufgeschrieben hat, im Nebenberuf Hanf angebaut hat.»

Gabriel bereitete es höllische Angst, dass seine Angebetete die Bibel nicht ernst nahm, und kam auf den Punkt: «Nicht jeder Mensch wird von Jesus ins Himmelreich aufgenommen.»

«Och, soll ich jetzt auf meine alten Tage gläubig werden?» Dass Gabriel so besorgt um sie war, fand sie irgendwie süß.

«Ja! Verdammt nochmal!», schrie Gabriel.

Sein Ausbruch irritierte sie: «Das war das erste Mal, dass ich dich habe fluchen hören.»

«Die Ungläubigen werden alle bestraft», erklärte Gabriel nun ganz leise und besorgt.

«Dafür haben wir Ungläubigen im Hier und Jetzt ein besseres Leben, weil wir uns von solch schrecklichen Bibeltexten nicht einschüchtern lassen», konterte sie.

Dann blickte Silvia auf die Uhr, sie musste los zu einem Termin in ihrer Praxis. Aber Gabriel war tatsächlich richtig süß, wenn er sich so aufregte. Warum fiel ihr das erst heute auf? Klar, weil ihr Exmann diesen jungen weißrussischen Hüpfer hatte und sie plötzlich Angst bekam, allein alt zu werden. Das wusste ihr analytischer Psychologenverstand. Der wusste aber auch, dass es völlig normal war, so auf die neue Liebe des Exmannes zu reagieren. Und dass man ausleben sollte, was einem guttut.

So sagte sie Gabriel zum Abschied: «Ich komme dich heute Abend mal besuchen.»

Sie gab ihm einen freundschaftlichen Kuss auf die Wange. Dann ging sie mit keckem Schritt das Treppenhaus hinunter.

Gabriel hielt sich verwirrt die Wange: So fühlte es sich also an, von ihr geküsst zu werden. Jetzt wollte er sie noch weniger verlieren als ohnehin schon. Doch er hatte nicht mehr viel Zeit, seine große Liebe zu retten. Jesus wandelte bereits wieder auf Erden.

9

Als ich in meinem Kinderzimmer aufwachte, gab es keinen Zweifel mehr: Ich war nun ein M.o.n.s.t.e.r. (**M**ittdreißigerin **o**hne **n**ennenswertes **S**elbstbewusstsein, **T**rauschein, **E**nergie und **R**eife). Matt und leidend lag ich auf meinem Bett. Mir ging es hundeelend. Die Nacht war furchtbar gewesen, und nun wich sie einem verregneten Tag. Anstatt im Flieger zu den Flitterwochen auf Formentera zu sitzen und mir von der Stewardess Pappbrötchen servieren zu lassen, lag ich in meinem Kinderzimmer, starrte auf den vom Regen immer größer werdenden Fleck an der Decke und fragte mich, ob dies nicht ein guter Augenblick wäre, Alkoholikerin zu werden.

Ich wandte meinen Blick von dem feuchten Fleck ab, sah in den Raum und entdeckte meine alte Kompakt-Stereoanlage. Als Teenager hörte ich bei Liebeskummer immer *I will survive* und tanzte dabei durch mein Zimmer wie ein Känguru auf Ecstasy.

Danach war ich jedes Mal für vier Minuten total aufgeputscht, nur um anschließend wieder in mich zusammenzusacken und mich zu fragen, ob ich wirklich überleben würde. Dann legte ich schwitzend *I am what I am* auf, aber das hatte eine noch geringere Wirkung, fragte ich mich bei diesem Song doch immer: *What* genau *am I* eigentlich?

Heute würde ich mich das nicht fragen, wusste ich doch genau: I am a M.o.n.s.t.e.r. Und ich war mir auch sicher, ich würde das alles hier nicht überleben, wenn nicht ein Wunder geschähe.

Ich faltete meine Hände und betete um ein solches zu Gott: «Lieber Gott, bitte, bitte mach, dass alles wieder gut wird. Irgendwie. Keine Ahnung, wie. Hauptsache, es wird alles wieder gut. Wenn du das tust, dann gehe ich auch jeden Sonntag in die Kirche. Wirklich. Versprochen. Egal, wie langweilig die Predigten sind. Und ich gähne auch nicht und mach mir nie wieder dabei Gedanken über Jesus ... Ich meine, ich mach mir schon Gedanken über Jesus, aber nicht solche wie gestern. Und ich spende auch ein Zehntel, oder wie du es nennst, den Zehnten meines Monatseinkommens für gute Zwecke ... oder sagen wir doch lieber den Zwanzigsten, sonst komm ich nicht ganz so gut über die Runden. Andererseits, wenn du unbedingt willst, spende ich auch den Fünfzehnten, das würde gehen, und ich könnte mir noch ein Auto leisten ... okay, okay, wenn es sein muss, spende ich eben den Zehnten! Hauptsache, ich fühle mich nicht so elend wie jetzt. Das ist mir alles Geld der Welt wert. Wer braucht schon ein Auto? Schadet eh dem Klima. Was hältst du von dem Deal? Ich werde religiös und selbstlos und spare CO_2, und du machst, dass es mir wieder gutgeht? Wenn du dafür bist, gib mir ein Zeichen ... oder halt, nein, nein, nein! Wir machen das anders: Wenn du dafür bist, dann gibst du mir einfach KEIN Zeichen!»

Ich hielt einen Augenblick inne; wenn jetzt kein Zeichen kommen sollte, was ja nicht völlig unwahrscheinlich war und daher, wie ich fand, ein ziemlich cleveres Angebot von mir, würde alles wieder gut werden. Ich könnte glücklich sein, auch wenn ich weniger Geld hätte, mein Auto verlor und den Sonntag in der Kirche verbringen musste.

Ich hoffte so sehr, dass Gott mir kein Zeichen gab.

In diesem Augenblick fiel der vom Regen durchtränkte Putz von der Decke, genau in mein Gesicht. Frustriert stand ich auf, rieb mir das Gesicht und spuckte den staubigen Mörtel aus. Wenn es Gott tatsächlich gab, war das ein Zeichen.

Und es bedeutete, er wollte auf meinen großartigen Deal nicht eingehen. Ich überlegte, wie ich das Angebot aufbessern könnte: Gott konnte ja wohl kaum verlangen, dass ich Nonne würde. Andererseits, wenn es so weiterging, würde ich eh nie wieder Sex haben, und diese Nonnen sollten ja teilweise ganz lustig sein, jedenfalls waren sie das immer in Filmen und Büchern, in denen sie anfangs so streng wirkten, sich dann aber als weise erwiesen und mit Mutterwitz gesegnet … Und vielleicht würde ja auch ein Priester vorbeikommen, so zu Besuch, bei der Apfelernte, ein Typ wie Matthew McConaughey … einer mit einem genauso gebrochenen Herzen wie dem meinen, vielleicht war ja seine Frau in Irland aus Versehen von einer Klippe gestürzt … und hielt dabei ihr gemeinsames Baby in den Armen … und er könnte nie wieder Liebe empfinden, was sich selbstverständlich schlagartig ändern würde, wenn er mich sah …

In diesem Augenblick klopfte es an der Tür.

«Wer ist da?», fragte ich zögerlich.

«Ich bin es», antwortete Papa etwas streng. Er hatte mich zwar aufgenommen, aber versöhnt hatten wir uns noch lange nicht.

«Was … was willst du?», fragte ich. Das Letzte, was ich jetzt gebrauchen konnte, war ein Streit mit meinem Vater, dafür hatte ich einfach nicht die Energie.

«Ich habe hier einen Zimmermann, der sich den Dachstuhl ansehen will.»

Ich blickte auf den Putz am Boden, hatte noch Mörtelgeschmack im Mund und dachte mir: «Dieser beknackte Zimmermann hätte ruhig einen Tag früher kommen können.»

«Er muss durch die Luke in deinem Zimmer, damit er aufs Dach kann», rief Papa.

Ich hatte ein verstaubtes, verheultes Gesicht, und ich fühlte mich hundeelend. Kein Mensch sollte mich so sehen. Aber andererseits: Fast ganz Malente hatte jetzt eine schlechte Meinung von mir, da war es wohl ziemlich egal, was ein Zimmermann von mir dachte. Und wenn ich schon den Rest meines Lebens in diesem Zimmer vor mich hin vegetieren sollte, dann war es vielleicht ganz schön, wenn mir die Decke nicht auf den Kopf fiel.

«Einen Augenblick», rief ich meinem Vater zu. «Ich muss mir nur was anziehen.»

Es reichte ja schon, wenn ich mit mörtelgepudertem Gesicht zu sehen war, da musste ich ja nicht auch noch in Unterwäsche dastehen.

Ich hatte zwar keine Klamotten dabei – die waren ja noch in der Wohnung von Sven und mir –, aber in meinem Teenagerkleiderschrank musste ja noch etwas sein. Ich öffnete ihn und fand Pullis und Jeans. Ich zog einen alten Norwegerpulli an und sah darin aus wie eine bauchnabelfreie norwegische Presswurst. Auch in die Hosen kam ich nicht rein. Ich bekam sie nicht mal die Hüfte hoch. Offensichtlich hatte ich mit jedem Lebensjahrzehnt einen Bauchring dazubekommen.

«Marie, wie lange dauert das denn noch?», rief Papa ungeduldig.

Ich dachte hektisch nach: In die Klamotten von Kata würde ich auch nicht reinpassen und in die von Swetlana ebenfalls nicht, also brauchte ich danach gar nicht erst zu fragen.

«Marie!», drängelte mein Vater.

So blieb mir keine andere Wahl: Ich schlüpfte wieder in mein Hochzeitskleid. Mit meinem verstaubten Gesicht sah ich darin aus wie ein Geist, fehlte nur noch, dass ich meinen Kopf unterm Arm trüge – wonach mir allerdings auch zumute war.

Ich öffnete die Tür. Papa war von meinem Anblick für einen kurzen Moment irritiert und sagte dann: «Wurde auch langsam mal Zeit.»

Dann winkte er jemanden herbei: «Marie, darf ich dir Joshua vorstellen? Er ist so nett und wird den Dachstuhl reparieren.»

Ein mittelgroßer Mann in Jeans, Hemd und Wildleder-Boots trat hinzu. Er hatte einen etwas südländischen Teint, lange, leicht gewellte Haare und einen stylishen Bart. Mit meinen verstaubten Augen sah er für mich eine Zehntelsekunde ein kleines bisschen aus wie einer von den Bee Gees.

10

«Joshua, das ist meine Tochter Marie», stellte Papa mich vor und ergänzte: «Sie läuft nicht immer so rum.»

Die dunkelbraunen Augen des Zimmermanns wirkten sehr ernst, als ob sie schon einiges gesehen hätten. In diese unglaublich sanften Augen zu blicken brachte mich völlig durcheinander.

«Guten Tag, Marie», sagte er mit einer wunderbar tiefen Stimme, die mich noch viel mehr verwirrte. Der Zimmermann ergriff dabei meine Hand zur Begrüßung. Er hatte einen festen Händedruck. Und so seltsam es war, dieser Händedruck gab mir ein tiefes Gefühl von Geborgenheit.

«Frblmf …», stammelte ich. Ich war nicht in der Lage, etwas Vernünftiges zu sagen.

«Ich freue mich, dich kennenzulernen», sagte er ernst. Aber mit dieser Stimme!

«Frddlff …», antwortete ich.

«Ich werde mir nun euer Dach ansehen», erklärte er. Und ich antwortete mit einem zustimmenden «Brmmlf».

Er ließ meine Hand wieder los, und plötzlich fühlte ich mich noch viel unsicherer. Ich wollte, dass er meine Hand wieder festhielt. Sofort!

Joshua aber öffnete mit dem Hakenstab die Dachluke, zog die Leiter herunter und kletterte behände hinauf. Er hatte eine ebenso drahtige wie elegante Art, sich zu bewegen, und ich ertappte mich dabei, wie ich auf seinen Hintern starrte. Erst als der Zimmermann auf dem Dachboden verschwunden war, konnte ich wieder etwas klarer denken. Ich ließ tollen Hintern tollen Hintern sein, ging hastig aus dem Zimmer und klopfte an die Tür von Katas ehemaligem Kinderzimmer. Meine Schwester öffnete, bekleidet in Unterwäsche, und gähnte wie ein Alligator in der «Ich verdaue gerade einen Pygmäen»-Phase.

«Kannst du mir Klamotten besorgen?», fragte ich.

«Ich soll für dich zu Sven fahren?»

«Wenn ich selbst hinfahre, könnte es zu einer Konflikttötung im sozialen Nahbereich kommen.»

«So wütend wie er gestern war, ist das durchaus möglich …», gab Kata mir recht.

Sie gähnte nochmal, streckte sich dabei und zuckte plötzlich zusammen. Sie hatte einen Kopfschmerz, und das jagte ein Angstgefühl durch meinen ganzen Körper.

Kata sah meine Panik und beruhigte: «Ich hab keinen Rückfall. Ich hab nur gestern Nacht noch einen schlechten Rotwein getrunken.»

Erleichtert wollte ich sie küssen, aber sie hob abwehrend ihre Hände: «Geh dich erst mal waschen, bevor du jemand küsst.»

Nachdem ich mich geduscht hatte, hockte ich in der Küche bei einer Tasse Kaffee. Allein. Papa war mit Swetlana zu einem Tagesausflug an die Ostsee gefahren. Krampfhaft versuchte ich den Gedanken zu verdrängen, dass diese Frau meine neue Mama werden könnte. Als es mir schließlich gelang, sinnierte ich über mein verkorkstes Leben nach: Wie heißt es doch immer? Man soll aus Krisen lernen. Es wäre doch gelacht, wenn ich diese Krise nicht dazu nutzen konnte, um mein Schicksal in eine neue, glücklichere Bahn zu lenken. Jawohl!

Aber was war, wenn ich es nicht schaffte? Wenn ich immer so unglücklich und verkorkst bleiben würde wie jetzt?

Da dachte ich doch lieber an Swetlana.

Und noch lieber an diesen Joshua.

Der hatte eine unglaubliche Ausstrahlung. Und diese Augen, diese Stimme. Ich wette, wenn er es darauf anlegen würde, könnte dieser Zimmermann viele Menschen für eine gute Sache begeistern, zum Beispiel für … Wärmedämmung.

Was hatte er nochmal gesagt? Dass er sich freue, mich kennenzulernen. Das klang aufrichtig. Dabei hat er noch nicht mal auf meine Brüste gestarrt wie die meisten anderen Männer, wenn sie so etwas sagen.

Er hatte mich geduzt, ohne vorher zu fragen. Aber das lag vielleicht daran, dass er aus dem Süden kam. Aus Italien oder so. Vielleicht hatte er ja ein Haus in der Toskana, das er selbst gebaut hatte … mit nacktem Oberkörper …

Aber warum war er dann hier? Hatte er Schwierigkeiten in seiner Heimat gehabt? Vielleicht berufliche Probleme?

Wow, ich machte mir überraschend viele Gedanken über einen Mann, zu dem ich bisher nur ein paar Laute gegrunzt hatte.

In meinem Gedankenfluss unterbrach mich schließlich Kata, die mit zwei Koffern voller Klamotten von Sven zurückkehrte.

«Wie geht es ihm?», fragte ich.

«Er sieht aus wie du.»

«Wie schon mal gegessen?», fragte ich.

«Exakt.»

Ich fühlte mich unglaublich schuldig, noch nie hatte ich einen Mann so unglücklich gemacht. Normalerweise machten die Männer ja mich unglücklich. Ich seufzte und fragte Kata: «Musst du wirklich schon heute abreisen?»

Ich wollte so gerne, dass sie noch bei mir bleibt.

«Es ist besser, wenn ich noch bei dir bleibe, bis es dir wieder gutgeht.»

«Die ganzen hundert Jahre?», fragte ich traurig.

«Solange es nötig ist», grinste sie.

Ich umarmte sie.

«Du erdrückst mich», stöhnte sie auf, und ich erwiderte liebend: «Das will ich ja auch!»

Als ich nach fünf Minuten mit Drücken fertig war, zog ich mich um und war froh, endlich wieder Jeans und Pulli tragen zu können. Wir beide gingen hoch und wollten in Katas Zimmer einfach die Dinge machen, die uns in diesem Augenblick am meisten interessierten: Sie wollte zeichnen und ich mich deprimiert selbst bemitleiden.

Als wir aber an meinem Zimmer vorbeikamen, hörte ich, wie Joshua auf dem Dachboden sang. In einer mir fremden Sprache. Nicht italienisch. Mit seiner tiefen, wirklich berührenden Stimme. Höchstwahrscheinlich hätte sie einen auch berührt, wenn er so etwas gesungen hätte wie: «Sagt mal, von wo kommt ihr denn her? Aus Schlumpfhausen, bitte sehr!»

Ich erklärte Kata, dass ich nur noch schnell etwas holen wolle und ihr gleich folgen würde. Dann ging ich in mein Zimmer, kletterte dort die Dachlukentreppe hoch und betrat den Boden.

Joshua hatte gerade ein undichtes Fenster aus dem Rahmen genommen und stellte es ab. Er wirkte dabei auf eine sehr entspannte Art konzentriert. Er war jemand, der bei seiner Arbeit offensichtlich alles andere vergaß.

Als Joshua mich entdeckte, hörte er auf zu singen. Ich war neugierig, was für ein Lied es war, und fragte: «Wddl dllll?»

So ging das nicht weiter. Hastig blickte ich auf den Boden, sammelte mich und nahm einen neuen Anlauf: «Was … haben … Sie … denn da gesungen?»

«Einen Psalm über die Freude an der Arbeit.»

«Ah … okay», antwortete ich irritiert. Ich benutzte die Worte «Freude» und «Arbeit» höchst selten gemeinsam in einem Satz. Und das Wort «Psalm» eigentlich nie.

«Und was für eine Sprache war das?» Ich konnte ihn nun anblicken und dabei halbwegs fehlerfrei einen Satz herausbringen. Der Trick war, nicht in diese tiefen, dunklen Augen zu blicken.

«Hebräisch», antwortete Joshua.

«Ist das Ihre Muttersprache?»

«Ja, ich stamme aus der Gegend des heutigen Palästina.»

Palästina. Nicht ganz so attraktiv wie die Toskana. Ob Joshua ein Flüchtling war?

«Warum leben Sie nicht mehr dort?», fragte ich ihn.

«Meine Zeit dort war zu Ende gegangen», antwortete Joshua wie jemand, der den Lauf der Dinge voll und ganz akzeptiert hatte. Er wirkte in sich ruhend. Aber doch unglaublich ernst. Viel zu ernst! Ich fragte mich, wie es wohl wäre, diesen Mann mal so richtig lachen zu sehen.

«Wollen Sie heute Abend mit mir etwas essen gehen?», fragte ich.

Joshua war erstaunt. Aber nicht halb so erstaunt wie ich, dass ich das gerade gesagt hatte. Vor nicht mal zwanzig Stunden hatte ich Sven am Altar stehengelassen, und jetzt wollte ich mich schon mit einem Kerl treffen, nur um den mal lachen zu sehen?

«Was?», fragte Joshua.

«Grdlllff», antwortete ich.

Panisch überlegte ich, ob ich zurückrudern sollte, entschied mich aber für die Flucht nach vorne und den eher kläglichen Versuch, geistreich zu sein: «Es gibt doch sicherlich auch einen Psalm über das Essen.»

Er blickte mich nur noch erstaunter an. Gott, war das peinlich!

Wir schwiegen, und ich versuchte in dem Gesicht des Zimmermanns zu lesen, ob er sich mit mir verabreden wollte oder ob er mich für eine aufdringliche Kuh hielt, die von Psalmen so viel Ahnung hat wie von der experimentellen Teilchenphysik.

Aber sein Gesicht war unmöglich zu lesen, es war so ganz anders als jedes andere. Und das nicht nur wegen des Barts.

Ich sah wieder auf den Boden und wollte gerade verlegen «Vergessen Sie es» murmeln, da antwortete er: «Es gibt viele Psalmen, in denen es um Brot und Speisen geht.»

Ich schaute wieder zu ihm auf, und er sagte: «Ich würde gerne mit dir speisen, Marie.»

Dabei lächelte er mich das erste Mal an. Es war nur ein kleines Lächeln. Also bei weitem noch kein Lachen. Aber es war echt göttlich.

Mit diesem Lächeln hätte er mir noch ganz andere Dinge als Wärmedämmungen verkaufen können.

II

«Mein Gott, warum habe ich ihn nur nach einem Date gefragt?», jaulte ich auf, als ich wieder halbwegs bei Sinnen war. Ich stand vor dem Badezimmerspiegel und versuchte, bevor ich zu dem Abendessen ging, mein von der ganzen Heulerei aufgequollenes Gesicht durch Schminke so aufzubessern, dass es nicht mehr aussah wie New Orleans nach dem Hurrikan Katrina.

«Dieser Zimmermann ist doch so gar nicht meine Zielgruppe», erklärte ich Kata. «Der hat einen Bart. Ich steh überhaupt nicht auf Bärte.»

«Früher fandest du die toll», grinste Kata.

«Da war ich sechs!»

Kata grinste noch mehr und zog mir den Lidschatten nach.

«Und überhaupt», sagte ich, «Joshua kommt aus Palästina. Und singt Psalmen.»

«Du willst sicherlich auf etwas hinaus, verrätst du mir auch, auf was?», fragte Kata.

«Vielleicht ist Joshua ja ein religiöser Spinner? Nachher ist er einer von den Typen, die Flugstunden nehmen und sich dabei nicht fürs Starten oder Landen interessieren, sondern nur für das Kollidieren mit Wolkenkratzern.»

«Schön, wie weltoffen und vorurteilsfrei du bist», meinte Kata.

Ich überlegte mir, ob ich mich für meine Vorurteile schämen musste, kam aber zu dem Ergebnis, dass ich dazu gerade keine Lust hatte. Ich hatte so schon genug, für das ich mich schämen musste, meine Scham-Kapazitäten waren also voll ausgeschöpft.

«Bart und Flugstunden sind doch nur vorgeschoben», meinte Kata, «du hast ein schlechtes Gewissen Sven gegenüber.»

«Es fühlt sich nun mal falsch an, sich zu verabreden», gab ich zu.

«Was ist an ein bisschen Spaß falsch?», wollte Kata wissen.

«Wie kann ich Spaß haben, einen Tag nach der Hochzeit des Grauens?»

«Ganz einfach, du hast Spaß, wenn der Zimmermann dir sein Werkzeug zeigt …»

Ich starrte sie nur durchdringend an, sie hielt den Mund und machte keine Bemerkungen über Hobel.

Ich wandte meinen Kopf wieder zum Spiegel und erkannte, dass Schminke nur so gut sein kann wie das Gesicht, auf dem sie aufgetragen wird.

«Ich sage ab», verkündete ich.

«Und was machst du dann?», fragte Kata.

«Über mein Leben nachdenken …»

«Na, das klingt natürlich nach richtig viel Spaß.»

Sie hatte recht. Ich würde wieder in meinem Bett liegen und darüber nachdenken, dass ich eine neue Wohnung brauchte, aber keine Kohle für Deponat und Makler hatte, weil ich bereits einen großen Kredit für eine Hochzeitsfeier aufgenommen hatte, die ich habe platzenlassen. Das bedeutete in letzter Konsequenz: Ich müsste noch eine Weile bei Papa wohnen und mir weiter anhören, wie Swetlana «Gib's mir!» schreit und dabei in Frequenzbereiche vorstößt, bei denen Hunde ihren Verstand verlieren.

Kata las förmlich meine Gedanken und sagte etwas sehr Überzeugendes: «Geh zu dem Date. Was Besseres als die Depression findest du überall.»

Ich hatte mich mit Joshua bei Da Giovanni verabredet, einem italienischen Restaurant, das viele Vorteile hatte: Es war idyllisch am See gelegen, hatte sehr gutes Essen, und Giovanni hatte mal Sven die Freundin ausgespannt und jetzt mit ihr vier Bambini. Das bedeutete: Sven boykottierte das Restaurant auf ewig. Er würde mich also garantiert nicht mit Joshua sehen, und wir würden so vermeiden, dass der «Malenter Kurier» morgen mit der Schlagzeile «Amoklauf am See» aufmachte.

Giovanni platzierte mich an einem Tisch auf der Seeterrasse. Kaum hatte ich mich hingesetzt, kam Joshua hinzu. Er hatte exakt die gleichen Klamotten an wie bei der Arbeit, aber wie durch ein Wunder sahen die kein bisschen dreckig aus.

«Guten Abend, Marie», begrüßte er mich und lächelte dabei. Er hatte wirklich ein unglaubliches Lächeln. Ob er sich die Zähne bleachte?

«Guten Abend, Joshua», erwiderte ich die Begrüßung, und er setzte sich zu mir. Ich wartete darauf, dass er etwas in Konversation machte. Aber er sagte nichts, schien einfach zufrieden damit zu sein, nur auf den See zu blicken und dabei die Sonnenstrahlen auf seinem Gesicht zu genießen. Also versuchte ich das Gespräch in Gang zu bringen: «Wie lange bist du denn schon in Malente?»

«Ich bin gestern angekommen.»

Das war überraschend.

«Und du hast gleich den Auftrag für unser Dach bekommen?», fragte ich irritiert.

«Gabriel wusste, dass dein Vater einen Zimmermann brauchte.»

«Gabriel? Pastor Gabriel?»

«In seinem Gästezimmer wohne ich zurzeit.»

O Gott, hoffentlich hatte Gabriel ihm nicht erzählt, was für eine Chaotin ich bin.

«Kennst du Gabriel schon länger?», fragte ich, um herauszufinden, ob der alte Pastor von meinem gestrigen Desaster-Auftritt in der Kirche berichtet hatte. «Ich meine, kennt ihr euch so, dass ihr euch viel unterhaltet?»

Joshua antwortete: «Gabriel kannte schon meine Mutter. Er verkündete ihr einst, dass ich geboren werde.»

Das war eine irritierende Aussage. Hatte Gabriel den Schwangerschaftstest von Joshuas Mama in der Hand gehabt? Und wenn ja, wieso? Er war ja kein Frauenarzt. Schon gar nicht in Palästina. Ob Gabriel was mit der Mutter hatte?

Aber das waren alles Fragen, die zu indiskret für eine erste Verabredung waren und es wohl selbst noch für die siebzehnte gewesen wären. Also fragte ich was anderes: «Wann hast du denn Palästina verlassen?»

«Vor fast zweitausend Jahren.»

Bei der Antwort lächelte Joshua nicht. Entweder er hatte den trockensten Humor der Welt, oder er nahm wirklich Flugstunden.

«Und, wo hast du in diesen zweitausend Jahren gelebt?», versuchte ich mit zu scherzen, ohne mir hundertprozentig sicher zu sein, dass er wirklich scherzte.

«Im Himmel», erwiderte er, ohne einen Anflug von Ironie.

«Das ist nicht dein Ernst!»

«Selbstverständlich ist es das», antwortete er.

Und ich dachte mir: Au Mist, doch Flugstunden!

Ich versuchte mich zu beruhigen: Bestimmt war Joshua ein ganz normaler Kerl, der sicher schon eine Weile in Deutschland war, sonst würde er die Sprache nicht so gut beherrschen. Er hatte wohl nur einen merkwürdigen Sinn für Humor, vermutlich war sein Witz einfach nur «Lost in Translation».

Wir warteten auf die Speisekarten, schwiegen und blickten weiter auf den See. Joshua machte das Schweigen nichts aus. Mir schon. Spaß war etwas anderes.

Aber was hatte ich erwartet? Wie sollten wir eine Wellenlänge finden? Wir waren zu unterschiedlich. Er war religiös. Ich deprimiert.

Das Ganze war eine einzige Schnapsidee. Ich überlegte mir, ob ich nicht einfach aufstehen und gehen sollte, ihm erklären, dass das Ganze ein Irrtum sei. Es war sicher noch nicht zu spät für mich, nach Hause zu gehen, mich in meine Bettdecke einzukuscheln und mit der Frage zu quälen, wie ich jemals wieder glücklich würde leben können, ohne Psychopharmaka einzunehmen.

Joshua las anscheinend in meinem Gesicht, dass ich bedrückt war, und sagte etwas Wunderbares: «Da ist ein Vogel.»

Das war noch nicht das Wunderbare.

«Er erntet nicht, er sät nicht, und dennoch muss er sich keine Sorgen machen.»

Ich betrachtete den Vogel, eine Nachtigall, um genau zu sein, und dachte mir, dass die sich jedenfalls keine Sorgen machen müsse, ob sie einen Partner fürs Leben findet. Nur, ob sie auf dem Zug nach Süden von irgendeinem Italiener als Delikatesse verspeist wird.

«Und Menschen sollten sich schon gar keine Sorgen machen», fuhr Joshua fort. «Wer kann schon mit all seiner Sorge sein Leben auch nur um eine kleine Zeitspanne verlängern?»

Damit hatte der Mann recht, obwohl er ein bisschen so klang wie jemand, der zu viele Ratgeberbücher von Dale Carnegie gelesen hat.

«Sorg dich nicht um morgen, denn der morgige Tag wird für sich selber sorgen», sagte Joshua.

Es war ein simpler Satz. Aber ein schöner. Und wenn ihn ein Mann mit diesem Charisma, dieser Stimme und diesen Augen sagte, dann glaubte man ihn auch.

Das erste Mal seit meinem «Neinwort» vor dem Traualtar spürte ich wieder ein kleines bisschen Zuversicht.

Ich beschloss, erst mal zu bleiben und der Verabredung eine Pizzalänge Zeit zu geben. Giovanni brachte die Speisekarte, und Joshua konnte nicht viel mit ihr anfangen. Ich musste ihm sogar erklären, was eine Pizza ist. Schließlich entschied er sich für eine Pizza Vegetaria.

«Fleisch und Käse zusammen sind nicht koscher», erklärte er seine Wahl.

«Nicht koscher? Sagen das die Moslems auch?», fragte ich.

«Ich bin kein Moslem, ich bin Jude.»

Ein Jude aus Palästina, was es nicht alles gibt, dachte ich und war froh, weil Juden in der Regel nicht in Wolkenkratzer fliegen. Aber schnell fragte ich mich, ob er vielleicht einer dieser irren jüdischen Siedler war. Aber als irrer jüdischer Siedler hätte er doch diese Kringellocken haben müssen, oder? Wie bekamen die diese Locken eigentlich hin, mit einem Lockenstab?

«Und du?», unterbrach Joshua meinen Gedankenausflug in das jüdisch-orthodoxe Coiffeurshandwerk.

«Ähem … was?», fragte ich.

«An welchen Gott glaubst du?»

«Nun, ähem … ich bin Christin», antwortete ich.

Joshua musste lächeln. Ich hatte keine Ahnung, was daran so lustig sein sollte. Hatte Gabriel ihm etwa doch von mir erzählt?

«Verzeih», sagte er. «Aber ‹Christ› ist für mich eine Bezeichnung für einen Gläubigen, an die ich mich erst noch gewöhnen muss.»

Joshua lachte nun auf. Nur ein ganz kleines bisschen, nicht laut. Aber dieses sanfte Lachen reichte schon, um mir ein enorm wohliges Gefühl zu bereiten.

Die nächsten Minuten plauderten wir endlich miteinander. Ich fragte, wo er denn sein Handwerk gelernt habe, und er erklärte, dass sein Stiefvater ihm alles beigebracht hätte.

Stiefvater? War er etwa auch so ein neurotisches Scheidungskind wie ich? Hoffentlich nicht!

Giovanni servierte, und Joshua genoss Pizza und Salat, als ob er wirklich das erste Mal seit zwei Jahrtausenden etwas zu sich nähme. Beim Rotwein schwärmte er sogar: «Den habe ich vermisst!»

In den Zimmermann kam langsam so etwas wie Lebenslust. Wir plauderten immer angeregter, und ich erzählte ihm: «Als Kind fand ich Bärte wie deinen toll. Ich wollte sogar selbst einen haben!»

Joshua brachte das wieder zum Lächeln.

«Und weißt du, was meine Mutter mir darauf antwortete?», fragte ich.

«Erzähle es mir», forderte er mich gut gelaunt auf.

«Sie sagte: So ein Bart ist ein Friedhof für Essensreste.»

Joshua lachte nun laut auf – anscheinend kannte er das Problem.

Es war ein tolles Lachen.

So herzlich.

So befreit.

«Ich habe ewig lange nicht mehr gelacht», stellte Joshua fest.

Er sinnierte etwas, und dann sagte er aus tiefster Seele: «Das Lachen habe ich am meisten vermisst.»

Und mir hatte es noch nie so viel Freude gemacht, jemanden zum Lachen zu bringen.

Ja, dieser Mann war merkwürdig, fremd, ungewöhnlich – aber wahrlich, ich sage euch, auch echt faszinierend.

12

Ich wollte mehr über Joshua erfahren und beschloss, die Verabredung auf die nächste Stufe zu hieven. Auf die, bei der man abcheckt, ob das Gegenüber eine Freundin hat. Und falls nicht, ob es eine Ex gab, der er noch hinterhertrauert.

«Wer hat dich denn früher so zum Lachen gebracht?», fragte ich.

«Eine wundervolle Frau», antwortete er.

Dass es eine wundervolle Frau in seinem Leben gab, wurmte mich mehr, als es mich hätte wurmen sollen.

«Was … was ist aus ihr geworden?»

«Sie ist gestorben.»

Ach du meine Güte! Wenn ich je was von ihm gewollt hätte – was natürlich nicht der Fall war, aber es hätte ja sein können, dass ich es irgendwann doch mal wollte –, dann müsste ich gegen eine Tote anstinken. Das wäre höchst unangenehm, nicht nur wegen des Verwesungsgeruchs.

Ich beschloss daher, nie etwas von Joshua zu wollen.

Doch dann sah ich in seine traurigen Augen, vergaß das

mit dem «nie was wollen» und hätte ihn am liebsten tröstend in die Arme genommen.

Er wirkte wie jemand, der nicht oft in die Arme genommen wurde.

«Sie hatte einen ähnlichen Namen wie du», erklärte Joshua mit einem wehmütigen Blick.

«Holzmann?», fragte ich erstaunt.

«Maria.»

Gott, bin ich blöd!

«Maria konnte so geistreich über Rabbiner scherzen», schwärmte er.

«Rabbiner?», stammelte ich irritiert.

«Und über Römer.»

«Römer?!?»

«Und Pharisäer.»

Okay, dachte ich und versuchte, nicht an lockere Schrauben zu denken.

«Obwohl man über Pharisäer eigentlich nicht scherzen sollte», ergänzte Joshua.

«Ja … nee … natürlich nicht», erwiderte ich stammelnd, «Pharisäer sind … total unkomisch.»

Joshua blickte über den See, dachte ganz offensichtlich an seine Ex und sagte dann: «Ich werde sie bald wiedersehen.»

Das war eine etwas morbide Ansage.

«Wenn das Himmelreich auf Erden kommt», ergänzte Joshua.

Himmelreich? In meinem Hirn wurde Rotalarm ausgelöst! Captain Kirk saß auf der Vorderhirn-Brücke und schrie durch die Sprechanlage: «Scotty! Wir müssen hier abhauen! Bring uns sofort hier raus!»

64

Scotty antwortete aus dem Hirnstamm-Maschinenraum: «Das geht nicht, Captain.»

«Warum nicht?»

«Wir haben die Pizza noch nicht bezahlt.»

«Wie lange wird das dauern, bis Giovanni die Rechnung bringt?», brüllte Kirk und übertönte das immer lauter werdende Alarmgeheul.

«Mindestens zehn Minuten. Acht, wenn wir ‹Hopp, hopp, bitte schnell, wir wollen zahlen› schreien!», kam die Antwort aus dem Maschinenraum.

«Wir haben keine acht Minuten, der erzählt uns was vom Himmelreich!»

«Dann sind wir verloren, Captain.»

Da ich nicht abhauen konnte, gab es nur eine Alternative. Ich musste das Thema wechseln. Krampfhaft suchte ich nach einer Abfahrt aus dem Gespräch und fand eine: «Oh, schau mal, Joshua, da pinkelt einer in den Busch.»

Zugegeben, es gibt elegantere Gesprächsabfahrten.

Aber tatsächlich: Am Seeufer strullte ein Obdachloser in einen Dornbusch. Ja, selbst so ein idyllischer Ort wie Malente hatte Arbeitslose, Hartz-IV-Empfänger und Leute, die sich in der Fußgängerzone angeregt mit Laternenpfählen unterhalten.

«Dieser Mann ist ein Bettler», stellte Joshua fest.

«Ja, das ist wohl wahr», erwiderte ich.

«Wir müssen mit ihm das Brot teilen.»

«Was?», rief ich erstaunt.

«Wir teilen mit ihm das Brot», wiederholte Joshua.

«Brot teilen?», dachte ich. «Das macht man doch nur mit Enten.»

Joshua stand auf und wollte tatsächlich zu dem etwas dicklichen, unrasierten Mann gehen und ihn zu uns an den Tisch holen. Dieses Date war drauf und dran, sich zu einem Höllen-Trip zu entwickeln.

«Wir sollten nicht das Brot mit ihm teilen», sagte ich mit sehr lauter, leicht kieksender Stimme.

«Nenne mir einen Grund, warum nicht», antwortete Joshua ganz ruhig.

«Ähem», ich suchte nach einem vernünftigen Argument, fand aber nur: «Wir … wir haben gar kein Brot, nur Pizza.»

Joshua lächelte: «Dann teilen wir eben die Pizza.» Mit diesen Worten ging er zu dem Obdachlosen und führte ihn zu uns an den Tisch.

Der Penner, der sich selbst Frank nannte und wohl so circa Ende dreißig sein mochte, hatte eine etwas andere Vorstellung vom Teilen als ich: Er nahm unsere Pizzen und ließ uns nur den in Vinaigrette ertränkten Beilagensalat. Dabei erzählte er, dass er letztes Jahr im Knast war, weil er aus Geldmangel einen Telekomladen überfallen hatte.

«Wieso denn einen Laden der Telekom und keine Bank?», fragte ich.

«Ich fand, dass die das mit ihren unübersichtlichen Tarifen verdient haben.»

Man konnte Frank einiges vorwerfen, zum Beispiel sein Desinteresse an Deos, aber seine Logik hatte etwas Stichhaltiges.

«Wie bist du in Not geraten?», fragte Joshua, nachdem Frank ihm erklärt hatte, was ein Telekomladen überhaupt ist. Joshua schenkte dem Penner dabei noch etwas von dem Wein nach. Er zeigte Mitgefühl. Zu viel Mitgefühl, wie ich fand. Ich beugte mich zu ihm hinüber und sagte: «Lass uns zahlen und gehen.»

Aber Joshua stellte klar: «Wir brechen noch weiter mit ihm das Brot.»

Wütend dachte ich bei mir: So wie der Typ stinkt, brech ich gleich noch ganz andere Dinge.

Frank antwortete indessen auf Joshuas Frage: «Ich habe meine Arbeit bei der Versicherung verloren.»

«Und warum?»

«Ich bin nicht mehr dort erschienen.»

«Gab es dafür einen Grund?», fragte Joshua.

Frank zögerte, anscheinend hatte er eine schmerzhafte Erinnerung.

«Du kannst dich ruhig offenbaren», sagte Joshua mit seiner angenehm beruhigenden Stimme, die einem signalisierte: «Mir kannst du vertrauen. Du wirst nicht verletzt.»

«Meine Frau ist bei einem Autounfall gestorben», erklärte Frank.

Ach du meine Güte!, dachte ich.

«Und ich war schuld.»

Jetzt hatte ich Mitleid mit Frank und schenkte ihm selbst Wein nach.

Und mir auch.

Frank erzählte von seiner tiefen Liebe zu seiner Frau und von dem schrecklichen Abend des Unfalls. Es war das allererste Mal, dass er mit jemandem so ausführlich darüber sprach. Frank fuhr damals mit seiner Frau Caro auf einer Landstraße zu einer Party. Auf der gegenüberliegenden Spur machte ein Handelsvertreter ein Überholmanöver. Die Autos prallten frontal zusammen, Caro war sofort tot. Dabei hatte sie noch so viel vor in ihrem Leben: Zum Beispiel hatte sie gerade einen Bauchtanzkurs begonnen.

«Bist du denn zu schnell gefahren?», wollte ich wissen.

Frank schüttelte den Kopf.

«Hättest du denn anders reagieren können?», hakte ich nach.

Er schüttelte wieder den Kopf.

«Warum hast du dann Schuld?», fragte ich schluckend.

«Weil … weil sie gestorben ist und nicht ich», antwortete er und begann zu weinen. Das erste Mal hatte er jemandem von seinen Schuldgefühlen erzählt, und das erste Mal konnte er seiner Trauer freien Lauf lassen. Joshua nahm seine Hand, ließ Frank eine ganze Weile lang weinen und fragte dann: «War deine Frau ein guter Mensch?»

«Sie war die Beste», antwortete Frank.

«Dann sei du es auch», sagte Joshua in seiner sanften, überzeugenden Stimme.

Frank hörte auf zu weinen und fragte ironisch: «Ich soll dann wohl keine Telekomläden mehr überfallen?»

Joshua schüttelte den Kopf.

Frank schob den Wein beiseite, bedankte sich aus vollem Herzen, stand auf und ging. Man konnte sich fast vorstellen, dass er für eine Weile trocken blieb. Mann, dieser Joshua könnte sicherlich viel Geld mit einer Entzugsklinik in Beverly Hills machen.

Er lächelte mir zu: «Manchmal muss man einem Menschen nur zuhören, um seine Dämonen zu vertreiben.»

Plötzlich fand ich es ganz schön, dass wir das Brot geteilt hatten.

13

Joshua und ich verließen das Restaurant und gingen eine Weile schweigend am See entlang in Richtung Innenstadt. Diesmal machte mir das Schweigen nichts aus. Ich betrachtete mit Joshua den Sonnenuntergang. Der war über dem Malenter See zwar nicht so beeindruckend wie über Formentera, aber immerhin schön genug, um ein paar tolle Momente zu genießen.

Joshua verwirrte mich: Mal wollte ich vor ihm fliehen, mal nur seiner Stimme lauschen, mal verspürte ich den unbändigen Drang, ihn zu berühren. Und mir war nicht klar, ob er vielleicht auch mal diesen Drang verspürte. Objektiv betrachtet, hatte er mir kein einziges Mal Anlass gegeben, das zu denken. Er hatte nie meinen Körper von oben bis unten gescannt und auch keinen echten Flirt gestartet. Warum nicht? War ich so unattraktiv? War ich ihm etwa nicht gut genug? Was bildete der Kerl sich ein? Als Zimmermann war er auf dem Single-Markt sicher auch nicht gerade das Top-Objekt der Begierden!

«Warum blickst du mich so böse an?», fragte Joshua, und ich erwiderte verlegen: «Nichts, nichts, mein Gesicht wirkt nur manchmal etwas verkniffen.»

«Nein, tut es nicht», erwiderte er, «es wirkt freundlich.»

Er sagte es ohne einen ironischen Unterton. Überhaupt war er ganz unzeitgemäß ironiefrei. Ich hatte keine Sekunde das Gefühl, irgendeine seiner Aktionen oder Gesten sei künstlich, einstudiert oder auf Effekt aus. Er fand mein Gesicht wohl wirklich freundlich. War das ein Kompliment? Zumindest war es besser als Svens ewiges «Ich liebe jedes Pfund an dir».

Ich lächelte. Joshua lächelte zurück. Und das interpretierte ich mal wohlwollend als Flirt.

Wir flanierten durch die Innenstadt, und aus einer Bar hörte man, wie eine Horde Wolfgang Petrys *Wahnsinn – warum schickst du mich in die Hölle?* grölte.

Joshua war alarmiert, als er das hörte.

«Was ist?», fragte ich ihn.

«Das ist ein Gesang Satans.»

Bevor ich etwas erwidern konnte, stürmte er in die Bar namens Poco-Loco. Ich folgte ihm hastig. In der Bar standen circa zwanzig junge Männer und Frauen, Typ Sparkassenangestellte, vor einer Karaoke-Maschine. Die Männer hatten ihre Krawatten gelockert und die Frauen ihre Kostümjäckchen abgelegt. Die Stimmung war ausgelassen, alle sangen und machten dazu wippende Bewegungen. Es war eine Karaoke-Party, wie sie nur Menschen veranstalten konnten, die sich den ganzen Tag mit Überweisungsformularen rumschlagen müssen.

Doch Joshua war irritiert: Menschen, die etwas «Teuflisches» sangen und um etwas herumtanzten, gefielen ihm nicht: «Als ob sie um das Goldene Kalb tanzten.»

«Man kann's auch übertreiben», maulte ich. «Das ist nur eine Karaoke-Maschine. Kein Goldenes Kalb. Und Wolfgang Petry zu hören ist zwar die Hölle, aber mehr auch nicht.»

Dann ging ich zu dem Sparkassenangestellten, der das Mikro in der Hand hielt, und fragte ihn: «Darf ich das mal haben?»

Der Mann, Typ gegelter Standardproduktverkäufer, überlegte noch, was er antworten sollte, da hatte ich ihm das Mikro schon entrissen und Joshua in die Hand gedrückt.

«Was willst du singen?», fragte ich ihn.

Er zögerte, wusste gar nicht so recht, was ich von ihm wollte.

«Das macht Spaß!», munterte ich ihn auf. «Was sind deine Lieblingslieder?»

Joshua rang sich durch und erwiderte: «Ich mag besonders die Psalmen von König David.»

Ich schaute auf das Programm der Maschine und antwortete: «Okay, du bekommst *La Bamba*.»

Ich drückte die Taste, das Programm ging los, aber Joshua kam nicht in den Groove, obwohl er sich bemühte, er wollte mir sichtlich den Gefallen tun. Er sang ein bisschen halbherzig *La Bamba* mit, legte dann aber bei den Zeilen *Soy capitan, soy capitan* das Mikro beiseite. Das war nichts für ihn. Ich hatte danebengelegen. Und es tat mir leid, ihn genötigt zu haben.

Der gegelte Sparkassenmann kam zu mir und fragte: «Und, seid ihr nun fertig mit Stimmungstöten?»

Ich blickte mich um und sah in lauter genervte Angestelltengesichter und bestätigte: «Sind wir anscheinend.»

Ich wollte ihm das Mikro wiedergeben. Aber da kam Joshua hinzu: «Ich würde sehr gerne singen. Gibt es vielleicht etwas Besinnlicheres in dieser Maschine?»

«Wir wollen nichts Besinnliches», rief der Sparkassen-Typ. «Wir wollen *99 Luftballons*!»

Ich sah, dass Joshua wirklich beabsichtigte zu singen. Er wollte mich anscheinend nicht enttäuschen. Das war irgendwie niedlich.

Daher zog ich den Sparkassenmann beiseite und raunte ihm leise zu: «Lass ihn singen, oder ich trete in deine Ballons. Dann sind es nur noch 97.»

Darauf antwortete der eingeschüchtert: «Andererseits, ein ruhigeres Lied kann ja auch mal nicht schaden.»

Ich ging zu der Maschine, suchte eine Weile in dem Song-Katalog und fand *Dieser Weg* von Xavier Naidoo. Joshua nahm das Mikrophon und begann mit seiner wundervollen Stimme zu singen: «Dieser Weg wird kein leichter sein / Dieser Weg wird steinig und schwer / Nicht mit vielem wirst du dir einig sein / Doch dieses Leben bietet so viel mehr.»

Als er fertig war, weinte die halbe Sparkasse Malente.

Und sie schrien: «Zugabe, Zugabe, Zugabe!»

Eine junge, ganz zierliche Frau ging auf Joshua zu und schlug ihm vor: «Wie wär's mit *We will rock you*?»

Joshua fragte recht irritiert: «Handelt das von einer Steinigung?»

Aber er war nicht halb so irritiert wie die junge Frau und ich.

Ich durchsuchte erneut den Song-Katalog und fand nur Titel, die ich für Joshua als ungeeignet befand wie *Do you think I'm sexy*, *Bad* oder von den Prinzen *Mein Hund ist schwul*.

«Ich glaube, wir können gehen», schlug ich ihm daher vor. Aber die von ihm faszinierte Sparkassenmeute wollte ihn einfach nicht ziehen lassen, und so fragte Joshua die Menge: «Darf ich auch einen Psalm singen?»

Der Gegelte antwortete: «Gerne, was immer das auch ist.»

Joshua demonstrierte es ihm. Er sang einen wunderschönen Psalm, den er – anscheinend instinktiv – für die Banker auswählte, mit der Zeile: «Wenn der Reichtum auch wächst, verliert nicht euer Herz an ihn.»

Als er fertig war, klatschten die Sparkassenleute begeistert. Dabei riefen sie: «Bravo», «Zugabe» und «Einer geht noch, einer geht noch rein».

So sang Joshua noch einen weiteren Psalm. Und, von den

Bankern angefeuert, noch einen. Und noch einen. Insgesamt acht, bis die Bar schloss. Der Barkeeper verzichtete tief bewegt, uns den ganzen Wein in Rechnung zu stellen – selbst die Sparkassenleute hatten von Caipirinhas auf Rotwein umgesattelt –, und alle verabschiedeten sich dankbar von Joshua. Und als ich den beseelten Sparkassenangestellten so hinterherblickte, hatte ich den Eindruck, dass sie am nächsten Tag ihren Kunden bei den Dispokrediten sehr entgegenkommen würden.

Joshua begleitete mich zum Haus meines Vaters, und ich war ebenso beschwingt wie angetüdelt. Schon lange hatte ich nicht mehr so viel Wein getrunken wie mit diesem Mann (der überraschenderweise völlig nüchtern erschien; war er das Trinken gewohnt, oder hatte er einfach nur einen besseren Metabolismus?). Es war auch sicher der merkwürdigste Abend, den ich je mit einem Mann verbracht hatte, wenn man mal von dem Tag absah, an dem Sven in dem überbuchten Hotel auf Formentera zu mir meinte, man könne für eine Nacht auch mal das Zimmer mit seiner Mutter teilen.

Joshua hatte eine Art, Menschen zu berühren. Und mich berührte er auch. Aber ich war komplett unsicher, ob das auf Gegenseitigkeit beruhte. Fand er mich attraktiv? Er hatte mir immer noch nicht auf die Brüste geschaut. War er vielleicht schwul? Das würde erklären, warum er so ein feiner Kerl war.

«Es war ein wunderschöner Abend», lächelte Joshua.

Oh, vielleicht fand er mich ja doch attraktiv?

«Ich habe gespeist, gesungen und vor allen Dingen: Ich habe gelacht», erklärte Joshua. «So einen wundervollen Abend hatte ich lange nicht mehr auf Erden. Und das habe ich nur dir zu verdanken, Marie. Danke!»

Er blickte mich mit seinen tollen Augen sehr dankbar an. Man konnte ihm fast glauben, dass er sich lange nicht so amüsiert hatte.

Wenn man wollte, konnte man das auch als Interesse an mir deuten. Und ich wollte! Hätten meine Knie noch ein kleines bisschen mehr gezittert, hätten sie Charleston getanzt.

«Möchtest du vielleicht noch mit nach oben kommen?», fragte ich, ohne nachzudenken, und erschrak sofort über mich selbst: Mein verdammtes Unterbewusstsein wollte mit diesem Mann ins Bett?

«Was wollen wir denn oben machen?», fragte Joshua völlig arglos.

Nein, ich durfte nicht mit ihm ins Bett gehen. Das war aus ganz vielen Gründen falsch: wegen Sven, wegen Sven und wegen Sven. Und auch wegen Kata, von der ich dann die nächsten Jahre sicher nur noch Bemerkungen übers Hobeln hören würde.

«Marie?»

«Ja?»

«Ich hab dich was gefragt.»

«Ja, das hast du», bestätigte ich.

«Gibst du mir auch eine Antwort auf meine Frage?»

«Klar.»

Wir schwiegen.

«Marie?»

«Ja?»

«Du wolltest mir eine Antwort geben.»

«Ähem, wie war noch gleich die Frage?»

«Warum soll ich dich nach oben begleiten?», wiederholte Joshua sanft. Er hatte anscheinend wirklich keine Ahnung.

Verrückt. Er war so unschuldig. Irgendwie machte ihn das noch viel, viel anziehender.

Aber wenn er keine Ahnung hatte, was ich da oben mit ihm wollte, könnte ich mich doch vielleicht noch leicht aus der Affäre ziehen und mich selbst davor bewahren, gleich den nächsten Fehler zu begehen. Oder noch schlimmer: mir von ihm einen Korb zu holen.

Ich würde das Ganze sicher locker abbiegen können. Ich dürfte mit meinem besoffenen Kopf nur nicht etwas so Verfängliches wie «Kaffee trinken» antworten.

«Was willst du mit mir tun?», fragte Joshua nochmal.

«Hobeln.»

«Hobeln?»

Scheißrotwein!

«Äh … ich meinte habeln.»

«Habeln?»

«Ja», grinste ich ziemlich verquer.

«Was ist das?»

Mein Gott, woher sollte ich das wissen?

«Ich … ähem … meine doch hobeln … den Dachstuhl machen», erklärte ich hastig.

«Du willst, dass wir gemeinsam an dem Dachstuhl arbeiten?»

«Ja!», antwortete ich, froh, die Kurve bekommen zu haben.

«Dann wecken wir aber um diese Zeit deinen Vater und deine Schwester», gab Joshua zu bedenken.

«Genau, und deswegen lassen wir es ja auch bleiben!», verkündete ich leicht durchgedreht.

Joshua blickte mich verwundert an. Ich grinste verlegen.

Dann sagte er: «Gut, dann hobeln wir beide morgen miteinander.»

«Das hab ich gehört!», schrie eine lallende, aggressive Stimme hinter uns. Ich drehte mich um, und hinter dem Pflaumenbaum am Rande unseres großen Vorgartengrundstücks trat Sven hervor. Hatte er die ganze Zeit vor meinem Haus auf mich gewartet?

Er sah furchtbar aus. Er war betrunken und unglaublich wütend. «Du hast mich betrogen!», schrie er mich an.

«Hab ich nicht», antwortete ich.

«Nein, natürlich nicht», höhnte er bitter. «Ich wette, du hast mit dem Langhaaraffen schon die ganze Zeit rumgemacht.»

«Mein Freund», sagte Joshua in einem ruhigen Tonfall und stellte sich zwischen uns. «Erhebe deine Stimme nicht gegen Marie.»

«Verpiss dich, Hippie. Oder ich poliere dir die Fresse!», drohte Sven.

«Tu das nicht», mahnte Joshua sanft. Doch da schlug Sven ihm schon mit der flachen Hand ins Gesicht.

«O mein Gott!», schrie ich auf und blickte zu Joshua. Der hielt sich die Wange, anscheinend hatte Sven ihn hart getroffen.

«Komm, prügle dich, wenn du ein Mann bist!», schrie Sven Joshua an.

Joshua aber blieb einfach stehen, tat nichts, rein gar nichts. Sicher hätte er den angetrunkenen Sven vermöbeln können, er wirkte viel durchtrainierter. Außerdem war er nicht ansatzweise so betrunken wie Sven. Doch Joshua machte überhaupt keine Anstalten, auf die Provokation einzugehen: «Ich werde nicht mit dir kämpfen, mein Freu…»

«Ich bin nicht dein Freund!» Sven schlug nochmal zu. Diesmal mit der Faust.

«Ahh …», stöhnte Joshua auf. Das musste sehr wehgetan haben.

«Wehr dich!», forderte Sven auf.

Doch Joshua stellte sich nur vor Sven, friedlich, ohne jegliche Aggression. Er machte einen auf Gandhi für Arme. Sven hingegen schlug nochmal zu. Joshua ging zu Boden. Sven stürzte sich auf ihn, prügelte weiter und weiter und schrie dabei: «Wehr dich, du Schwuchtel!»

Voller Panik dachte ich: «Ja, Joshua, wehr dich! Lass dich nicht so verprügeln!»

Aber Joshua schlug nicht zurück. Sven prügelte weiter auf ihn ein. Ich konnte es nicht ertragen, packte Sven am Kragen und riss ihn von Joshua weg: «Hör sofort auf damit!»

Sven starrte mich wütend an, keuchte mir seine Alkoholfahne ins Gesicht. Für einen kurzen Moment befürchtete ich, er würde auch mich schlagen. Aber er tat es nicht. Er ließ von Joshua ab, sagte zu mir: «Ich will dich nie wiedersehen», und ging.

So laut wie ich konnte, brüllte ich ihm hinterher: «Das kannst du haben!»

Dann blickte ich zu Joshua, der sich aufrichtete und eine Platzwunde an der Lippe hatte. Ich hatte ein schlechtes Gewissen, schließlich war es meine Schuld, dass Sven so ausgerastet war. Aber ich war auch sauer auf Joshua; hätte er sich nur kurz mal gewehrt, wäre er sicher nicht so zugerichtet worden. Und ich hätte mich nicht so verdammt schuldig gefühlt!

«Warum hast du dich nicht gewehrt?», fragte ich wütend und voller schlechtem Gewissen.

«Wenn dir einer auf die eine Wange schlägt, halt ihm auch die andere hin», antwortete Joshua in einem ruhigen Ton.

Das machte mich nun richtig sauer: «Wer glaubst du eigentlich, wer du bist?», machte ich ihn an. «Jesus?»

Joshua richtete sich nun zittrig auf, dann blickte er mir tief in die Augen und erklärte: «Ja, der bin ich.»

14

«Scotty!!!! Bring uns hier raus!», schrie Kirk.

«Aber Captain …»

«Nichts aber! Der glaubt allen Ernstes, Jesus zu sein!», insistierte Kirk.

«Dennoch können wir nicht einfach verschwinden!»

«Wieso?» Kirk war fast am Durchdrehen.

«Weil er verletzt ist.»

Kirk dachte nach: Scotty hatte recht, man durfte Joshua in diesem Zustand nicht allein lassen.

Aber es gefiel Kirk nicht.

«Scotty?»

«Ja, Captain.»

«Es gibt etwas, was ich dir schon immer mal sagen wollte.»

«Und was?»

«Du nervst!»

Ich betrachtete Joshua, der schwach auf den Beinen stand und dessen Lippe immer noch blutete. Er sagte in einem ruhigen Tonfall: «Du willst sicherlich wissen, warum ich hier bin.»

Nein, das wollte ich nicht! Mich interessierte nicht, aus welcher Klapsmühle genau er ausgebrochen war. Daher antwortete ich: «Rede nicht, du musst dich schonen. Ich bring dich jetzt zu Gabriel.»

«Das ist nicht nötig, den Weg schaffe ich allein», sagte Joshua, und ich hoffte, dass das stimmte, wollte ich doch nur so schnell wie möglich weg von ihm.

Er ging zwei Schritte und sank in sich zusammen. Mist!

Sven hatte ihn härter getroffen als gedacht. Ich stützte ihn den ganzen Weg bis zum Pfarrhaus. Einmal noch setzte Joshua an: «Ich bin auf die Erde gekommen, weil …»

Aber ich sagte nur: «Schhh!» Ich wollte das nicht hören. Der Wahnsinn, den ich bereits in meinem Leben hatte, reichte mir vollkommen. Da brauchte ich seinen nicht noch obendrauf.

Ich klingelte am Pfarrhaus, und Gabriel öffnete mir im feingerippten Unterhemd. Ein Anblick, auf den ich außerordentlich gut hätte verzichten können.

Gabriel ignorierte mich, er war zutiefst geschockt, Joshua so zu sehen.

«Was hast du mit ihm gemacht?», wollte er wissen.

«Ich hab ihn in Runde zwölf mit einem wunderbaren linken Haken getroffen», antwortete ich gereizt.

«Das ist nicht der richtige Zeitpunkt für patzige Bemerkungen», erwiderte Gabriel und klang unendlich viel strenger als im Konfirmandenunterricht.

Ich erklärte ihm, was passiert war. Gabriel sah mich wütend an, nahm mich zur Seite und zischelte nur: «Lass Joshua in Ruhe!»

Ich zischelte zurück: «Sehr, sehr, sehr, sehr, sehr, sehr und noch weitere 524 Mal sehr gerne.»

Gabriel führte den benommenen Joshua in das Haus. Dabei fielen mir drei sehr merkwürdige Dinge auf: Erstens, Gabriel behandelte Joshua so fürsorglich wie ein Diener seinen Herrn. Zweitens, Gabriel hatte am Rücken zwei riesengroße Narben. Und drittens hörte ich eine Stimme «Was ist denn los?» rufen, und diese Stimme klang verdammt wie die meiner Mutter.

Eilig hastete ich zu einem Fenster, blickte in das Pfarrhaus, und tatsächlich: Meine Mutter lief dort herum. Nur mit Unterwäsche bekleidet.

Spätestens jetzt war ich wieder nüchtern.

Unterdessen

Gabriel brachte Joshua in das Gästezimmer, versorgte dessen Wunden und wachte sorgenvoll an seinem Bett, bis er eingeschlafen war. Warum nur hatte der Messias sich auf Marie eingelassen? Gabriel kam auf keine plausible Antwort und ging schließlich zurück zu Maries Mutter, die sich in seinem Bett einkuschelte. Für den ehemaligen Engel war dieser Anblick unglaublich: Jahrzehntelang hatte er sich danach gesehnt, sich mit ihr zu vereinen, und jetzt war sein Traum endlich wahr geworden. Er musste schmunzeln. Die Engel wussten ja schon immer, dass Gott einen ungewöhnlichen Sinn für Humor hatte, aber erst jetzt entfaltete sich Gottes Humor für Gabriel in seiner ganzen Bandbreite: Dass Menschen miteinander nach dem Prinzip der Säge Sex haben, war einfach ein köstlicher Scherz des Allmächtigen.

Und eine wunderschöne Aktivität.

Furchtbar nur, dass die Welt bald enden sollte und die Chancen, dass Gabriels Angebetete ins Himmelreich kommen sollte, gegen null tendierten. Er hatte versucht, Silvia zu bekehren, aber sie hatte seine Bibel nur auf den Nachttisch gelegt und ihn einfach am Ohrläppchen geknabbert. Da hatte er glatt vergessen, dass er sie bekehren wollte.

Aber selbst wenn seine große Liebe es ins Himmelreich schaffen würde, bezweifelte er, dass im Reich Gottes dieser wunderbare Sägemechanismus vorgesehen war.

Maries Mutter fragte Gabriel: «Was schaust du so besorgt?»

Gabriel wiegelte ab, dass alles gut sei, und gab ihr einen Kuss.

«Hat es was mit dem Zimmermann zu tun?» Silvia ließ nicht locker, sie war schließlich Psychologin.

Gabriel überlegte: Er konnte sie nicht einweihen. Er konnte

ihr nicht sagen, dass Jesus, bevor er zur großen Schlacht Gut gegen Böse nach Jerusalem zog, noch einmal unter den Menschen wandeln wollte, um sein geliebtes Handwerk als Zimmermann ein letztes Mal auszuüben, dass der Messias zu diesem Zweck zu Gabriel gekommen war, weil er der Engel war, den Jesus am meisten liebte, und dass Gabriel Jesus zwar gewarnt hatte, wie sehr sich die Zeiten doch geändert hätten und ein Wandeln unter den Menschen ihm nicht viel Freude bereiten würde, aber dass der Messias nun mal ein extrem sturer Kerl war, den man von nichts abbringen konnte, wenn er es sich einmal in den Kopf gesetzt hatte (davon konnten die Rabbiner in den Tempeln ein Klagelied singen). Und schon gar nicht konnte Gabriel Silvia verraten, dass Jesus eine Abendverabredung ausgerechnet mit ihrer Tochter hatte.

Was wollte er nur von Marie?

«Beantwortest du mir heute noch die Frage?», wollte Silvia nun wissen.

Er wandte sich an sie und erklärte lediglich: «Der Zimmermann ist ein großer Mann.»

«Er hat bestimmt nicht deine Größe», schmunzelte meine Mutter, und Gabriel wurde rot. Eins war klar: An ihre anzüglichen Bemerkungen über sein Sägeorgan würde er sich in den verbleibenden Tagen, in denen die Welt noch in der jetzigen Form existierte, sicherlich nicht gewöhnen.

Silvia begann ihn wieder zu küssen. Sicher, sie hatte Interesse an seinen Problemen, andererseits war sie viel zu lange schon ohne einen Mann an ihrer Seite. Das Psychologengespräch würde Zeit haben.

Doch Gabriel ging auf ihre Liebkosungen nur halbherzig ein. Er war in Gedanken bei Joshua. Seine Aufgabe war groß. Er sollte Gottes Reich auf Erden errichten. Und dabei durfte ihn niemand stören. Aber andererseits: So eine durchschnittliche

Person wie Marie konnte ja wohl kaum Sand in das Endzeit-getriebe streuen. Oder?

16

Benommen betrat ich das Haus meines Vaters und traf da auf Swetlana. Sie war barfuß, hatte einen Bademantel an, lehnte an der Spüle und trank mitten in der Nacht einen Kaffee. Vor meinem geistigen Auge sah ich, wie sie mit meinem Vater geschlafen hatte. Da hätte ich mir am liebsten mein geistiges Auge ausgerissen.

«Was war das vorhin für ein Lärm da draußen? Klang wie eine Schlägerei?», fragte Swetlana. Sie konnte sehr gut Deutsch. Angeblich hatte sie ja studiert, höchstwahrscheinlich an der Weißrussischen Staatsuniversität für angewandte Heiratsschwindelei.

Ich war tierisch wütend. Was ging sie das an, was das für ein Lärm war? Was musste ich mich mit ihr überhaupt unterhalten? Warum war sie nicht in Minsk geblieben? Warum war dieser blöde Eiserne Vorhang gefallen? Wo waren die totalitären Regime, wenn man sie mal wirklich brauchte?

«Lass mich in Frieden», erwiderte ich angefressen. «Und lauf hier nicht so leicht bekleidet herum.»

Swetlana schaute mich verärgert an. Ich hielt dem Blick stand, vielleicht könnte ich sie ja wegstarren! Superman hätte sie mit Hitzeblick in Staub verwandelt.

«Du bist sehr unhöflich zu mir», entgegnete sie. «Ich möchte, dass du dein Verhalten mir gegenüber änderst.»

«Einverstanden, ich werde gerne noch unhöflicher», antwortete ich.

«Du willst, dass ich von hier fortgehe», stellte sie fest.

«Och, nicht unbedingt, du kannst auch spontan verbrennen.»

«Ob du es glaubst oder nicht, ich liebe deinen Vater.»

«Klar, du kennst ihn ja auch schon seit immerhin drei Wochen», ätzte ich.

«Manchmal braucht man nur einen Augenblick, um sich zu verlieben», erwiderte sie.

Warum nur schoss mir dabei jetzt Joshua durch den Kopf? Ich schüttelte den Gedanken an den Zimmermann wieder ab und sagte zu Swetlana: «Du hast doch nur über eine Partneragentur einen Mann gesucht, der dich in den Westen mitnimmt.»

«Ja, und ich danke Gott dafür, dass ich dabei jemanden wie deinen Vater kennengelernt habe. Er ist ein wunderbarer Mann.»

Ich schnaubte verächtlich.

«Und er wird ein großartiger Vater für meine Tochter.»

«DEINE WAS?», schrie ich.

«Tochter.»

«DEINE WAS?»

«Tochter. Sie ist zurzeit noch bei ihrer Oma in Minsk.»

«DEINE WAS?»

«Du neigst zu Wiederholungen.»

«DEINE WAS?»

«Genau das meine ich.»

Ich konnte es nicht mal ansatzweise fassen: Mein Vater sollte auch noch ihr Blag finanzieren!

«Meine Mutter fliegt mit dem Mädchen heute nach Hamburg.»

«Die Oma kommt auch noch hierher?»

«Keine Angst, Oma nimmt gleich den ersten Flieger wieder zurück nach Minsk.»

«Klingt nicht sehr ökonomisch.»

«Die Kleine darf nicht allein fliegen. Und meine Mutter bekommt nur einen Tag frei von ihrer Arbeit in der Verwaltung.»

«Und wer finanziert ihre Fliegerei?»

«Was glaubst du wohl?», antwortete Swetlana mit einem Hauch von Traurigkeit in der Stimme.

«Du bist echt das Letzte», zischelte ich.

«Du hast keine Ahnung, wie mein Leben ist», erwiderte Swetlana. «Und du hast kein Recht, über mich zu urteilen.»

«Doch, das hab ich, es geht immerhin um meinen Vater!» Ich versuchte, sie möglichst bedrohlich anzusehen.

Swetlana atmete tief durch und versprach dann unglaublich ruhig: «Ich verstehe, dass du Angst um deinen Vater hast. Aber ich werde ihm nie so wehtun wie du deinem Bräutigam.»

Ich schluckte, dem hatte ich nichts entgegenzusetzen. Swetlana ging aus der Küche. An der Tür drehte sie sich nochmal zu mir um: «Richtet nicht, damit ihr nicht gerichtet werdet.»

Dann ging sie hinaus. Ich blickte ihr nach und wollte sie richten, und zwar hin.

Am liebsten hätte ich mir jetzt auch einen Kaffee genommen – so wie ich nach diesem Abend drauf war, würde mich sogar Koffein beruhigen. Doch da sah ich auf Katas Zeichenblock, der auf dem Küchentisch lag. Sie hatte wieder einen Strip gezeichnet, der mich schlagartig ablenkte.

HIER STEHT, DASS JEDER MENSCH GENAU EINE SACHE BESSER KANN ALS ALLE ANDEREN MENSCHEN AUF DER WELT.

KLASSE IST, WENN ES SO WAS IST WIE KLAVIER SPIELEN ...

... 100 METER SPRINTEN ODER DAS KAMASUTRA BEHERRSCHEN.

BLÖD IST NUR, WENN ES SO ETWAS IST WIE PFAHL-SITZEN ...

⇨

Ich legte Katas Strip beiseite. Stimmte das? Verliebte ich mich immer nur in die falschen Männer?

Als ich in meinem Bett lag und zur Abwechslung mal wieder den Fleck an der Decke anstarrte, dachte ich über die Männer in meinem Leben nach: über den Busenkneter Kevin, über den Fremdgeher Marc und vor allen Dingen über Sven. Ich hatte nie geahnt, dass er so gewalttätig sein konnte. Auch wenn ich ein schlechtes Gewissen hatte, dass seine Aggressionen meinetwegen zum Ausbruch gekommen waren, so war ich plötzlich heilfroh, dass ich am Altar Reißaus genommen hatte.

Joshua hingegen war so anders als all die anderen Männer, so sanft, so uneigennützig und menschenfreundlich. Und er war ein echt guter Sänger. Schade eigentlich, dass er eine Vollmeise hatte.

Ich war nun neugierig, was für eine Vollmeise das genau war. Ich googelte am Laptop meines Vaters und fand im Netz zwei Berichte über Menschen, die sich für Jesus hielten. Der eine war ein einfacher Spinner. Sein Wahn wurde erst gebrochen, als er zum Beweis seiner göttlichen Fähigkeiten von einer Garage sprang. Der andere war ein Priester in Los Angeles, der behauptete, Jesus zu sein, seinen Jüngern damit das Geld aus der Tasche zog und so Hunderte von Millionen Dollar machte. Wenn man diesen skrupellosen Sektenführer sah, dachte man schon: «Hey, lasst ihn uns ans Kreuz nageln und herausfinden, ob er wirklich Jesus ist.» Joshua war sicherlich keiner, der andere mit seinem Wahn ausbeutete. Eher schon einer von der Garagen-Fraktion. Was hatte ihn nur so aus der Bahn geworfen, dass er verrückt geworden war? Der Tod seiner Ex vielleicht?

Ich dachte wirklich viel zu viel über einen Zimmermann nach, der nicht mehr alle Zähne an der Laubsäge hatte.

Erneut legte ich mich in mein Bett, machte das Licht aus und beschloss, an etwas anderes zu denken als an Joshua … und an seine wunderbare Stimme … und sein tolles Lachen … und seine charismatische Art … und an diese Augen … diese Augen … diese … Au Mist!

Ich versuchte an jemand anders zu denken. Irgendeinen

tollen Mann. George Clooney zum Beispiel, gute Idee, bester Schauspieler des uns bekannten Universums … aber der hatte nicht so ein tolles Lachen wie Joshua … und nicht so tolle Augen … und diese Augen …

O mein Gott, nicht mal George Clooney konnte mich davon abhalten, an Joshua zu denken!

Jetzt gab es nur noch eins, ich musste an Marc denken. Immerhin hatten die Restgefühle für ihn dazu geführt, dass ich Sven am Altar stehengelassen hatte. Ich dachte an Marc … an sein Aussehen … sein Charisma … das aber nicht mit dem von Joshua zu vergleichen war … denn Joshua hatte eine tollere Aura … und er war ein gütigerer Mensch … und hatte eine tollere Stimme … und diese Augen … diese Augen … Augen … Augen … Augen …

O nein! Joshua war zwar verrückt, aber selbst Marc konnte ihn nicht aus meinen Gedanken verdrängen. Meine Schwester hatte recht: Wenn sich jemand in die falschen Männer verlieben konnte, dann war ich das.

17

«Jesus?!?» Kata bekam am Frühstückstisch einen tierischen Lachanfall, und ich ärgerte mich, dass ich ihr überhaupt von dem gestrigen Date erzählt hatte. Nach einer ziemlich langen Minute hörte sie endlich auf zu lachen und sah mich plötzlich bierernst an: «Hast du schon einen Schwangerschaftstest gemacht?»

«Ich war nicht mit ihm im Bett!», antwortete ich empört.

«Aber es gibt doch die Unbefleckte Empfängnis», sagte Kata und lachte sich wieder schlapp.

Ich bewarf sie mit einem Brötchen. Und einem Löffel. Und einem Eierbecher. Sie hörte erst auf zu lachen, als ich das Marmeladenglas in die Hand nahm.

«Das ist nicht lustig», motzte ich.

«Nein, natürlich nicht», prustete Kata und lachte wieder los.

Als sie sich endlich beruhigt hatte, griff sie nach einem Brötchen, um es zu schmieren, und verzog dabei das Gesicht. Sie hatte wieder einen stechenden Kopfschmerz.

«Das liegt jetzt aber nicht am Rotwein», stellte ich besorgt fest.

«Doch», wiegelte Kata eine leichte Spur zu heftig ab.

«Wann hast du deine nächste Routineuntersuchung?», fragte ich.

«In drei Wochen.»

«Kannst du die nicht vorziehen?»

«Es ist nichts.»

«Und wenn doch?» Ich hatte echt Angst um sie.

«Dann», grinste Kata, «kann dein Jesus mich ja wunderheilen.»

Ich warf Kata noch ein Brötchen an den Kopf.

Da klingelte es. Wir sahen durch das Küchenfenster: Vor der Tür stand Joshua mit seinem Handwerkskoffer.

«Wenn man vom Messias spricht …», witzelte Kata und schlürfte ihren Kaffee.

«Muss ich mir jetzt den Rest des Tages Jesus-Jokes anhören?», wollte ich wissen.

«Einige kannst du auch in den nächsten Comicstrips lesen», erwiderte Kata.

Es klingelte nochmal.

«Willst du Gottes Sohn nicht die Tür öffnen?», fragte sie mich.

«Nein, ich will Urologens Tochter hauen», lächelte ich, mehr sauer als süß.

«So viel Wut würde Jesus aber gar nicht gefallen», tadelte Kata. Sie schnappte sich den «Malenter Kurier», bei dem ich nur noch fünf Tage Urlaub hatte, und überließ es mir, an die Tür zu gehen. Papa konnte dem Zimmermann ja nicht öffnen. Er holte gerade mit Swetlana deren Blag vom Hamburger Flughafen ab. Seufzend stand ich auf, ging zur Haustür, öffnete sie und war von dem Anblick erstaunt: Joshua war vollkommen unversehrt: kein blaues Auge mehr, keine Kratzer, keine dicke Lippe.

«Guten Morgen, Marie», begrüßte er mich. Er freute sich sichtlich, mich wiederzusehen. Und sein freudiges Lächeln ließ meine Knie wieder ganz weich werden.

«Ich bin nun bereit, mit dir zu hobeln», sagte er feierlich.

Aus der Küche hörte ich Katas Lachanfall.

Ich schloss die Küchentür und sagte zu Joshua: «Ich weiß nicht, ob das so eine gute Idee ist.»

«Du glaubst mir nicht, dass ich Jesus bin», stellte er fest.

Warum konnte er nicht einfach sagen: Du, die ganze Jesus-Nummer war ein ziemlich dummer Scherz. Den habe ich nur gemacht, weil ich ein oller Kiffer bin?

Damit hätte ich sehr gut leben können. Darauf hätte man eine gemeinsame Zukunft aufbauen können.

«Dir fehlt der Glaube», merkte Joshua sachlich an.

Und dir eine Zwangsjacke, dachte ich.

«Hör zu, wenn du wirklich Jesus bist», sagte ich gereizt, «dann spring doch von einer Garage.»

«Wie bitte?» Joshua war doch mild erstaunt.

«Oder verwandele Wasser in Wein oder geh über einen

See, oder verwandele den See in Wein und mach die Menschen damit glücklich. Oder sorg dafür, dass es Süßstoff gibt, der schmeckt», forderte ich ihn auf.

«Ich glaube, du missverstehst, warum Wunder geschehen», antwortete er streng. Dann ging er mit unterdrücktem Zorn an mir vorbei die Treppe in den ersten Stock hinauf.

Was bildete der sich ein, mich einfach so abzukanzeln? Am liebsten hätte ich auch ihm ein Marmeladenglas an den Kopf geworfen. Und gleich danach die Marmelade von seinem Körper abgeschlabbert.

Oje, meine Hormone hatten bei seinem Anblick wirklich Wandertag.

Sollte ich ihm nun hinterhergehen? Oder sollte ich mich von ihm lieber fernhalten? Und so alberne Dinge tun wie mein Leben wieder auf Vordermann bringen? Vielleicht mal überlegen, ob ich mich beruflich verändern könnte, nur um dann bei einem Realitätscheck herauszufinden, dass ich bei meiner Qualifikation keine bessere Stelle bekommen würde?

Ich entschied mich für das Nächstbeste: abhängen bei einem Freund.

Michi hatte eine Videothek, sein Liebesleben war ähnlich desaströs wie meins, und bevor ich Sven kennengelernt hatte, war ich so gut wie jeden Abend bei ihm. Wenn er seine Videothek um einundzwanzig Uhr schloss (fürs Malenter Nachtleben echt spät), futterten wir gerne mal eine ausgewogene Diät aus Bestellpizzen, Chips und Diät-Cola, schauten DVDs und laberten dabei durchgehend Kommentare wie: «Der Leonardo ist jetzt erfroren.»

«Hätte er mal nicht das Ticket für die *Titanic* gewonnen.»

«Da ... jetzt hat Kate ihn losgelassen ...»

«… und er versinkt ins eisige Meer.»

«Ich glaub, die Message von *Titanic* ist: Man muss auch mal loslassen können.»

Als ich nun am Videothekstresen einen Kaffee schlürfte, erzählte ich dem bibelfesten Michi alles über Joshua. Dabei verschwieg ich lediglich so unwesentliche Kleinigkeiten wie die Tatsache, dass ich für den Zimmermann Gefühle hegte.

Von Michi erfuhr ich, dass die schönen Worte, die Joshua am See zum Thema «Sorge dich nicht, lebe» sagte, auch schon von Jesus in der Bibel verkündet worden waren. Auch erfuhr ich, dass Jehoschua die hebräische Version des lateinischen Wortes Jesus war und Joshua die moderne angelsächsische Version des Namens.

«Dein Zimmermann ist für einen Spinner extrem gut informiert», meinte Michi anerkennend.

«Er ist also ein Profispinner», stellte ich fest.

«Genau. Und Profis sind immer bewundernswert.»

Ich seufzte, und Michi fragte auf diesen Seufzer hin irritiert: «Sag mal, du hast doch nicht etwa Gefühle für ihn?»

«Nein, nein», erwiderte ich und starrte krampfhaft auf die Cover-Hülle eines Videos.

«Seit wann stehst du auf Pornos?», fragte Michi.

Ich warf die Hülle sofort weg. Und versuchte, nicht darüber nachzudenken, welche Männer sie nach welchen Taten in die Hand genommen hatten.

«Du stehst wirklich auf den Zimmermann», stellte Michi fest.

«Bin ich so leicht zu durchschauen?»

«Was willst du hören?»

«Lüg mich an.»

«Du bist überhaupt nicht leicht zu durchschauen», hob Michi an. «Im Gegenteil, du bist eine geheimnisvolle Frau, deren Gedanken so schwer zu lesen sind wie die von Mata Hari. Ach, was sage ich, Mata Hari war gegen dich Sissi!»

«Lügner», antwortete ich und jammerte: «Ich möchte nicht leicht zu durchschauen sein.»

«Es gibt schlimmere Dinge», versuchte Michi zu trösten, «zum Beispiel, allein auf der Welt zu sein.»

«Das bin ich ja auch!», jaulte ich auf.

«Nein, bist du nicht», erklärte Michi und nahm mich in die Arme.

Bei ihm fühlte ich mich immer wie bei einem Bruder, und ich war für Michi wie eine Schwester (auch wenn Kata immer behauptete: Wie eine Schwester, mit der man ein inzestuöses Verhältnis haben möchte).

«Wenn du was für diesen Joshua fühlst», meinte Michi, «musst du herausfinden, ob er psychisch krank ist oder aus irgendwelchen Gründen nur so tut.»

«Wie soll ich das machen?», fragte ich. «Bei seiner Krankenkasse einbrechen und die Akte klauen?»

«Das», grinste Michi, «oder bei Pastor Gabriel nachfragen. Der kennt ihn doch.»

«Du hast recht. Aber ich würde lieber bei der Krankenkasse einbrechen», erwiderte ich seufzend.

Vor dem Pfarrhaus traf ich auf meine Mutter, die fröhlich pfeifend aus der Tür trat. Sie sah sehr zufrieden aus, und ich realisierte: Meine Mutter und mein Vater hatten beide zurzeit ein aktiveres Sexleben als ich. Eine Tatsache, die auch Mittdreißigerinnen mit stärkeren Nerven als den meinen in Depressionen stürzen konnte. Mama lächelte mir zu: «Wie geht es dir, Marie?»

«Hab schon mal mehr gelacht», erwiderte ich und fragte

mich, ob ich sie zu ihrem Verhältnis nach Gabriel befragen sollte. Aber das würde wieder in einem Streit enden. Wie jedes Mal, wenn ich sie nach einem ihrer Liebhaber gefragt hatte. Mein Gott, warum konnten meine Eltern nicht das machen, was alle anderen Ehepaare auch in ihrem Alter taten: sich gemeinsam auf dem Sofa langweilen?

«Du fragst dich sicher, warum ich bei Gabriel war. Und du hast auch ein Recht darauf, es zu erfahren.»

Ich wusste nicht, ob ich von dem Recht Gebrauch machen wollte. Aber die Vorstellung, nach Swetlana als Stiefmama vielleicht auch noch Gabriel als Stiefpapa zu bekommen, brachte mich dazu zu fragen: «Okay, warum warst du bei Gabriel?»

Als Antwort sang meine Mutter: «*Girls just wanna have fun.*»

«Du warst das letzte Mal im vorigen Jahrtausend ein Girl», erwiderte ich genervt.

«Du aber auch», konterte sie.

«Mir ist das jetzt echt zu blöd», motzte ich und wollte an ihr vorbeigehen. Mama aber stellte sich mir in den Weg.

«Wenn du Hilfe brauchst …», begann sie.

«Leg ich mich bestimmt nicht bei dir auf die Couch», unterbrach ich sie.

«Ich bin ja auch an all deinen Problemen schuld, weil ich mich hab scheiden lassen», erwiderte sie lakonisch, und ich nickte außerordentlich zustimmend.

«Weißt du, Marie, irgendwann kommt man in das Alter, in dem man aufhören muss, seinen Eltern die Schuld für alles zu geben. Da muss man sein Leben selbst in die Hand nehmen.»

«Und wann genau ist man in dem Alter?», fragte ich spitz.

«Mit Anfang zwanzig», grinste sie. Und im Gehen sagte sie noch: «Aber wenn du doch mal psychologische Hilfe

brauchst, kann ich dir gerne einen guten Therapeuten besorgen.»

Ich blickte ihr nach, ihre überhebliche Art machte mich
stets so wütend, dass ich mir lieber einen guten Profikiller
besorgt hätte.

Als ich Gabriels Büro betrat, sah ich wieder auf das Abend-
mahlgemälde und erkannte, dass Jesus tatsächlich etwas Ähnlichkeit mit Joshua hatte, sogar noch mehr als mit einem Bee
Gee. Das war schon ein bisschen unheimlich. Gabriel war
gerade aus irgendwelchen Gründen dabei, alle Termine für
die nächste Woche zu streichen. Ohne von seinem Kalender
aufzublicken, fragte er mich: «Na, willst du wieder heiraten?»
Nach dreißig Jahren ohne einen Lacher bei einer seiner Predigten hatte Gabriel immer noch nicht mitgekriegt, dass er
keinen nennenswerten Sinn für Humor hatte.

«Ich … ich will Sie etwas fragen. Wegen Joshua.»

Gabriel blickte nun doch auf und sah mich streng an, aber
ich wollte es nun wissen und stammelte tapfer: «Er … sagte,
dass er Jesus sei. Ist … ist er verrückt?»

Gabriel antwortete mit einer strengen Gegenfrage: «Was
willst du von ihm?»

Gott sei Dank war ich nüchtern und antwortete nicht ‹hobeln›.

«Ist er verrückt?», wiederholte ich stattdessen meine Frage.

«Nein, ist er nicht.»

«Warum hat er dann gelogen?», wollte ich wissen.

Gabriel ging darauf nicht ein und sagte nur: «Marie, Joshua
wird deine Gefühle niemals erwidern.»

«Wieso?», fragte ich, ohne dass mir auffiel, dass ich damit
zugab, etwas für Joshua zu empfinden.

«Glaube mir, dieser Mann wird sich nicht in eine Frau verlieben», erklärte Gabriel bestimmt.

Und ich dachte mir: «Mein Gott, Joshua ist doch schwul!»

Als ich nach Hause kam, summte es in meinem Kopf: Joshua hatte mir doch von einer anderen Frau erzählt, konnte er da wirklich schwul sein? Aber andererseits: Menschen aus Palästina fiel so ein Coming-out sicherlich schwer, bestimmt fast so schwer wie Profifußballern. Vielleicht sagte man dort einer Frau, die man abwimmeln will, sogar lieber «Ich bin Jesus» als «Ich trage gerne rosa Unterwäsche».

Kata war unterwegs, mit ihr konnte ich über meinen Verdacht also nicht reden. Daher kletterte ich direkt zu Joshua auf den Dachboden. Er sägte gerade einen neuen Holzpfeiler zurecht und sang dabei wieder einen seiner Psalmen. Als er mich sah, hörte er auf zu singen und blickte milder drein als zuvor. Seine Wut war wohl wieder verflogen. Schnurstracks begann ich mit der Aktion ‹unauffälliges Ausfragen›: «Sag mal, Joshua … hast du deine Psalmen in der Heimat auch allein singen müssen?»

Joshua blickte mich erstaunt an und antwortete dann: «Nein, das habe ich nicht.»

«Mit wem hast du sie denn gesungen?»

«Ich hatte Freunde.»

«Männer?»

«Ja, Männer.»

Also doch schwul?, fragte ich mich.

«War auch jemand dabei, den du liebtest?» Ich ging nun aufs Ganze.

«Ich habe sie alle geliebt.»

Alle?, dachte ich entsetzt bei mir.

«Wie viele Männer waren es denn?»

«Zwölf», antwortete Joshua.

Ach, du meine Güte!

«Aber … doch nicht alle gleichzeitig», kicherte ich verlegen.

«O doch, selbstverständlich.»

O mein Gott!!!

«Sie waren ganz normale Leute, Fischer, ein Steuereintreiber …»

Er hatte auch einen Finanzbeamten als Liebhaber? Na ja, die Welt ist bunt. Ich schluckte und zog meinen letzten Trumpf: «Aber … was war dann mit Maria?»

Joshua erkannte meine Irritation und fragte: «Du denkst, dass mich eine körperliche Form der Liebe mit diesen Männern verbunden hat?»

«Nein, nein, nein, nein …», plapperte ich hastig, aber diesen Mann konnte man einfach nicht lange anlügen: «Nein, nein, nein … ja», gab ich kleinlaut zu.

Joshua lachte schallend. Der ganze Dachboden vibrierte. Aber diesmal fand ich das Lachen nicht ganz so wunderbar.

Da hörten wir plötzlich von unten einen lauten Schrei von einem Kind. Joshua hörte auf zu lachen, und wir lauschten.

«Wir müssen die Kleine auf den Boden legen», hörten wir Swetlana im Treppenhaus sagen. Aus ihrer Stimme war die Sorge deutlich herauszuhören. Joshua und ich hasteten eilig hinunter und sahen im Flur, wie Swetlana ihre auf dem Boden zappelnde achtjährige Tochter festhielt und mein Vater ihr dabei half. Das kleine blonde, ganz zarte Mädchen hatte einen epileptischen Anfall. Sie zuckte extrem und hatte Schaum vor dem Mund.

«Hat Lilliana Schmerzen?», fragte mein Vater besorgt.

«Der Schrei entstand nicht durch Schmerz, sondern durch

das hektische Einsaugen von Luft», erklärte Swetlana und versuchte so ruhig zu bleiben, wie es nur irgendwie ging.

«So ein Anfall dauert in der Regel zwei Minuten», fügte sie hinzu.

Mein Vater nickte und hielt mit ihr das Kind so, dass es möglichst nirgendwo gegenschlug und sich dabei verletzte. Joshua trat hinzu und beugte sich zu dem zuckenden Kind herunter.

«Was wollen Sie?», fragte Swetlana ihn aggressiv. Man merkte, diese Mutter würde für ihr Kind auch an einem Kung-Fu-Turnier teilnehmen. Und es vermutlich sogar gewinnen.

Joshua antwortete nicht. Stattdessen berührte er das Mädchen. Die Kleine hörte schlagartig auf zu zucken. Sie machte die Augen auf und lächelte freudig, als ob nichts geschehen sei.

Joshua verkündete: «Das Mädchen ist von diesem Augenblick an geheilt.»

Swetlana und mein Vater starrten erstaunt auf das Kind. Und ich noch erstaunter auf Joshua.

18

Dieser Augenblick war definitiv ein «heiliger Bimbam»-Moment, wobei «Bimbam» hier für einen nicht jugendfreien Kraftausdruck steht.

Papa, Swetlana und ich waren völlig durcheinander, nur das Mädchen nicht. Sie wischte sich den Schaum mit dem Ärmel vom Mund, ging zu Joshua und fragte ihn lächelnd etwas auf Weißrussisch – falls es diese Sprache überhaupt gab, Belgisch gab es ja auch nicht, also war es vermutlich Russisch. Joshua antwortete ihr in der gleichen hart klingenden Sprache. Dann unterhielten sich die beiden, bis Joshua auflachte und die Treppe hochging.

Ich wandte mich an Swetlana, das erste Mal ohne einen bösen Unterton in der Stimme, und fragte, was die beiden miteinander geredet haben.

«Erst hat Lilliana gefragt, was mit ihr passiert war», erklärte Swetlana, die ebenfalls viel zu durcheinander war, um auch nur an einen bösen Unterton zu denken. «Dann hat der Mann gesagt, dass Gott sie geheilt habe, und dann hat Lilliana gefragt, ob Gott alles könne, und der Mann hat bestätigt, dass Gott tatsächlich alles könne. Dann hat Lilliana sich von Gott eine Playstation Portable gewünscht. Und dass ich einen Mann finde, der sehr viel jünger ist.»

Papa schaute etwas indigniert. In diesem Augenblick war es schwer, sich vorzustellen, dass er dieses kleine Mädchen jemals lieb haben könnte.

«Und was hat Joshua dann zu ihr gesagt?», hakte ich aufgeregt nach.

«Er hat gelacht und erklärt, dass Lilliana noch viel über Gott lernen müsse.»

Ich fragte Swetlana, ob sie so ein schnelles Aufstehen bei ihrer Tochter schon mal erlebt habe, und sie antwortete, dass es das noch nie gab. Und mit «nie» meinte sie «nie in der bekannten medizinischen Erforschung der Epilepsie». Es passte so etwas von überhaupt nicht in das Krankheitsbild.

Mehr wollte ich nicht wissen. Ich eilte nun Joshua hinterher, erwischte ihn in meinem Zimmer, als er gerade auf den Dachboden klettern wollte, und fragte: «Du … du kannst Russisch?»

Ich hätte ihn auch sofort «Du kannst wunderheilen?» fragen können, aber da ich mir nicht sicher war, wovon genau ich da eben Zeuge geworden war, ließ ich es bleiben. Außerdem hatte ich viel zu große Angst vor seiner Antwort.

«Das war Weißrussisch», korrigierte Joshua.

«Mir doch wurscht!», raunzte ich ihn an. «Beantworte mir die verdammte Frage!»

«Ich kann alle Sprachen der Menschheit sprechen.»

War ja klar, dass er keine Frage beantworten konnte, ohne noch verrückter zu wirken.

«Beweis es», rutschte es mir heraus.

«Wenn du es wünschst», lächelte er und begann eine kleine Ansprache, die mit «Habe Vertrauen in Gott» begann und dann in verschiedenen Sprachen weitergeführt wurde. Einige waren mir unbekannt, andere klangen wie Englisch, Spanisch oder wie das, was die libanesischen Kellner in der italienischen Pizzeria um die Ecke brabbelten. Andere Sprachen wiederum waren wie ein Singsang, und eine Sprache klang so, als ob jemand Kehlkopfprobleme hätte, vermutlich war es Holländisch.

Ich kam mir vor wie bei einem Zusammenschnitt aus der «Sendung mit der Maus», nur das niemand sagte: «Das war Türkisch», «Das war Schwyzerdütsch» oder «Das war Suaheli».

Wenn das ein Trick war, dann war er außerordentlich gut und von extrem langer Hand vorbereitet. Nach diesem kurzen Vortrag traute ich mich jedenfalls nicht mehr, Joshua nach der Wunderheilung zu fragen. Meine Angst vor der Antwort war noch größer geworden.

«Möchtest du jetzt mit mir gemeinsam arbeiten?», bot er an – er wollte wirklich gerne den Tag mit mir hobelnd auf dem Dachboden verbringen.

«Ich … ich bin keine große Hilfe», wimmelte ich ab und ließ ihn stehen. Das Ganze war mir viel zu unheimlich.

Etwas später stürmte ich ins Pfarrhaus, ich wollte von Gabriel endlich Erklärungen und kein kryptisches Gequatsche, das mich nur in weitere peinliche «Ups, ich hab dich für einen Homo gehalten»-Situationen brachte.

Aber Gabriel war nicht da. Ich stürmte aus dem Pfarrhaus hinaus und in die leere Kirche hinein. Dort genoss ich erst einmal für einen Moment die angenehme Kühle. Draußen war es mittlerweile nämlich spätsommerlich schwül geworden. Ich sah wieder Jesus am Kreuz und dachte mir: Wenn Joshua das wirklich alles durchgemacht hatte, dann hatte er noch ein überraschend menschenfreundliches Gemüt …

Ich hielt inne: Meine Güte, ich fing schon an, den ganzen Heiland-Kram zu glauben!

Da hörte ich plötzlich Gabriels Stimme aus der Krypta. Zuerst verstand ich nicht, was er sagte, näherte mich dem Eingang zur Krypta und hörte nun: «Du bist wunderbar …»

O nein, er machte es doch nicht etwa mit meiner Mutter in der Krypta?

«… Herr, der du bist im Himmel …»

Uff, es war ein Gebet.

Ich nahm meinen Mut zusammen, ging die Treppe hinunter in die muffig riechende, niedrige Höhle, in der Basketballspieler nicht aufrecht stehen konnten, und sah, wie Gabriel niederkniete und betete. Er bemerkte mich, machte aber weiter mit seinem Gebet. Erwartete er, dass ich mich zu ihm kniete? Aber was dann? Ich konnte kein einziges der offiziellen Kirchengebete aufsagen, nur meine eigenen improvisierten «Bitte, lieber Gott, mach, dass ich …»-Versionen.

Ich entschied mich zu schweigen, bis Gabriel fertig war.

Diese Geste des Niederkniens beim Beten fand ich schon immer etwas merkwürdig. Warum verlangte Gott, dass man das tut? Warum sollte man so vor ihm knien? Warum musste man sich ihm so unterwerfen? Brauchte der Allmächtige das für sein Selbstbewusstsein?

Na, das gäbe mal ein interessantes Therapeutengespräch: «Lieber Gott, leg dich mal auf die Couch ... und nun erzähl mal, warum willst du, dass alle vor dir niederknien?»

Während ich mir noch ausmalte, wie der Therapeut versuchte, Gott nach seiner Kindheit zu befragen (es war ja eine interessante Frage: Wer hatte Gott geschaffen? Er sich selber? Wie ging das?), blickte Gabriel auf und wollte von mir wissen: «Warum hast du dich nicht zu mir gekniet?»

Ich erklärte ihm, dass ich, wenn es um Gebete ging, leichte Textunsicherheiten hatte.

«Jeder kann zu Gott sprechen, wie er will», erwiderte Gabriel.

Ich erklärte ihm auch meine Bedenken in puncto Niederknien.

«Gott sind andere Dinge wichtiger als die Frage, wie man ihm huldigt, oder gar, ob man es überhaupt tut.»

«Und welche Dinge sind das?», fragte ich nicht ohne Neugier.

«Vielleicht wirst du das ja mal herausfinden», antwortete Gabriel, aber an seinem Tonfall merkte man, dass er dies für wenig wahrscheinlich hielt. Ich beendete daher lieber das Thema und erzählte ihm aufgeregt von Joshua, von dessen Sprachkenntnissen und von der Wunderheilung.

«Was war da los?», verlangte ich eine Erklärung.

Gabriel schwieg eine Weile, dann stellte er eine Gegenfrage: «Was würdest du sagen, wenn ich dir antwortete, dass der Zimmermann wirklich Jesus ist?»

«Ich würde sagen, dass Sie mich verscheißern wollen», erwiderte ich genervt.

«Gut», lächelte Gabriel. «Dann sag ich dir, der Zimmermann ist wirklich Jesus.»

Ich verzog mein Gesicht.

«Du hast doch genug Zeichen bekommen», redete Gabriel weiter. «Joshua spricht alle Sprachen, und er hat eine Wunderheilung begangen. Das Einzige, was dagegen spricht, ist …»

«Der gesunde Menschenverstand?», ergänzte ich.

«Nein, dein mangelnder Glauben.»

«Verarschen kann ich mich allein», motzte ich ihn an.

«Das habe ich bei deiner Hochzeit gesehen», erwiderte Gabriel trocken.

Seine Humorversuche gingen mir zunehmend auf den Geist.

«Ich gebe dir eine Empfehlung», sagte Gabriel.

«Welche?» Mein Interesse an einer Empfehlung von ihm war äußerst gering.

«Finde den Glauben», sagte er sehr, sehr eindringlich, fast wie eine Warnung. «Und zwar schnell.»

«Glauben, Schmauben», fluchte ich, als ich mit dem Tretboot auf dem Malenter See fuhr. Nach Hause wollte ich nicht, weil da Joshua war, ebenso Swetlana und ihr Kind, das meinen Vater viel zu alt fand. Zu Michi konnte ich auch nicht gehen, weil nach Feierabend die Videothek immer voller Kunden war, die nicht jugendfreie Filme ausleihen und einen dabei so merkwürdig ansehen. Da ich auch Kata nicht auf dem Handy erreichen konnte – was war da eigentlich los? –, fuhr ich halt Tretboot, was ich das letzte Mal als Teenager getan hatte. Damals strampelte ich immer auf den See hinaus, wenn ich mich mies fühlte. Also so ziemlich jeden zweiten Tag.

Ich hatte den See für mich allein, die Ferien waren fast vorbei, und deprimierte Teenager machten heutzutage offenbar etwas anderes als Tretboot fahren, zum Beispiel im Internet nach Bombenbastelanleitungen suchen. Außerdem war es mittlerweile schon unerträglich schwül, es lag eine Gewitterstimmung in der Luft, die ich aber vor lauter «In wen hab ich mich da bloß verknallt?»-Gedanken noch gar nicht richtig wahrgenommen hatte. Selbst dann nicht, als die ersten Regentropfen auf mich fielen. So durcheinander hatten mich Joshua und das Gespräch mit Gabriel gebracht. Erst ein Donner ließ mich zusammenzucken. Ich sah in den Himmel, in dem sich die blauschwarzen Wolken blitzartig zuzogen. Ein eisiger Wind schlug mir ins Gesicht. Hastig blickte ich zum Ufer und stellte fest: Mann, das könnte ruhig etwas näher sein.

Ich trat in die Pedale, durfte ich doch auf keinen Fall auf dem See sein, wenn die Blitze einschlugen. Der Donner kam immer näher, ganz im Gegensatz zum Ufer, zu dem ich noch eine ganze Weile brauchen würde. Das aufziehende Gewitter hätte ich auch früher bemerken können. Scheißliebe, bringt einen nur durcheinander!

Der Regen setzte ganz plötzlich ein. Er klatschte in mein Gesicht. Binnen wenigen Sekunden war ich völlig durchnässt. Von dem Gestrampel geriet ich immer mehr außer Atem, meine Lunge schmerzte, meine Beine sowieso, doch wie sehr ich mich auch abmühte, ich kam nicht voran: Mein Tretboot wurde immer wieder von den Wellen, die das Gewitter verursachte, zurückgetrieben. Der nächste Donner war nun ohrenbetäubend laut, und ich bekam richtig Schiss. Mir war klar, dass ich es nicht zum Ufer schaffen würde. Hoffentlich würde kein Blitz in den See einschlagen!

Angsterfüllt wollte ich zu Gott beten. Für eine Sekunde

überlegte ich mir sogar, ob ich mich nicht hinknien sollte, wenn es ihm doch so viel Freude bereitete. Aber in so einem Tretboot ließ es sich nicht sonderlich gut hinknien. Also ließ ich es bleiben und entschied mich fürs simple Händefalten. Bevor ich jedoch mit meinem Gebet beginnen konnte, schlug der Blitz am anderen Ende des Sees ein. Es gab einen Riesenknall. Meine Augen wurden geblendet. Die Erschütterung des Einschlages ließ mein Boot umkippen. Ich fiel ins Wasser. Es zog mich in die Tiefe.

Panik und Todesangst überkamen mich. Aber ich versuchte mich zu beruhigen: Ich konnte ja schwimmen – zwar nicht sonderlich gut, mein Sportlehrer in der Schule hatte meine Leistungen immer mit einem freundlichen «Ach, du hast sicher andere Talente» kommentiert (ohne dass wir beide auch nur einen blassen Schimmer hatten, welche Talente das wohl sein mochten) – aber nach oben paddeln, das müsste doch gehen. Wenn ich an die Oberfläche gelangen würde, bevor mir die Luft ausging, und ich mich dann in das Tretboot wuchten könnte, hätte ich eine Chance, das hier zu überleben. Mit aller Macht strampelte ich nach oben, und die Wasseroberfläche war auch schon ganz nahe, da bekam ich einen Krampf im Bein. Ich schrie auf, was keine sonderlich gute Idee war: Meine Lungen füllten sich mit Wasser und brannten so sehr, dass ich dachte, sie würden zerfetzen. Die Luft entwich aus meinem Mund, die Blasen stiegen zur Wasseroberfläche, während ich tief hinab in den See sank und den Luftblasen nur panisch hinterhersehen konnte. Ich strampelte verzweifelt, aber ich hatte nicht genug Kraft, um mit brennenden Lungen und einem durch einen Krampf außer Gefecht gesetzten Bein nach oben zu schwimmen. Schlagartig wurde mir bewusst: Ich würde sterben.

Ich schaffte es nicht mehr, mich gegen mein Schicksal

zu wehren, hörte auf zu kämpfen und trieb weiter hinab. Schmerz und Panik durchzuckten zwar noch Körper und Geist, aber ich fühlte sie nun nur noch wie ein fernes Echo.

Ich fragte mich, ob ich wohl in den Himmel kommen würde. Oder in die Hölle. Eigentlich hatte ich ja nie etwas richtig Böses in meinem Leben getan, außer Sven am Altar stehenzulassen. Allerdings war das schon sehr böse. Ich fühlte mich unheimlich schuldig, ihm das angetan zu haben. Aber was hatte ich nicht alles Gutes in meinem Leben getan?

Ja, was hatte ich eigentlich alles Gutes in meinem Leben getan? Mir fiel nichts wirklich Beeindruckendes ein, weder war ich Entwicklungshelferin noch Ärztin ohne Grenzen, ich war ja noch nicht mal ein besonders spendabler Mensch. Ich glaube kaum, dass Petrus an der Himmelstür freudig jubilieren würde: «Herzlich willkommen, Marie, die du jedes Mal deine restlichen Cent-Stücke Bettlern in der Fußgängerzone in die Schale geworfen hast.»

Aus meinem Mund sprudelten nun schon eine Weile keine Luftblasen mehr hervor. Mein Bewusstsein schwand, um mich herum wurde alles dunkel. Meine Füße berührten den Grund des Sees. Ich schloss endgültig meine Augen. Ich war kurz davor herauszufinden, ob es so etwas wie Himmel und Hölle gab.

Da ergriff plötzlich jemand meine Hand.

Ich wurde hochgezogen, bis an die Seeoberfläche. Japsend schnappte ich nach Luft. Meine Lunge brannte dadurch noch viel mehr als zuvor. Das Wasser des aufgewühlten Sees peitschte mir ins Gesicht. Von oben regnete es weiter. Ich hörte lautes Donnern. Blitze durchzuckten den Himmel und blendeten mich. Und mitten in diesem Inferno sah ich, wer meine Hand hielt:

Es war Joshua.

Und er stand auf dem Wasser.

19

Joshua trug mich über den See.

Ja, er trug mich wirklich über den See. Und ich dachte dabei, nicht ganz unpassend: Er trägt mich über den See.

Klar, ich hätte in dieser Situation noch viel mehr denken können: Joshua hat mich vom Grund des Sees gezogen. Er hat mein Leben gerettet. Und vor allen Dingen: Heilige Scheiße, er ist wirklich Jesus!

Aber mein Hirn kam nicht weiter als: Er trägt mich über den See. An diesem Fakt hängte es sich auf wie ein Computer, der es nicht schaffte, ein Programm zu starten. Es war gar nicht in der Lage, den «Heilige Scheiße, er ist wirklich Jesus»-Gedanken zu prozessieren.

Als mein Hirn dann doch endlich einen Minischritt weiter kam, dachte es zur Sicherheit lieber nur harmloseres Zeug wie: Noch nie hat ein Mann es geschafft, mich zu tragen. Als Sven mal versuchte, mich in einem Anflug von Romantik über die Schwelle zu tragen, bekam er fast einen Bandscheibenvorfall.

Regen und Wind peitschten weiter in mein Gesicht, bis Joshua dem Himmel drohte und dem See zurief: «Schweig, sei still!»

Der Wind legte sich, und vollkommene Stille trat ein. Ja, der Mann brauchte weder Friesennerz noch Regenschirm.

Als Joshua mit mir fünf Minuten später das Ufer betrat, waren sämtliche dunklen Wolken der Abenddämmerung gewichen. Er legte mich auf einer Parkbank ab. Ich war völlig durchnässt, im Gegensatz zu Joshua, und fror wie noch nie in meinem Leben zuvor. Meine Lungen brannten immer noch. Joshua erklärte ganz ruhig: «Ich kann dir die Schmerzen nehmen.»

Er wollte mich berühren, so wie er die Tochter von Swetlana berührt hatte, aber ich schrie nur: «Neeeeeeeein!!!!»

Ich wollte einfach nicht, dass er mich anfasste. Das war schon so alles zu viel für mich. Viel zu viel!

Joshua hielt inne. Wenn er irritiert von meinem hysterischen Geschrei war, dann ließ er es sich nicht anmerken.

«Aber», sagte Joshua, «du bist völlig unterkühlt.» Er wollte mich wieder berühren.

«Fass mich nicht an!», brüllte ich ihn an. Ich hatte eine solche Angst vor ihm, was wohl eine ganz natürliche Reaktion auf Übernatürliches war.

«Du hast Angst vor mir?»

Blitzmerker.

«Fürchte dich nicht», sagte er mit sanfter Stimme. Aber es drang nicht durch meine Panik durch.

«FASS MICH NICHT AN!»

Er nickte: «Wie du willst.»

«Verschwinde!», schrie ich ihn mit meiner letzten Kraft an und bekam dabei einen Hustenanfall.

Joshua blickte mich noch weiter besorgt an. Bedeutete ich ihm was, oder war er zu jedem Menschen so fürsorglich, den er vor dem Ertrinken gerettet hat?

«Mit ‹verschwinde› meine ich ‹verpiss dich›», keuchte ich panisch und hustete weiter.

«Wie du willst», sagte er noch einmal in einem ganz ruhigen, respektvollen Tonfall und ging davon. Er ließ mich durchnässt und hustend auf der Bank zurück, weil ich es so wollte.

Joshua verschwand um die Ecke, aus meinem Blickfeld. Der Regen hatte dank seiner Beschwörung ganz aufgehört, aber ich zitterte dennoch viel mehr als zuvor, und der Husten war unerträglich. Irgendwie musste ich nach Hause kommen, sonst würde ich auf der Parkbank noch an einer Lungenentzündung sterben. Ich richtete mich auf, tapfer. Sicherlich würde ich es nach Hause schaffen. War doch ein Klacks. Ich stand von der Bank auf, ging einen halben Schritt und brach bewusstlos zusammen.

20

«Ping, ping, ping», hörte ich, als ich wieder aufwachte. Ich lag in einem Krankenhausbett. Neben mir stand eine «Ping, ping, ping»-Maschine, an die ich angeschlossen war. Warum nur war die so laut? Sollten Kranke nicht in Ruhe liegen gelassen werden, anstatt mit «Pings» belästigt zu werden? Ich schaute an mir herab: Ich hatte ein Krankenhausnachthemd an, irgendjemand hatte mich aus- und dann wieder angezogen. Draußen war es schon dunkel, und ich überlegte mir, ob ich nach der Nachtschwester klingeln sollte.

«Ping, ping, ping» ... ich schlug erst mal gegen die Maschine, und sie hörte endlich auf zu piepen. Nun durchzuckten mich die Gedanken, die mich schon auf dem See hätten durchzucken sollen: Joshua hat mich vom Grund des Sees gezogen. Er hat mir damit mein Leben gerettet. Und vor allen Dingen: Heilige Scheiße, er ist wirklich Jesus.

Und noch ein wichtiger Gedanke kam hinzu: «Ach du meine Güte, ich wollte den Hintern von Jesus anknabbern!»

Tief atmete ich durch und versuchte mich zu beruhigen. Vielleicht hatte ich mir das Ganze ja nur eingebildet? Vielleicht hatte ich unter Wasser einen Schaden bekommen und unter Halluzinationen gelitten. Gerettet hätte mich dann nicht Joshua, sondern ich mich selber. Keine Ahnung, wie. Irgendwie halt. Aber wie hätte ich mich retten sollen? Ich hatte doch nie und nimmer die Kondition, ans Ufer zu schwimmen. Aber was war die Alternative? Wenn es keine Halluzination war, dann war Joshua tatsächlich Jesus. Und wenn das stimmte, konnte ich sehr froh sein, nicht ertrunken zu sein, denn dann wäre ich sicherlich in der Hölle gelandet, hätte ich doch beinahe Jesus auf mein Zimmer gebeten, um mit ihm zu schlafen.

Gut, höchstwahrscheinlich hätte ich von ihm einen Korb bekommen.

Aber ich bin mir sicher, dass es am Himmelstor Minuspunkte gab, wenn man auch nur versuchte, den Heiland anzubaggern.

Und jetzt hatte ich ihn zu allem Überfluss auch noch mit «Verpiss dich» angeschrien.

Au Mann, wenn es um das Leben nach dem Tod ging, war ich ja so was von geliefert!

Da ging die Tür auf. Für einen kurzen Moment befürchtete ich, dass Joshua ins Zimmer träte. Oder schwebte. Aber Sven trat ein. Ich lag in dem Krankenhaus, in dem er als Pfleger arbeitete, und er hatte Nachtschicht. Hatte er mich umgezogen? Das gefiel mir nun ganz und gar nicht.

Sven blickte mich mitfühlend an: «Alles in Ordnung?»

«Nein! Überhaupt nichts ist in Ordnung! Entweder bin ich verrückt, oder ich habe Jesus gesehen und werde dann davon verrückt!», hätte ich schreien wollen, aber ich nickte nur leicht.

Sven trat zu mir ans Bett und sagte: «Ein Passant hat dich total durchnässt am See gefunden. Was ist passiert?»

Ich erklärte ihm die Sache mit dem Tretboot, mehr nicht. Er lächelte lieb und sang das alte Fräulein-Menke-Lied: «Im Tretboot in Seenot, treiben wir im Abendrot. Kein SOS, kein Echolot. Ein Tretboot, was zu sinken droht.»

«Dieses Lied ist völlig zu Recht vergessen», antwortete ich zickig.

Sven nahm nun meine Hand: «Ich bin bei dir. Ich hab sogar dafür gesorgt, dass du das einzige freie Einzelzimmer bekommst.»

Es fühlte sich so falsch an, dass er meine Hand nahm. Der Einzige, der sie nehmen sollte, war Joshua, sagte jedenfalls mein Gefühl.

Ich zog meine Hand von Sven weg und bat ihn, mich nicht nochmal anzufassen. Das schockierte ihn. Anscheinend hatte er gehofft, dass ich in meiner Schwäche wieder zu ihm fand. Jetzt hoffte er es nicht mehr, schaute beleidigt drein und verkündete in professionellem Tonfall: «Gut, dann kommen wir zur Spritze.»

«Spritze?», fragte ich panisch.

«Ich muss dir eine Spritze in den Hintern setzen, hat der Arzt angeordnet.» Er zog eine Spritze auf, die auf dem Nachttisch lag.

Ich schluckte, Spritzen sind an sich ja schon kein Anlass zu überbordender Freude, aber die vom Ex gesetzt zu bekommen …

Widerwillig drehte ich mich auf den Bauch und machte mich frei. Wenn sich schon das Händchenhalten mit Sven falsch anfühlte, so war das hier erst recht unangenehm. Ich kniff die Augen zu, und es wurde noch viel unangenehmer, denn Sven traf einen verkrampften Muskel.

«AU!», schrie ich auf.

«Ochhhh, tut mir leid, das war leider danebene», sagte er mit unschuldiger Miene. «Wir müssen nochmal.»

Er jagte mir die Nadel gleich nochmal in den Po.

«AHHH!», schrie ich auf.

«Oh, nochmal daneben, ich dummes, dummes Dummerchen», meinte Sven.

Ich blickte in sein Gesicht und erkannte: «Der ... der Arzt hat gar keine Spritze angeordnet, oder?»

Er versuchte nicht mal mehr, unschuldig zu tun. «Wenn ich noch zweimal pike, haben wir auf dem Po schon fast einen Smiley», feixte er und stach nochmal zu.

«AUUU!!!!»

Ich sprang auf, zog mir die Hose hoch und schrie ihn an: «Du bist krank!»

Dann rannte ich zur Tür, aber Sven versperrte mir den Weg: «Wir sind noch nicht fertig, der Arzt wollte auch, dass ich dir noch Abführmittel gebe.»

Es war eine bedrohliche Situation; dass ich ihn vor dem Altar stehengelassen hatte, hatte anscheinend eine lange in ihm verborgene dunkle Seite zum Vorschein gebracht. Aber ich erinnerte mich noch, was meine Schwester mir mal als Rat für solche Situationen mit auf den Weg gegeben hatte: «Es gibt kein Problem, das sich nicht durch einen gezielten Tritt in die Eier lösen lässt.»

Sven jaulte auf, ich rannte aus dem Krankenhaus auf die immer noch nassen Straßen hinaus und stoppte erst, als ich nicht mehr laufen konnte. Sven folgte mir nicht, wahrscheinlich jaulte er weiter wie ein mondsüchtiger Kojote.

Ich eilte im Krankenhausnachthemd durch das nächtliche Malente. Meine nackten Füße waren vor Kälte fast taub, und ich zitterte am ganzen Körper. Als ich endlich am Haus meines Vaters ankam, hatte ich keine andere Wahl, als zu klingeln. Dankenswerterweise machte mir nicht mein Vater auf, sondern Kata. Sie sah mich überrascht an, und ich sagte lediglich leise: «Frag nicht.»

Sie antwortete: «Gut», und fragte gleich im Anschluss sorgenvoll: «Was ist passiert?»

Ich berichtete vom Tretboot und von Sven, aber natürlich nicht von Joshuas Wasserwanderung. Ich wollte vermeiden, dass meine eigene Schwester mich in die Klapse einweisen ließ.

Kata führte mich ins Bad, damit ich erst mal den Seegestank abduschen konnte. Sie erzählte mir, dass Papa, Swetlana und das Töchterchen schon schliefen. Ich selbst aber wollte nicht einschlafen, befand ich mich doch im Seelenzustand zwischen Himmel (Joshua) und Hölle (Sven). Ich duschte, zog mich um und ging zu Kata ins Zimmer. Sie hatte gerade einen neuen Strip fertiggezeichnet:

Es war ein überraschender Strip, normalerweise war Klein Kata in den Comics nie so selbstmitleidig. Gott kam in ihren Comics nur vor, wenn sie besonders frustriert vom Lauf der Welt war. Mir war klar, dass sie etwas bedrückte.

«Du warst beim Arzt», stellte ich besorgt fest.

«Ja.»

«Und?»

«Ich muss auf die Testergebnisse warten», erwiderte sie bemüht cool.

«Gibt es denn Befürchtungen?»

«Reine Routine, kein Anlass zur Sorge», erklärte sie, ohne eine Regung.

Ich wusste nicht, ob ich ihr glauben konnte. Meine Schwester konnte beeindruckend lügen, besonders wenn es um ihre eigenen Ängste ging. Aber ich wusste auch, dass ich sie nicht bedrängen durfte. Also suchte ich nach Indizien, ob es wirklich keinen Anlass zur Sorge gab. Auf dem Tisch lag ein zweiter Comicstrip, den sie an diesem Tag gezeichnet hatte:

⇨

Es war ein viel fröhlicherer Comic als der erste. Also hatte sie wohl keine Weltuntergangsstimmung. Das bedeutete: Es gab wohl wirklich keinen Anlass zur Sorge.

Wäre ich nicht von der «Joshua geht über den See»-Geschichte so durcheinander und aufgewühlt gewesen, hätte ich vielleicht bemerkt, dass es recht merkwürdig war, dass Kata im Spätsommer bereits Comics für die Weihnachtszeit zeichnete. Und ich hätte bemerkt, dass Kata einen Strip gezeichnet hatte, in dem die Existenz von freundlichen alten Männern mit weißem Bart verneint wurde. Das war zumindest die eine Interpretationsmöglichkeit für den Weihnachtsmann-Comic. Die andere war, dass Kata tief in ihrem Inneren sehr gerne von einem freundlichen alten Mann mit Bart von all ihren Sünden freigesprochen werden möchte.

Unterdessen

Gabriel wachte in der Küche des Pfarrhauses und wartete auf Jesu Rückkehr. Seine Angebetete hatte einen Termin in Hamburg, deswegen konnte sie die Nacht nicht bei ihm verbringen. Gott, wie sehr er Silvia vermisste, obwohl er sie doch nur wenige Stunden nicht gesehen hatte. In wehmütigen Augenblicken wie diesen war Gabriel der Überzeugung, dass diese Sache mit der Liebe mehr Nachteile hatte als Vorteile. Und dass Gott bei der Erfindung der Liebe, so unvollkommen sie war, vielleicht eine schlechte Phase gehabt hatte.

Klar, der Allmächtige hatte nie schlechte Phasen, das wusste er als ehemaliger Engel, aber anders war seine liebesbedingte Sehnsucht nicht zu erklären. Worin lag der Sinn?

Das war ähnlich wie Sodbrennen. Das göttliche Geheimnis dahinter begriff er auch nicht.

Jesus betrat nun endlich wieder das Pfarrhaus. Er wirkte sehr in Gedanken versunken.

«Was beschäftigt dich, mein Herr?», fragte Gabriel.

«Was weißt du von Marie?», fragte Jesus.

O nein, dachte Gabriel, beschäftigt den Messias diese Frau immer noch?

«Verzeih, Herr», antwortete er, «aber Marie ist das, was wir hier auf Erden etwas profan als ‹durchschnittlich› bezeichnen.»

«Mir erscheint sie ganz und gar nicht als durchschnittlich. Im Gegenteil, ich sehe in ihr etwas Besonderes.»

«Was Besonderes?» Gabriels Stimme kiekste leicht. «Reden wir von der gleichen Marie?»

«Sie hat mich zum Lachen gebracht», unterbrach Jesus.

«Wieso, ist sie gegen eine Wand gelaufen?», fragte Gabriel und war gleich im nächsten Moment über sich selbst erschrocken. Er spürte eine leichte Wut gegenüber Marie in sich aufsteigen. Konnte sie den Messias nicht einfach in Ruhe lassen?

«Nein, sie ist nicht gegen eine Wand gelaufen. Wie kommst du darauf?», fragte Jesus, und Gabriel war in diesem Moment froh, dass Jesus Ironie fremd war.

«Fehlt ihr etwas der Glaube?», wollte Jesus wissen.

«Etwas?» Gabriel seufzte leicht. Und fügte in Gedanken hinzu: Ihr fehlt genauso «etwas» der Glaube, wie das Gemächt von Goliath «etwas» groß war.

Jesus blickte nachdenklich drein.

«Du willst sie doch nicht etwa bekehren?», fragte Gabriel zögerlich. «Dafür hast du keine Zeit, denk an deine Aufgabe.»

«Ich will einfach nur mehr über sie erfahren», erwiderte Jesus und verschwand dann in seinem Zimmer.

Gabriel starrte auf die geschlossene Tür und fragte sich: Empfand Jesus am Ende etwas für Marie? Da musste nun Gabriel über sich selber lachen. Das war ein komplett abwegiger Gedanke. Jesus war zwar zu solchen Gefühlen fähig. Aber Marie hatte bei weitem nicht das Format einer Maria Magdalena. Sie hatte ja nicht mal das Format einer Salome, höchstens das von Lots Ehefrau. Sicher wollte Jesus nur ein verirrtes Schäfchen bekehren.

Nach all dem, was ich erlebt hatte, dachte ich, ich würde die Nacht kein Auge zubekommen. Andererseits war ich fast ertrunken und vor Sven barfuß durch Malente geflohen. Mein Geist war also aufgewühlt, doch mein Körper wollte einfach nur ins Koma fallen. Im Rekordtempo schlief ich ein und hatte einen wilden Traum: Ich stand vor dem Altar, Gabriel stellte mir die «Willst du»-Frage, doch neben mir stand nicht Psycho-Sven, sondern Joshua. Das Kreuz hinter ihm an der Wand war leer, anscheinend war er da runtergesprungen und hatte sich einen sehr geschmackvollen Hochzeitsanzug angezogen.

Ich antwortete Gabriel aus tiefstem Herzen: «Ja, ich will.»

Joshua näherte sich mir zum Kuss. Seine Hände berührten sanft mein Gesicht. Es war einfach wundervoll, von ihm so berührt zu werden. Mein Herz klopfte. Seine Lippen kamen immer näher. Ich zitterte vor Aufregung. Sein Bart berührte schon mein Gesicht und elektrisierte mich. Er wollte mich küssen … Ich sehnte mich so sehr danach … Seine Lippen berührten die meinen … Da wachte ich schreiend auf.

Als ich endlich aufgehört hatte zu schreien, realisierte ich: Mein Unterbewusstsein wollte Joshua heiraten?!?!

Warum konnte sich mein blödes Unterbewusstsein nicht einfach aus meinem Leben raushalten?

Ich blickte auf die Uhr: 8.56 Uhr. Es war schon so spät? In vier Minuten würde Joshua vor der Tür stehen – er kam immer um neun, um auf dem Dachboden zu arbeiten. Ich wollte ihn nicht sehen! Ich hatte viel zu viel Angst vor ihm! Teils war es die Angst, die wohl die Frauen in Horrorfilmen verspüren, wenn sie wissen, dass der Kerl mit dem unsäglichen Kettensägen-Fetisch sich nähert. Und teils war es die Angst vor meinen eigenen Gefühlen.

Ich schnappte mir meine Anziehsachen, verzichtete auf so unnötige Dinge wie Waschen, Kämmen, Zähneputzen und Schuhebinden, hastete aus dem Haus und fiel auf die Schnauze. Scheißschnürsenkel!

Swetlanas Tochter malte auf der Straße mit Kreide, sah meinen Sturz und lachte sich schlapp. Ich rappelte mich auf, band die Schnürsenkel zu und musste mir von der Kleinen anhören: «Deine Haare sehen aber doof aus.»

Ihre Mutter hatte ihr Deutsch beigebracht. Ich war kein Freund dieser Art von Völkerverständigung.

«Meine Mama hat tollere Haare als du», lästerte das Mädchen mit ihrem weißrussischen Akzent in einem «Näh-näh-näh»-Tonfall.

«Wie alt bist du?», fragte ich die Kleine.

«Acht.»

«Wenn du so weitermachst, wirst du keine neun.»

Sie ließ geschockt die Kreide fallen. Da sah ich, dass Joshua in die Straße einbog. Ich rannte davon, wie Forrest Gump nach einer Epo-Injektion. Dabei betete ich inständig, dass Joshua meine Flucht nicht gesehen hatte. Bis mir auffiel, dass ich im Zusammenhang mit Joshua vielleicht lieber nicht zu Gott beten sollte.

Schließlich kam ich völlig außer Atem am See an und setzte mich schnaufend auf einen Steg. Als ich wieder etwas Luft bekam, sah ich auf das in der Sonne funkelnde Wasser. Einige Touristen fuhren darauf sogar schon wieder Tretboot. Die leichte Brise wehte um meine Haut. Alles, was gestern passiert war, kam mir so unwirklich vor. Wie ein Traum. Sicherlich hatte ich mir die Rettung durch Jesus nur eingebildet. Das war die logische Erklärung. Und eine beruhigende, auch wenn die zur Konsequenz hatte, dass ich demnächst öfter Sätze hören würde wie: «Marie, die beiden kräftigen jungen Herren nehmen dich nun mit zur Elektroschocktherapie.»

Jedenfalls wären in diesem Fall Joshua und ich dann beide Spinner. Er einer, der sich für Jesus hält, ich einer, der Jesus sieht. Wir passten also toll zusammen. Wir beide könnten später ganz viele süße, kleine Spinner-Babys bekommen …

Moment mal, ich wollte ihn nicht nur heiraten, ich wollte auch Kinder mit ihm?

Wie damals bei Marc. Fehlte nur noch, dass ich den Kindern auch noch Namen gab. Ich war noch viel verliebter, als ich dachte.

Als ich jemals in meinem Leben war.

Shit!

Kaum hatte ich das realisiert, hörte ich hinter mir eine wunderbare Stimme sagen: «Marie?»

Joshua stand auf dem Steg. Er war mir doch gefolgt.

«Ich freue mich, dich zu sehen.» Er lächelte nett.

«Grdlll», antwortete ich.

«Du hast Angst vor mir», stellte er ruhig fest.

«Brdll.»

«Deswegen bist du auch vor mir davongelaufen.»

«Frzzl.»

«Fürchte dich nicht.»

Er sagte diese Worte so unglaublich sanft, dass die Angst meinem Körper augenblicklich entwich.

«Ich habe eine Frage an dich», sagte Joshua.

«Frag mich ruhig», bat ich ihn. Ohne diese blöde Angst war ich wieder in der Lage, Vokale zu formen.

«Würdest du heute Abend mit mir noch einmal speisen?»

Ich konnte es kaum fassen. Er wollte mit mir ausgehen!

«Das würde mir sehr viel bedeuten», ergänzte er.

Er meinte es aufrichtig, das spürte ich. Es bedeutete ihm wirklich was.

Das bedeutete: Ich bedeutete ihm was!

Und das wiederum bedeutete: Jippieyeiyeah!!!!

Ich grinste vor mich hin wie ein Haschisch rauchendes Honigkuchenpferd, und Joshua setzte sich zu mir auf den Steg. Ganz nah. Meine Knie wurden bei seinem Anblick weich, mein Magen auf wundervolle Art und Weise flau. Unsere Füße baumelten nun nebeneinander über dem Wasser. Es hätte ein wunderbarer Moment zwischen zwei Verrückten werden können. Doch leider sagte Joshua etwas, das alle meine Hoffnung, dass wir einfach nur reif für die Klapse waren, zerstörte: «Der See ist viel ruhiger als gestern.»

«Du warst gestern auch am See?», fragte ich entsetzt.

«Ich habe dich darübergetragen. Erinnerst du dich nicht mehr daran?»

Es war also keine Halluzination gewesen. Ich hatte niemanden von meinem Erlebnis erzählt. Wie hätte Joshua davon wissen können, wenn es nicht genau so geschehen war?

«Du … du bist also wirklich Jesus», sagte ich mit gedämpfter Stimme.

«Ja, selbstverständlich.»

«Oh!», stöhnte ich auf. Mehr fiel mir nicht ein. Kein «Ich stehe vor dem Sohn Gottes!». Kein «Er wandelt wieder auf Erden!». Kein «Es ist ein Wunder!». Nur ein dusseliges «Oh». Mein ganzes Wesen war ein einziges erschöpftes, erlahmtes und überfordertes «Oh».

«Geht es dir gut?», fragte Jesus nun einfühlsam.

«Oh.»

«Marie, alles in Ordnung?» Er klang nun sogar etwas besorgt.

Mir ging es gar nicht gut. Jemand wie ich hatte in der Anwesenheit Jesu nichts verloren.

«Warum», fragte ich matt, «willst du ausgerechnet mit mir essen gehen?»

«Weil du ein ganz gewöhnlicher Mensch bist.»

«Ein gewöhnlicher Mensch?»

«Genau.»

Es gibt tollere Komplimente. Tausende. Und sicherlich war das damals auch schon so, an den Brunnen von Palästina. Aber warum wollte ich eigentlich Komplimente von Jesus? Schon der Wunsch danach war absurd. Lächerlich. Pathetisch.

Ich blickte auf den See, er wurde von Sekunde zu Sekunde friedlicher. Keine Wellen, kein Sturm, keine Blitze. Obwohl die außerordentlich gut zu der Erkenntnis gepasst hätten, dass ich hier neben Jesus saß.

«Du schweigst.»

Gut beobachtet, dachte ich mir.

«Was ist mit dir?»

«Ich … ich glaube nicht, dass es richtig ist, dass du dich mit mir abgibst.»

«Warum nicht?»

«Ich bin das nicht wert. Du müsstest beim Papst sitzen. Oder so.»

Oder dem Dalai Lama einen Schrecken einjagen, ergänzte ich in Gedanken.

«Du bist genauso viel wert wie der Papst», erwiderte Jesus.

«Das musst du ja sagen. Du bist ja auch Jesus. Du musst

alle Menschen gleich finden. Aber glaube mir, ich bin es nicht wert, bei dir zu sein.»

«Du bist es wert.»

Das zeigte nur, dass er nicht wusste, was für ein Versager ich bin. Zu wissen, dass man im Leben nichts Besonderes geleistet hat, ist das eine. Es in der Anwesenheit von Gottes Sohn zu realisieren, etwas anderes.

«Ich habe eine Bitte an dich», sagte Jesus und blickte mir nun tief in die Augen.

«Und welche?»

«Verbringe den Abend mit mir, wie du ihn mit jedem anderen Menschen auch verbringen würdest.»

«Du bist aber nicht jeder andere.»

«Doch, jeder Mensch kann so sein wie ich, wenn er es nur will.»

Klar, dachte ich mir. Das nächste Mal gehe ich auch übers Wasser. «Warum willst du das so gerne?», fragte ich nach.

«Weil … weil …», er rückte nicht mit der Sprache raus. Das erste Mal, dass ich erlebte, wie er bei etwas richtig zögerte. Hatte er etwa Gefühle für mich? Wollte er deswegen eine Verabredung?

Nein, so etwas überhaupt zu denken war Blasphemie! Der Sohn Gottes konnte sich gar nicht in eine Irdische verlieben. Und schon gar nicht in mich.

Jesus räusperte sich und antwortete mit fester Stimme: «Weil ich neugierig bin, wie die Menschen heute leben.»

Das war es also. Er brauchte einen Fremdenführer. Ich nickte matt zustimmend. Und er freute sich aufrichtig darüber.

Joshua ging vom Steg zurück in unser Haus, um den Dachboden zu Ende zu reparieren. Und ich starrte stumpf auf den

See: Ich hatte Jesus zu einem Date zugesagt. Auf der nach oben offenen «Wie verrückt kann mein Leben denn noch werden?»-Skala erreichte das einen neuen Topwert.

Aber wenn der Sohn Gottes will, dass man ihm die Welt zeigt, was sollte man da sagen? Sorry, ich geh lieber Augenbrauen zupfen?

Eine Weile blieb ich noch sitzen und versuchte das Ganze zu verarbeiten. Den Gedanken, dass ein lächerlicher Mensch wie ich sich in Jesus verknallt hatte, war ganz oben auf der Verarbeitungsliste. Es war aber ziemlich einfach, ihn abzuarbeiten: Die Erkenntnis, es mit Jesus zu tun zu haben, hatte alle meine Gefühle in absolute Schockstarre versetzt. Ich empfand rein gar nichts mehr für ihn. Gott sei Dank.

Stattdessen machte ich mir nun Gedanken, wie ich mit ihm den Abend verbringen sollte. Was würde jemand wie Jesus gerne erleben wollen? Dabei stellte ich fest, dass ich nicht den blassesten Schimmer hatte. Und gleich darauf stellte ich fest, dass ich auch kaum Ahnung von ihm hatte.

Um das zu ändern, ging ich in unsere schöne Malenter Buchhandlung und bat die Bedienung um eine Bibel. Sie fragte: «Welche Ausgabe?»

Ehrlich gesagt hatte ich keine Ahnung, was sie damit meinte. Gab es verschiedene Bibeln? Wenn ja, warum? Gab es Remix-Versionen?

«Standard», antwortete ich, die Wissende spielend.

Die Buchhändlerin verkaufte mir eine Bibel.

Ich setzte mich in ein Café, trank einen Latte macchiato, blätterte in der Bibel und stellte fest, dass die Sprache mich, wie damals im Konfirmandenunterricht, unendlich langweilte, selbst jetzt, wo ich doch ein durchaus berechtigtes Interesse an dem Thema hatte. Daher beschloss ich, mich einem Medium zuzuwenden, das mir näherlag. Ich ging zu Michis

Videothek und klingelte an der Tür. Er machte mir unaus-geschlafen und unrasiert auf. Dabei trug er ein T-Shirt mit dem für meine Situation nicht unpassenden Yoda-Spruch «Vergessen du musst, was früher du gelernt».

«Was willst denn du hier?», gähnte er und rieb sich dabei den Schlaf aus den Augen.

«Ich … ich … hatte Lust, dich zu sehen», antwortete ich.

«Zu nachtschlafender Zeit?»

«Es ist elf Uhr.»

«Sag ich doch, nachtschlafende Zeit.»

«Ich würde gerne ein paar Filme gucken.»

«Was für Filme?», fragte Michi.

Kleinlaut antwortete ich: «Über Jesus …»

«Dieser Joshua bringt dich echt durcheinander», stellte Michi besorgt fest, mit einem – wenn ich richtig gehört hatte – für mich überraschenden leisen Unterton von Eifersucht.

«Nein, nein», versuchte ich mich rauszureden. Aber das klang natürlich nach all dem, was ich die letzten Tage erlebt hatte, komplett unglaubwürdig.

«Eins kann ich dir garantieren», erklärte ich Michi, «ich habe keine Gefühle mehr für ihn.» Wenigstens das stimmte.

Michi gefiel das sichtlich. Er schlich mit mir in die Video-thek und setzte einen Kaffee auf.

Michi zeigte mir eine kleine Jesus-Retrospektive auf dem Flachbildfernseher der Videothek. Zuerst sahen wir «Die Pas-sion Christi», Mel Gibsons Werk über die Kreuzigung Jesu.

«Was brabbeln die denn da?», fragte ich, weil ich kein Wort der Schauspieler verstehen konnte.

«Gibson hat den Film auf Aramäisch und Latein gedreht», erklärte Michi, und ich dachte mir, dann hätte Gibson genau-so gut die Filmfiguren per Flaggenalphabet kommunizieren lassen können.

Die Passion Christi war ein ziemlich grausames Gemetzel. Splatter für Bibelfans. Und die Juden in dem Film wurden in der menschenfreundlichen Tradition der Goebbels'schen Propagandamaschine dargestellt. Als Jesus schließlich brutal in dem Film gekreuzigt wurde, war das so plastisch, dass ich verdammt froh war, nichts gegessen zu haben. Dass der Mann, der heute Morgen mit mir am Steg saß, diese ganzen Foltereien durchgemacht hatte, konnte – und vor allen Dingen wollte – ich mir gar nicht vorstellen.

Im Kontrast dazu zeigte Michi mir im Anschluss den Siebziger-Jahre-Musical-Film «Jesus Christ Superstar». Schon nach wenigen Minuten sehnte ich mich nach Gibsons Film zurück, gab es hier doch noch einen größeren Horror: Jesus sang Musical-Hits!

Sein Darsteller grimassierte dabei wie Louis de Funès und wirkte auch ähnlich ausgeglichen. Er wurde eigentlich nur übertroffen von dem schwarzen Schauspieler, der Judas spielte und in einem weißen, discoähnlichen Outfit durch die Gegend tanzte.

Wir machten nach einer Viertelstunde den Film aus und schauten uns die «Die letzte Versuchung Christi» von Scorsese an. Der Film gefiel mir sehr viel besser als die beiden anderen: Jesus war hier ein echter Mensch. Okay, ein neurotischer Mensch. Aber ein Mensch. Und wer wäre nicht neurotisch geworden mit so einer dominanten Vaterfigur?

Dass er in dem Film am Kreuz nochmal die Gelegenheit bekommt, Maria Magdalena zu heiraten und ein normaler Sterblicher zu werden, war aufwühlend. Da mochte man ihm doch glatt zurufen: «Mach es!»

Mir war natürlich klar, dass die Maria, über die Jesus bei unserem Date geredet hatte, Maria Magdalena sein musste. Vom bibelfesten Michi wollte ich daher wissen, was sie nun genau war: Hure? Ehefrau? Geliebte? Groovy-Boogie-Tän-zerin?

Michi erklärte mir, dass es in der Bibel keinerlei Beweise dafür gebe, dass sie eine bekehrte Hure war oder Jesu Ehe-frau, und auch keinerlei Indizien dafür, dass sie funky tanzen konnte.

Allerdings gab es einen Hinweis darauf, dass die beiden sich geküsst hatten. Der stand zwar nicht in der Bibel, aber dafür in einem anderen alten Text aus dem zweiten Jahrhun-dert nach Christus, dem sogenannten Evangelium der Maria Magdalena.

Wenn es stimmte, was in dieser Schrift stand, so dachte ich, war Jesus doch ein Mensch, der eine irdische Frau lieben konnte.

Vielleicht konnte er das auch heute noch …

Weiter wollte ich den Gedanken nicht spinnen. Es war ein Gedankengang, der viel zu gefährlich war für jemanden wie mich …

23

Unterdessen

«Du hast dich erneut mit Marie verabredet?» Gabriel konnte es nicht fassen, was er da von Jesus hörte. Der Messias saß am Küchentisch des Pfarrhauses und trank Kaffee, ein Getränk, von dem er meinte, dass es zu den Dingen gehörte, die ihm an den modernen Zeiten besonders gut gefielen. So wie Pizza.

«Du hast es richtig vernommen, ich werde mit Marie auch diesen Abend verbringen», erwiderte Jesus ganz ruhig und schenkte sich noch etwas Kaffee nach.

«Wieso nur?», fragte Gabriel entsetzt.

«Weil ich glaube, dass ich durch Marie viel über die Menschen lernen kann. Wie sie heute leben, fühlen und glauben.»

«Das kannst du doch auch von anderen Menschen erfahren», warf Gabriel ein. Ihm fielen sofort ein paar gläubige Kirchengänger ein, die viel, viel besser geeignet dafür waren als Marie, mit dem Messias den Abend zu verbringen. Ihm fielen sogar Atheisten ein, die besser geeignet waren als diese Frau, die er immer weniger mochte, obwohl sie die Tochter seiner geliebten Silvia war.

«Ich werde eine einmal getroffene Verabredung nicht absagen», erklärte Jesus bestimmt. «Außerdem bereitet mir der Umgang mit Marie Freude.»

Als er das ausgesprochen hatte, meldete sich Gabriels Sodbrennen wieder.

«Aber musst du dich nicht auf deine Aufgabe vorbereiten?», fragte Gabriel, in der Hoffnung, Jesus von der Verabredung doch noch abbringen zu können.

«Du musst mich nicht belehren», erwiderte Jesus schneidend.

Gabriel schwieg, niemand konnte den Messias belehren. Das wusste er.

«Du selbst solltest dich auf die Endschlacht vorbereiten», mahnte Jesus.

«Das … das tue ich doch», stammelte Gabriel, plötzlich sehr defensiv.

«Nein, du vergnügst dich mit dieser Frau.» Es gab einen leichten Tadel in der Stimme des Messias.

Gabriel wurde rot. Tatsächlich hatte er die meiste Zeit der letzten beiden Tage mit seiner großen Liebe im Bett verbracht. Hatte Jesus die beiden etwa dabei gehört? Silvia war nun nicht *gerade leise, was irritierend, aber auch irgendwie schön war, und auch Gabriel selbst verlor manchmal beim Praktizieren dieses wunderbaren Sägemechanismus die Kontrolle über die eigene Stimme.*

«Ich, ähem … ich will sie nur bekehren», stammelte Gabriel. Es war noch nicht mal eine richtige Lüge. Er hätte den Messias niemals anlügen können! Nur ließ sich Silvia einfach nicht bekehren. Sie bestand darauf, sich von der Bibel nicht ihr Leben diktieren zu lassen.

«Was sind Dessous?», fragte Jesus.

Gabriel bekam einen Hustenanfall.

«Ich habe zufällig gehört, wie du der Frau gesagt hast, dass du Dessous liebst.»

«Ähem, das ist ein französisches Gericht …», antwortete Gabriel. Anscheinend konnte er den Messias doch anlügen, stellte er schockiert fest.

«Und was ist ein Tanga?», fragte Jesus.

«Tanga … das … das ist ihre Katze», antwortete Gabriel. Wie schnell er sich daran gewöhnte, Jesus anzulügen. Verblüffend.

Der Messias stand nun vom Küchentisch auf und verkündete: «Ich mache mich jetzt auf den Weg zu Marie.»

Gabriel wollte das nicht. Er hatte Angst, dass Marie einen schlechten Einfluss auf ihn ausübte. Wenn sie auch nur halb so war wie ihre Mutter, so zielstrebig und in den Künsten der Verführung versiert, wenn das in der Natur der weiblichen Mitglieder dieser Familie lag, dann … dann … würden die beiden ebenfalls säg… O Gott, war er wahnsinnig geworden, sich so etwas auszumalen?!?! Das war ein unsäglicher Gedanke! «Willst du nicht lieber heute Abend mit mir speisen?», fragte Gabriel verzweifelt.

«Hast du nicht eine Verabredung mit Silvia?», fragte Jesus zurück.

«Wir könnten gemeinsam essen», schlug Gabriel vor.

«Dessous?», fragte Jesus.

«Nein!», antwortete Gabriel, mit sich leicht überschlagender Stimme.

«Wieso nicht?»

«Ähem … von denen bekommt man Sodbrennen.» Das mit dem Anlügen wurde schnell zur Routine.

Jesus lachte: «Warum sollte ich Furcht vor Sodbrennen haben?»

Bevor Gabriel darauf eine halbwegs plausible Antwort einfallen konnte, klingelte es an der Tür. Jesus öffnete. Es war Silvia. Gabriel hoffte inständig, dass Jesus die Dessous und den Tanga nicht erwähnen würde. Silvia trat ein und gab Gabriel ein Küsschen auf die Wange. In der Anwesenheit von Gottes Sohn war dem ehemaligen Engel das unglaublich peinlich.

«Hast du etwas?», fragte Silvia, die seine Unsicherheit bemerkte.

«Nein … nein», wiegelte Gabriel ab. Er realisierte, dass er eigentlich gar nichts mehr anderes tat, als zu lügen.

«Hast du was dagegen, wenn Joshua den Abend mit uns verbringt?»

Silvias Blick verriet, dass sie sehr wohl etwas dagegen hatte.

Jesus erklärte: «Ich habe eine andere Verabredung für den Abend.»

Silvia war erleichtert, und Jesus ergänzte höflich: «Ich würde Ihre Dessous gerne ein anderes Mal probieren.»

Das erstaunte Silvia dann doch: «Sie wollen meine Dessous anzieh…?»

Gabriel unterbrach sie hastig: «Lasst uns bitte nicht übers Essen reden, ich habe eine kleine Magenverstimmung.»

Silvia verstand nun gar nichts mehr.

Jesus wandte sich ihr zu und fragte: «Wo ist denn ihr kleiner Tanga?»

Silvia konnte es nicht fassen.

«Gabriel hat mir von ihm erzählt.»

Gabriel bereute es in diesem Moment, dass er zum Menschen geworden war.

«Hat er denn ein glänzendes Fell?», fragte Jesus höflich.

«Ähem», antwortete Silvia, «es gibt sicherlich Tangas mit Fell, vielleicht, irgendwo, aber …»

Weiter kam sie nicht, der überforderte Gabriel sagte zu Jesus: «Du kommst zu spät zu deiner Verabredung.»

Er wollte diese Situation einfach nur beenden, und er sah keine andere Möglichkeit, als den Messias hinauszuwerfen. Dabei war es ihm in diesem Moment auch völlig egal, dass der Messias zu Marie ging.

Jesus nickte: «Du hast recht, mein treuer Freund.»

Er verabschiedete sich und schloss hinter sich die Tür zum Pfarrhaus. Gabriel atmete erleichtert durch.

Silvia aber blickte dem Messias verdutzt durch das Fenster in der Tür hinterher und fragte dann Gabriel: «Ist er schwul?»

Gabriel schloss die Augen. Das war alles zu viel für ihn. Er hatte den Sohn Gottes dazu gebracht, Worte wie «Dessous» und «Tanga» auszusprechen. Und er hatte ihn angelogen.

Und vor allen Dingen: Er hatte ihn zu einer weiteren Verabredung mit Marie ziehen lassen!

24

«Was zieht man zu einer Verabredung mit Jesus an?» Diese Frage stellte ich mir, nachdem ich mich geduscht und die Zähne geputzt hatte. Ich stand vor meinem Schrank und suchte mir die züchtigsten und hochgeschlossensten Klamotten aus, die ich nur finden konnte. Eine Bluse, einen Pulli, den man darüberziehen konnte, und eine weite schwarze Hose. So züchtig sah ich das letzte Mal bei meiner Konfirmation aus. Das erste Problem hatte ich also gelöst, aber das zweite immer noch nicht: Was soll man mit einem wie Jesus unternehmen?

Gerne hätte ich mit meiner Schwester über das Thema geredet, aber sie hatte mir einen Zettel hinterlassen, dass sie am See zeichnen war. Und dass ich mir keine Sorgen machen müsse, die Testergebnisse wären gut gewesen.

Wer weiß auch, was Kata mir geraten hätte? Wohl etwas in der Richtung: «Hey, zeig doch Jesus mal ein paar Tumorkranke und frag ihn nach Gottes Liebe zu den Menschen.»

Ich fragte mich, ob man so etwas vielleicht wirklich tun sollte und ob man für so eine Frage nach Gott nicht jede Menge Ärger bekommen würde. Und ob es, wenn es einen Jesus gibt, auch eine Hölle gab. Und ob man darüber überhaupt nachdenken sollte, wenn man nachts noch gut schlafen möchte.

Da betrat Papa das Zimmer und sagte: «Können wir reden?»

«Du, ich muss gleich los», antwortete ich und hoffte, so einem «Swetlana ist ganz anders, als du denkst»-Gespräch zu entgehen.

«Swetlana ist ganz anders, als du denkst», sagte Papa.

Ich seufzte und fragte: «Ach, sie ist noch schlimmer?»

Papas Augen wurden nun traurig. Es ist schon beeindruckend, wie traurig Augen werden können, wenn sie einem alten Mann gehören.

«Sie liebt ihre Tochter sehr.»

«Wie schön», antwortete ich bissig. Als ob das etwas ändern würde.

«Ist es denn so schwer vorstellbar, dass mich jemand liebt?», wollte er wissen.

«Nein, aber dass so eine dich liebt», erwiderte ich, eine Spur zu ehrlich.

Er schwieg. Er wusste anscheinend genau, dass ich recht hatte. Doch dann sagte er: «Aber wenn sie mich glücklich macht, ist es dann nicht ganz egal, ob sie mich liebt?»

Es gibt Fragen von Verliebten, die verzweifelter sind. Aber nicht viele.

Ich hätte Papa am liebsten so lange geschüttelt, bis der Teil seines Gehirns, in dem Swetlana abgespeichert war, aus seinem Ohr rausplumpste. Stattdessen aber streichelte ich ihm nur über seine alte, faltige Wange. Doch er schob meine Hand nur zur Seite und sagte bestimmt: «Wenn du dich nicht mit Swetlana anfreunden kannst, dann musst du dieses Haus verlassen.»

Er ging, und ich war fertig: Mein eigener Vater drohte damit, mich vor die Tür zu setzen.

Auf dem Weg nach draußen kam ich an der Küche vorbei, in der Swetlana und ihre Monster-Tochter «Mensch ärgere dich nicht» spielten. Swetlana sah glücklich aus, viel weniger verkniffen, als ich sie bisher erlebt hatte. Als ob ihr ein Stein vom Herzen gefallen wäre. Entweder weil sie nun in Deutschland mit ihrer Kleinen das Konto meines Vaters plündern konnte oder weil die Kleine von ihrer Epilepsie geheilt war. Höchstwahrscheinlich war es beides zusammen. Ich hielt inne, mir wurde nun klar, dass wir gestern alle gemeinsam Zeuge eines Wunders geworden waren. Tiefe Ehrfurcht erfüllte mich. Vielleicht sollte ich Swetlana erzählen, dass ihre Tochter für immer geheilt sei. Das würde uns sicherlich menschlich verbinden. Wir könnten alle Streitereien über den Haufen werfen. Jesu Wunder hätte uns für immer zu einer Gemeinschaft verschmolzen …

Da sah mich die Kleine und streckte mir die Zunge raus. Ich zeigte ihr den Stinkefinger und verließ das Haus.

Jesus und ich hatten uns an dem Steg verabredet, an dem wir am Morgen gesessen hatten. Für viele Menschen wäre so eine Begegnung ein phantastisches Erlebnis gewesen – gut, vielleicht nicht für Osama bin Laden. Der hätte dann gemerkt, dass er die letzten Jahrzehnte für nichts und wieder nichts in afghanischen Höhlen ohne Sanitäranlagen verbracht hatte. Aber ich war nur Marie aus Malente, was hatte so eine wie ich mit ihm schon zu reden? Ich fühlte mich völlig überfordert.

Ich betrat den Steg, auf dem Jesus in der Abendsonne stand. Es war ein so wunderbarer Anblick, dass Michelangelo sein Konzept für die Sixtinische Kapelle sicherlich nochmal überdacht hätte. Jesus hatte immer noch dieselben Klamotten an, die nie dreckig wurden – das war wohl eine der praktischen Seiten, wenn man der Messias war. Heute Morgen hatten meine Gefühle bei seinem Anblick noch Purzelbäume im Akkord geschlagen, doch jetzt war ich einfach nur schwer eingeschüchtert.

«Hallo, Marie», begrüßte mich Jesus.

«Hallo …»

Mir fiel es schwer, «Jesus» zu sagen, also beließ ich es bei dem «Hallo» und knöpfte mir den obersten Knopf meiner Bluse zu. Meine Gefühle für ihn lagen immer noch k.o. am Boden.

«Was wollen wir unternehmen?», fragte er.

«Ich … ich zeig dir erst mal ein bisschen Malente», schlug ich verlegen vor.

«Schön», lächelte Jesus.

Geht so, dachte ich.

Ich führte Jesus zu unserer zweiten Kirche im Ort. Die, in der einst meine Eltern geheiratet hatten. Ein Gotteshaus, so dachte ich mir, wäre doch das Passende für diese Verabredung. Sicherlich besser als ein Besuch im hiesigen Salsa-Club.

«Bist du oft hier?», wollte Jesus wissen, als wir die kleine, unprätentiöse Kirche betraten.

Was sollte man denn darauf antworten? Die peinliche Wahrheit? Oder lügen? Aber Jesus anzulügen war sicherlich nicht angebracht, besonders wenn es die Hölle wirklich gab.

«Gelegentlich», antwortete ich. Eine Wischiwaschi-Antwort zu geben schien mir der richtige Ansatz zur Bewältigung der Situation.

«Was ist denn dein Lieblingsgebet hier in der Kirche?», fragte Jesus neugierig.

Ach du meine Güte, ich kannte ja kein einziges im Wortlaut. Hastig dachte ich nach und antwortete: «Komm, Herr Jesus, sei unser Gast und segne, was du uns bescheret hast.»

«Ihr esst in der Kirche?», fragte Jesus verwundert.

Gott, war das peinlich. Ich beschloss, die Klappe zu halten, bevor ich mich noch weiter reinritt. Wir schlenderten schweigend in Richtung Altar. Jesus konnte sich an dem Anblick all der Kreuze nicht wirklich erfreuen – sicher weckten sie Erinnerungen –, aber er schien ganz happy, dass man in diesem Haus Gott huldigte.

Nur … ich war ja nicht gerade eine Kanone im Huldigen. Ich fühlte mich daher so was von unwohl. Wie sollte ich diesen Abend nur durchstehen?

Jesus betrachtete die Bilder an den Wänden, während ich krampfhaft auf den Boden starrte und bemerkte, dass man die Kirche auch mal wieder durchwischen könnte.

Plötzlich musste Jesus lachen.

«Was ist?», fragte ich neugierig und wandte meinen Blick vom dreckigen Boden ab, hin zu ihm.

«Meine Mutter sah ganz anders aus.» Er zeigte auf eins der Marienbilder, auf dem sie einen Heiligenschein über sich trug und wie aus Ebenholz geschnitzt wirkte. Maria im Stall mit dem Christkind im Arm.

«Sie hatte viel mehr Sorgenfalten», lächelte Jesus.

Kein Wunder bei den Familienverhältnissen, dachte ich bei mir.

«Und sie hatte auch dunklere Haut.»

Ja, die Kirche steht halt nicht so auf die südländischen Typen.

«Es war schwer für sie damals», fuhr Jesus fort. «Sehr schwer. Zunächst haben sie alle für verrückt gehalten.»

Ich blickte zu Josef, der neben Maria stand, und dachte mir, dass er anfangs sicher auf der Liste der Maria-für-verrückt-Halter ganz oben stand. Da kommt die Frau und sagt zu ihm, dem Mann, mit dem sie nie Sex hatte: «Hey, du, Josef … ähem … du wirst nicht glauben, was mir passiert ist …»

Jesus hatte gemerkt, dass ich auf Josef starrte, und erklärte: «Erst wollte Josef die Verlobung still und heimlich lösen, damit keine Schande über Maria kommt. Aber dann erschien ihm ein Engel im Traum und erklärte, wer da in Marias Schoß heranwächst. Und da hat er Maria zur Frau genommen.»

Ein Mann, der eine schwangere Frau ehelicht. Anständig. Macht heutzutage auch nicht jeder.

«Von da an hat er mich liebend angenommen und mich als sein Kind erzogen», erzählte Jesus weiter.

«Wie erzieht man denn Jesus?», fragte ich erstaunt

«Mit Strenge. Josef verbot mir eine Zeitlang, vor die Tür zu gehen.»

«Was hast du denn angestellt?»

«Ich habe mit fünf Jahren am Sabbat zwölf Spatzen aus Lehm geformt.»

«Und warum war das so schlimm …?»

«Weil man am Sabbat so etwas nicht tun darf. Und weil ich die Spatzen zum Leben erweckt habe.»

Ja, es war sicherlich schwer für Maria und Josef, so etwas den Nachbarn zu erklären.

«Außerdem habe ich den Sohn Hannahs wie einen Weidenzweig verdorren lassen.»

«Was!?!», rief ich entgeistert.

«Wir haben an einem Bach gespielt. Dort habe ich dann mit meiner Willenskraft das Wasser in kleine Teiche umgeleitet, und er hat mir dann mit einem Weidenzweig diese Pfützen wieder zerstört. Da habe ich ihn verflucht, und er verdorrte.»

Puhh … dass Josef ihm dafür Hausarrest gegeben hatte, war ja noch glimpflich. Fast schon antiautoritär. Sicher sagten die Mütter von Nazareth häufiger zu ihren Kindern: «Dieser Jesus kommt mir nicht in die Lehmhütte.»

«Aber ich habe im Alter von sechs Jahren auch einem Kind das Leben gerettet. Mein Freund Zenon fiel vom Dach und starb, da habe ich ihn flugs wieder zum Leben erweckt.» Und schmunzelnd fügte Jesus hinzu: «Ich hatte Angst, dass man mir die Schuld an seinem Tod geben würde.»

Die Selbstlosigkeit hatte Jesus anscheinend erst etwas später im Leben entwickelt.

«Mit einem Lehrer hatte ich auch Streit.» Er war nun richtig in Erzähllaune. «Dieser Mann konnte nicht gut unterrichten. Ich sagte ihm das, und er schimpfte mich aus …»

«Hast du ihn auch verdorren lassen?», fragte ich ängstlich.

«Nein, natürlich nicht.»

Ich atmete erleichtert aus.

«Ich ließ ihn ohnmächtig werden.»

Warum wurden einem diese Geschichten nicht im Konfirmandenunterricht erzählt? Damit könnte man Teenagern Jesus mal wirklich nahebringen.

Jesus blickte nun wieder zu dem Bild seiner Eltern und sinnierte: «Josefs Gesicht war viel zerfurchter, von der Sonne … und der Mühsal …»

Ich betrachtete Maria und Josef nun auch näher. Es war eigentlich das erste Mal, dass ich mir in einer Kirche ein Bild so genau ansah. Die beiden Eltern hatten es sicher schwer gehabt, Jesus zu erziehen, Aber wie schwer war es wohl erst für den kleinen Jungen? Er hatte ja schon mit fünf gemerkt, dass er anders war als die anderen Kinder. Und irgendwann sicher auch mitbekommen, dass der Papa mit dem zerfurchten Gesicht nicht der echte Papa war.

Er tat mir leid, der kleine Jesus.

Was der große Jesus auch gleich irritiert bemerkte: «Hast du etwas, Marie?»

«Nein … nein … Es ist nur, es war sicher schwer für dich als Kind. So allein. Ohne Freunde.»

Jesus war offensichtlich überrascht, dass jemand mit ihm

Mitleid hatte. Normalerweise war er es ja, der Mitgefühl zeigte, selbst für Leute, die Läden der Telekom überfallen. Meine Bemerkung brachte ihn daher für einen Augenblick sehr durcheinander. Dann sammelte er sich und sagte: «Ich hatte ja noch meine Geschwister.»

«Geschwister … Ich dachte, Maria war Jungfrau!», platzte es aus mir heraus.

«Ist es nicht auch in eurer Gesellschaft unhöflich, über das Liebesleben der Älteren zu reden?», tadelte Jesus.

Ich fand, dass die Älteren in unserer Gesellschaft – speziell meine Mutter – selbst etwas zu viel über ihr Liebesleben redeten, aber das behielt ich lieber für mich.

«Entschuldige», sagte ich stattdessen kleinlaut.

«Meine Geschwister kamen nach mir auf die Welt.»

«Also hat Maria nachher …», ich konnte mich gerade noch bremsen, bevor die Worte «Sex gehabt» meinen Mund verließen.

«Du denkst sehr logisch», sagte Jesus, und ich meinte, etwas Spott in seiner Stimme zu hören. Dann erzählte er, dass er sowohl Schwestern als auch Brüder hatte. Einem von ihnen, Jakobus, hatte er ebenfalls das Leben gerettet. Eine Natter hatte ihn gebissen. Der kleine Jesus eilte herbei und blies auf die Wunde. Jakobus stand geheilt wieder auf, und die Natter zerplatzte.

Die Natter zerplatzte! Sicher war Jesus damals der coolste große Bruder weit und breit.

«Warum steht von deinen Geschwistern nichts in der Bibel?», fragte ich.

«Sie werden kurz erwähnt, aber …», Jesus stockte.

«Aber …?»

«Sie folgten mir nicht auf meinem Weg», erklärte er enttäuscht.

Jesus hatte also seine Geschwister verloren, um seine Mission zu erfüllen. Das machte ihn sichtlich auch heute noch traurig. Am liebsten hätte ich ihm jetzt tröstend die Hand gehalten. Aber das war natürlich lächerlich. Er war der Sohn Gottes, der brauchte keinen Trost. Schon gar nicht von mir.

25

«Verbringst du stets den ganzen Abend in der Kirche?», fragte Jesus, als er seine Trauer wieder etwas verdrängt hatte.

«Na ja ... nicht jeden», antwortete ich, was streng genommen keine Lüge war, denn «nicht jeden» konnte ja auch «gar keinen» bedeuten.

«Ich möchte den Abend so mit dir verbringen, wie du ihn sonst auch verbringst», erklärte Jesus.

Fein. Aber wie verbrachte ich normalerweise meine Abende? Jesus wollte sicherlich nicht mit mir durch die Fernsehkanäle zappen und sich dabei über kostenpflichtige Telefon-Quizfragen aufregen: Wie heißt die Hauptstadt der Bundesrepublik Deutschland? a) Berlin oder b) Lufthansa?

Auch hielt ich es für keine gute Idee, mit ihm zu meinem Lieblingsabhängplatz zu gehen. Wie sollte ich ihm die «Nicht unter 18 Jahre»-Abteilung in Michis Videothek erklären?

Also musste etwas Unverfängliches her: zum Beispiel Eis essen in der besten Gelateria der Welt! Sie lag mitten in der Malenter Fußgängerzone. Der Besitzer hatte sogar, um Mittelmeerflair zu erzeugen, etwas Sand aufgeschüttet, was dazu führte, dass er sich ständig mit Hundebesitzern anlegen musste.

«Das hier ist die beste Erfindung unserer Zeit», deutete ich auf die Banana-Boat-Eisbecher, die uns serviert wurden.

«Das spricht nicht für eure Zeit», erklärte Jesus, dem ein paar Nachhilfestunden in Ironie sicherlich gutgetan hätten.

Wir mampften und schwiegen. Eine ziemliche lange Weile. Das war mir unangenehm. Also versuchte ich das Gespräch nonchalant wieder in Gang zu bringen: «Du wohnst also bei Gabriel?»

«Ja», antwortete er knapp, aber freundlich.

«Hast du ein schönes Zimmer bei Gabriel?»

«Ja.»

Ich musste aufhören, Fragen zu stellen, die man nur mit «Ja» oder «Nein» beantworten konnte.

«Wie findest du denn Malente?», fragte ich also.

«Schön.»

Arghhh! Die Konversation ging den Weg alles Irdischen und erstarb. Das Schweigen wurde nun immer länger. Jede Minute dehnte sich unendlich aus. Am liebsten hätte ich die Verabredung abgebrochen, weil ich keine Ahnung hatte, was man mit einem Messias noch reden konnte. Aber dann wäre ich wohl die erste Frau gewesen, die Jesus bei einer Verabredung einfach sitzenließ. Oder wäre ich das vielleicht gar nicht gewesen? Wäre mal interessant zu erfahren gewesen, ob das schon mal jemand anders getan hatte. Zum Beispiel Maria Magdalena. Aber das war jetzt auch kein angemessenes Gesprächsthema.

«Okay», bot ich ihm schließlich an, «du wolltest doch wissen, wie ich lebe. Also frag mich etwas. Irgendwas. Was immer du wissen möchtest.»

«Einverstanden», sagte Jesus. «Bist du noch Jungfrau?»

Ich verschluckte mich an einem Bananenstückchen. «Wie … wie kommst du denn auf so etwas?», hustete ich.

«Nun, du hast keine Kinder.»

«Das stimmt.»

«Und du bist schon alt.»

Na, vielen Dank.

«Sehr, sehr alt.»

In Sachen Charme brauchte er auch etwas Nachhilfeunterricht.

«In Judäa waren Frauen in deinem Alter schon Großmütter. Oder an Lepra erkrankt.»

Bei dem Wort «Lepra» schob ich meinen Banana-Boat-Eisbecher beiseite. Wie sollte ich ihm erklären, dass ich keine Kinder hatte? Sollte ich ihm von Marc erzählen, den ich nach dessen Fremdgehen überfahren wollte? Oder von Sven, den ich vor dem Altar stehengelassen hatte? Oder von dem Schwangerschaftscomputer, den ich benutzte und der eine 94-prozentige Verhütungsquote hatte, was in meinen Augen mindestens sechs Prozent zu wenig waren?

Nein, das alles wäre viel zu peinlich und unangenehm. Sicher würde er mich dann verurteilen und mir erklären, dass ich in der Hölle schmoren würde. Das einzig Positive daran wäre nur, dass damit das Date höchstwahrscheinlich beendet wäre.

Aber bevor ich überhaupt etwas erwidern konnte, sah ich, wie ein paar von Svens Fußballkumpeln sich näherten. Die waren nach der Geschichte in der Kirche sicher nicht gut auf mich zu sprechen. Und vor allen Dingen würde Jesus durch sie erfahren, was ich dem armen Sven angetan hatte. Das wollte ich um jeden Preis vermeiden!

«Lass uns gehen», bat ich Jesus.

«Wieso?»

«Lass uns einfach gehen.»

«Aber ich habe meinen Banana-Boat-Eisbecher noch gar nicht ganz verzehrt.»

Es war skurril, Jesus das Wort ‹Banana-Boat-Eisbecher› sagen zu hören.

«Man muss ihn nicht aufessen», erwiderte ich ungeduldig.

«Er mundet aber wirklich sehr.»

«Scheiß auf den Eisbecher!», motzte ich.

Jesus blickte mich überrascht an. Aber es war ohnehin zu spät: Die Mannschaftskameraden von Sven standen bereits um uns herum. Es waren vier typische Fußballer, Mitte dreißig. Mit O-Beinen. Und Alkoholfahnen, mit denen man Medizinbesteck hätte sterilisieren können.

Der Stürmer, ein kleiner Typ mit spitzer Zunge, pflaumte mich an: «Du hast Sven das Herz gebro…»

«Verzieht euch», unterbrach ich ihn.

«Stören wir dich bei einer Verabredung?», fragte der Mittelfeldspieler, dem anscheinend niemand verraten hatte, dass die Vokuhila-Frisur nicht mal Don Johnson in Miami Vice gestanden hatte.

«Du bist eine miese Schlampe», ergänzte der Abwehrhüne, ein grobschlächtiger Mann, den man im Verein nur «Kein Mensch, kein Tier, die Nummer vier» nannte.

«Hmmm!», grunzte der Torwart bestätigend. Dieser Typ hatte in seiner Laufbahn ein paar Bälle zu viel gegen den Kopf bekommen.

Ich sah zu Jesus und fragte mich ängstlich, ob er mich jetzt verurteilen würde. All meine Schuldgefühle gegenüber Sven, die ich auch empfunden hatte, als ich im See beinahe ertrank, überrollten mich wieder.

Aber Jesus stand nur auf und verkündete, ganz wie in der Bibel: «Wer frei von Sünde ist, der werfe den ersten Stein.»

«Wir sollen Steine werfen?», fragte der Abwehrhüne irritiert.

«Wäre keine schlechte Idee», meinte der Stürmer maliziös.

«Hmmm», grunzte der Torwart zustimmend.

Ja, mein lieber Jesus, die Zeiten haben sich geändert. Die Fußballer waren so besoffen, sie hätten mich glatt gesteinigt. Vermutlich wären im Suff einige Steine danebengegangen, dennoch wurde mir ganz mulmig zumute.

«Wir sollten jetzt wirklich gehen», raunte ich Jesus zu.

«Wir werden unseren Banana-Boat-Eisbecher zu Ende verzehren», blieb er standhaft, während der Torwart schon mal einen kleinen Stein in die Hand nahm.

«Tut mir leid, aber ich glaube, dass wir mit deiner ‹Halte die andere Wange hin›-Einstellung nicht so weit kommen», mahnte ich.

«Ich werde auch nicht die Wange hinhalten», erklärte Jesus, als er aufstand.

Ach du meine Güte, er wollte sie doch nicht etwa verdorren lassen?

Aber Jesus tat nichts dergleichen, stattdessen schrieb er schweigend etwas mit den Fingern in den Sand. Ich konnte es nicht entziffern, für mich waren es unleserliche Hieroglyphen. Die Fußballer aber starrten auf den Sand. Eine lange Zeit. Dann eilten sie erschrocken davon. Jesus blies in den Sand und wehte so das Geschriebene weg.

«Was … was hast du da geschrieben?», fragte ich.

«Jeder konnte im Sand seine eigene schlimmste Sünde lesen», lächelte Jesus.

Anscheinend hatte er sie ihren Gedanken entnommen.

O Gott, hatte er etwa auch gesehen, was ich Sven angetan hatte?

Jesus sah in mein von Schuldgefühlen geplagtes Gesicht: «Keine Angst, Marie, deine Sünden habe ich nicht in deiner Erinnerung gelesen. Ich tat dies nur bei diesen Männern. Deswegen konntest du es auch nicht entziffern.»

Puhhh.

«Was genau ist eigentlich Sadomaso?», fragte Jesus.

Ich fragte mich, bei welchem Fußballer er das wohl gelesen hatte. Und wie ich solch eine Frage beantworten sollte, ohne rot zu werden.

«Was bedeutet: Steuerhinterziehung? Und was: Abschieben der Mama in moddriges Pflegeheim?»

Ich wusste nicht, welche Frage ich zuerst beantworten sollte oder überhaupt nur konnte. Dann entschied ich mich lieber dafür, Jesus zu erklären, was mit Sven passiert war. Wie leid es mir tat, aber dass ich nicht anders konnte, als ihn am Altar stehenzulassen, weil ich ihn nicht genug liebte, und dass ich damit sein Herz gebrochen hatte. Und wie schuldig ich mich jetzt deswegen fühlte. Ich würde mir das wohl mein Leben lang nicht verzeihen können.

«Verurteilst du mich jetzt?», fragte ich ängstlich.

«Nein», antwortete er. «Und weißt du, was das bedeutet?»

«Dass ich mich auch selbst nicht verurteilen soll?», fragte ich hoffnungsfroh, mein schlechtes Gewissen verlieren zu dürfen.

«Ähem», räusperte er sich und suchte nach Worten.

«Du meintest etwas anderes, oder?», fragte ich unsicher.

«Ich wollte eigentlich sagen: dass du nicht nochmal so etwas tun solltest.»

«Aha», sagte ich enttäuscht und ergänzte: «Ich hatte aber eh nicht vor, nochmal jemanden vor dem Altar stehenzulassen ...»

«Das ist gut so», befand Jesus.

Und nach einer Weile des Überlegens erklärte er: «Aber dass du dir selbst verzeihst, ist auch ein sehr guter Gedanke.»

«Ja?» Ich war überrascht.

«Das hätte mir auch selber einfallen können», erklärte er.

«Du hast mir etwas beigebracht.»

Dafür lächelte er mich dankbar an. Das war schön. Sein Lächeln wärmte mein Herz. Ebenso wie die Tatsache, dass ich mir die Sache mit Sven nun endlich selbst verzeihen durfte.

26

«Du hast so doch schon mal eine Steinigung aufgehalten?», fragte ich Jesus, als er sich nun wieder über seinen Eisbecher hermachte. Das erste Mal an diesem Abend konnte ich wieder befreit aufatmen.

«Ja. Es war bei einer Hure», erklärte er.

«Maria Magdalena?», fragte ich.

«Maria Magdalena war keine Hure!», erklärte Jesus zornig.

Eijeijei, da hatte einer noch starke Gefühle für die Ex. Wenn sie denn überhaupt eine Ex war.

«Maria Magdalena war eine ganz normale Frau», erklärte Jesus, nun wieder etwas ruhiger.

«Wie hast du sie denn kennengelernt?», fragte ich.

«Ich bin von ihr und ihrer Schwester Martha in deren Haus aufgenommen worden. Sie hat mir die Füße gesalbt.»

Machte Maria Magdalena etwa Pediküre? Quatsch, so was gab es damals garantiert noch nicht.

«Und dann hat sie meine Füße mit ihren Haaren getrocknet.»

Na ja … muss man mögen.

«Von dem Tag an war Maria Magdalena in meinem Gefolge», lächelte Jesus. Bei diesem Lächeln fühlte ich Eifersucht in mir aufsteigen. Ein besonders albernes Gefühl, wenn man es wegen Jesus empfindet. Und dabei auch noch die tanzende Maria Magdalena aus «Jesus Christ Superstar» im Kopf hatte.

Dennoch konnte ich die Eifersucht nicht abschütteln. Anscheinend lagen meine Gefühle doch nicht so k. o. am Boden, wie ich es gerne gehabt hätte. Ich musste einfach wissen, ob Maria Magdalena in seinem Gefolge auch das Bett mit ihm geteilt hatte, doch wie konnte ich das möglichst unauffällig fragen?

«Habt ihr mit eurem Gefolge … ähem … in engen Höhlen übernachtet … wo man sich aneinander … wärmen musste …?»

Nicht wirklich unauffällig.

Jesus schüttelte den Kopf: «Maria Magdalena und ich lagen nie beieinander.»

Wie sagte meine Schwester doch immer: Plato war ein Vollidiot.

«Maria hatte zu mir gesagt …», erzählte Jesus weiter, brach dann aber ab.

«Was hatte sie gesagt?», fragte ich.

Er wollte nicht antworten.

Seine Augen waren nun wieder ganz traurig. Er hatte für seine Mission nicht nur auf seine Familie verzichtet. Sondern auch auf die Liebe. Verdammt viel Verzicht, wenn man mich fragte.

Seinen Eisbecher hatte Jesus nun aufgegessen, und eine

seiner Hände lag auf dem Tisch. Wieder wollte ich meine
tröstend darauflegen. Diesmal hielt ich mich auch nicht zurück. Dass es sich bei ihm um den Sohn Gottes handelte, war
mir egal, in diesem Augenblick war er für mich nur ein trauriger Mann, den ich sehr mochte. Vielleicht sogar zu sehr. Meine Hand näherte sich der seinen. Er bemerkte das und nahm
seine Hand in einer ruhigen Bewegung vom Tisch. Er wollte
nicht getröstet werden. Nicht von mir.

Aber sich selbst konnte er gerade auch nicht trösten, er
blickte immer noch wehmütig drein. Da ich das nicht mit
ansehen mochte, überlegte ich, wie ich ihn von seinen Erinnerungen ablenken könnte. Er wollte ja sehen, wie wir
Menschen heute so leben. Also sollten wir vielleicht doch da
hingehen, wo es in Malente am meisten Leben gab.

«Ich weiß, was ich dir als Nächstes zeige», lächelte ich.

«Und was?», fragte Jesus neugierig.

«Salsa!»

27

Gegen elf Uhr betraten wir den einzigen Laden, der um diese
Zeit in Malente noch aufhatte, den Salsa-Club, der für Malente typisch unoriginell «Tropical» hieß. Der Club war in
einem Keller gelegen, Rauchverbot war hier ein Fremdwort,
und die Stimmung darin war großartig: Viele junge Leute
tanzten zu phantastischen lateinamerikanischen Rhythmen.
Jesus und ich hoben den Altersdurchschnitt deutlich an, und
das nicht nur, weil er über zweitausend Jahre alt war. Er war

sichtlich befremdet von dem ausgelassenen Tanz, von den knappen Kleidern und den Männerhemden, die teilweise unangenehm viel Blick auf Brusthaar freigaben.

«Ist Tanzen irgendwie verboten?», fragte ich sicherheitshalber, hatte ich doch plötzlich Angst, einen Fehler mit diesem Club-Besuch zu begehen.

«Nein, schon König David tanzte mit unverhüllter Pracht, um Gott zu huldigen.»

Unverhüllte Pracht? Brrr …

Wir quetschten uns durch die Menge, einige der Frauen waren für Jesus sichtlich auch etwas zu unverhüllt, was man an seinem missbilligenden Blick merkte.

«Willst du wieder rausgehen?», fragte ich ihn.

«Nein, ich bin es gewohnt, mich unter Sünder zu begeben», antwortete er.

«Aber … du wirst jetzt nicht wieder ihre Sünden auf den Boden schreiben?», fragte ich.

«Nein.»

«Gut.»

«Ich werde diese Leute so bekehren.»

Er wollte gerade auf eine junge Frau zugehen, deren Top Männern signalisierte: Eigentlich habe ich das nur pro forma an.

Aber ich ging Jesus hinterher, überholte ihn und baute mich vor ihm auf: «Hier wird keiner von dir bekehrt», mahnte ich. Ich vermutete, dass die meisten Leute in dem Club sowieso keine echten Sünder waren, zumindest nicht nach meiner Definition.

«Aber …», wollte Jesus protestieren.

«So wird das heute Abend nie was!»

Er hob irritiert eine Augenbraue.

«Du willst, dass ich dir zeige, wie die Menschen heute leben. Aber das kann ich einfach nicht tun, wenn du der Sohn Gottes bist.»

«Ich bin aber nun mal der Sohn Gottes», erwiderte Jesus. Es war das erste Mal, dass ich ihn verwirrt sah.

Das stand ihm. Er sah dabei so sanft und zerbrechlich aus.

«Aber du bist doch auch ein Mensch», erklärte ich. Das hatte ich ja genau gespürt, als er von seinen Eltern und von Maria Magdalena erzählt hatte.

Nun hob er auch die zweite Augenbraue.

«Sei heute Abend einfach nur Joshua.»

Er überlegte etwas, und dann willigte er ein: «Einverstanden.»

Sofort stellte ich ein paar «Sei ein normaler Mensch»-Regeln für den Salsa-Abend auf:

1. Kein Singen von Psalmen.
2. Kein Brechen von Brot.
3. Kein Konfrontieren mit Sünden.
4. Kein Tanzen mit unverhüllter Pracht.

Bei letzterer Regel lachte Jesus laut auf, er lachte anscheinend gerne über meine Scherze, und sagte: «Das musst du nicht befürchten.»

Auch sonst akzeptierte er durchaus amüsiert meine Regeln. Aber nicht nur Joshua musste nun beiseiteschieben, dass er der Sohn Gottes war, ich musste es auch tun. Doch wenn es um Männer ging, konnte ich ja so einiges ausblenden: Ob es nun Marcs ständige Flirts mit anderen Frauen waren oder Svens unangenehme Angewohnheit, im Wohnzimmer seine Fußnägel zu schneiden, ich hatte bei alldem weggesehen. So wie nur wir Frauen es können, wenn wir wild entschlossen sind, mit einem Typen zusammenzubleiben. Diese weibliche Fähigkeit zum Selbstbetrug wollte ich mir heute Nacht zunutze zu machen.

«Hast du Durst?», fragte ich.

«Möchtest du wieder einen Wein mit mir trinken?»

«Ich dachte eher an Mojitos.»

An der Bar bestellte ich zwei Drinks und war unsicher, ob mir das nicht als Verführungsversuch des Messias ausgelegt würde. Ein Mojito würde ihn wohl kaum umhauen, bei den Mengen an Wein, die sein halbgöttlicher Blutkreislauf vertragen konnte. Nachdem er herausgefunden hatte, wie man an dem kleinen Schirmchen vorbeischlürft, stellte er mit einem Anflug von echtem Vergnügen fest: «Das ist wahrlich eine sehr geschmackvolle Abwechslung zu Wein.»

Joshua – ja, es klappte, ich konnte ihn wieder Joshua nennen – lächelte dabei breit. Seine Laune wurde von Minute zu Minute besser. Ich betrachtete die Menge, sie hatte jede Menge Freude, zu den heißen Rhythmen zu tanzen. Sollte ich Joshua vielleicht auch auffordern? Warum eigentlich nicht? Er war ja nun ein Mensch!

Ich nahm all meinen Mut zusammen und fragte mit pochendem Herzen: «Wollen wir tanzen?»

Er zögerte.

«Komm schon.»

«Ich … ich habe in meinem Leben noch nie getanzt.»

«Da hat König David dir dann aber einiges voraus», lächelte ich, etwas herausfordernd.

«Dies sind aber keine Lieder Gottes», gab er zu bedenken.

«Aber auch keine des Teufels.»

Joshua wog das Argument ab, und während er noch so beim Abwägen war, zog ich ihn einfach auf die Tanzfläche.

Er war damit völlig überfordert. Es stand ihm auch, wenn er überfordert war. Ich umfasste seine Hüfte, er ließ sich das gefallen, nun fest entschlossen, sich auf das Ganze einzulassen. Dann begann ich ihn über die Tanzfläche zu schieben. Zugegeben, am Anfang war er etwas steif. Ein Mann halt. Wir stolperten und rempelten gegen ein anderes tanzendes Paar, das sich lauthals beschwerte. «Könnt ihr nicht aufpassen?», motzte der Mann, der sich kleidete wie Antonio Banderas, aber aussah wie Tom Buhrow.

«Hüte deine Zunge, oder er lässt dich verdorren», grinste ich und schob Joshua weiter.

«Ich würde das nie tun ...», protestierte der, aber ich unterbrach ihn: «Irgendwann bringe ich dir auch mal bei, was Ironie ist.»

Dann schob ich ihn weiter. Er trat mir dabei auf den Fuß.

«Au!», schrie ich auf.

«Verzeih.» Ihm war das echt peinlich.

«Das macht nichts», erwiderte ich und meinte es tatsächlich ernst. Ich fand den Fußtritt sogar richtig gut. Durch ihn vergaß ich endgültig, dass ich es nicht mit einem normalen Menschen zu tun hatte.

Langsam, aber sicher fanden wir unseren gemeinsamen Rhythmus. Joshua trat mir immer seltener auf die Füße, und schließlich bewegten wir uns wie eine Einheit. Wie eine nicht sonderlich gut tanzende Einheit. Aber wie eine Einheit.

Noch nie hatte ich mit einem Mann so harmonisch über eine Tanzfläche geschwoft. Für mich war er nun wieder Joshua, der Zimmermann mit der wunderschönen Stimme, den großartigen Augen und dem ... ja, auch das wagte ich wieder zu denken ... tollen Hintern.

Wir tanzten zu Salsa. Und zu Merengue. Sogar einen Tango. Und auch wenn wir die Schrittfolgen nicht ganz beherrschten und den ein oder anderen befremdeten Blick der Gäste ernteten, nach dem Motto: «Was hampeln denn die alten Bewegungslegastheniker da rum?», hatte ich Spaß. Unglaublichen Spaß. Und Joshua auch. Und wie!

Zwischen zwei Tänzen strahlte er mich an: «Ich wusste nicht, dass körperliche Anstrengung, die nicht mit Arbeit verbunden ist, so viel Freude machen kann.» Dann ergänzte er, sehr viel ernster: «Und dass es so viel Freude bereitet, einfach nur Joshua zu sein.»

28

Nachdem der Salsa-Club seine Pforten geschlossen hatte, gingen wir in Richtung See, um uns dort den Sonnenaufgang anzusehen. Es war ein so toller Abend gewesen, da wollte ich doch das volle Programm! Um genau zu sein: Es war der tollste Abend seit Jahren für mich gewesen.

Wir setzten uns auf den Steg. Ja, wir hatten schon so etwas wie einen Stammplatz. Ein romantisches Örtchen, das perfekt war für einen Stammplatz und für das Ansehen eines Sonnenaufgangs … und für einen ersten Kuss … so einen schönen, sanften Kuss … Mein Gott! An so etwas durfte ich jetzt nicht denken! Eigentlich nie! Ich schlug mich selbst bestrafend gegen den Kopf.

«Was ist?», fragte Joshua, von meiner Selbstkasteiung irritiert.

«Nichts, nichts, war nur eine Mücke …», antwortete ich unwahrheitsgemäß.

Joshua wollte nun seine Füße im See kühlen und zog sich die Schuhe aus. Da sah ich die Narben an seinen Fersen.

Ich musste schlucken: Hier waren die Nägel durchgeschlagen worden.

«Das muss furchtbar wehgetan haben», rutschte es mir heraus.

Joshua sah mich streng an. Ich blickte hastig zur Seite. Hatte ich da eben eine Grenze überschritten?

«Ich sollte doch nur Joshua sein», mahnte er.

«Der … der Abend ist so gut wie vorbei», antwortete ich. Nach diesem Anblick konnte ich die Bilder von Mel Gibsons Kreuzigungsfilm nur mit Mühe aus meinen Gedanken verdrängen, die – zu allem Überfluss – in meinem Kopf noch vom Soundtrack von «Jesus Christ Superstar» untermalt wurden.

Ich konnte mir nicht länger vormachen, dass der Mann neben mir nicht Jesus war. Das machte mich sehr traurig. Hätte ich es mir doch so gerne weiter vorgemacht.

Joshua blickte in die Morgendämmerung und nickte: «Ja, der Abend ist wohl vorbei.»

Ich meinte, etwas Wehmut in seiner Stimme zu hören.

Er ließ nun seine Füße im Wasser baumeln.

«Wie … wie hast du diesen Schmerz ausgehalten?», fragte ich. Es beschäftigte mich viel zu sehr, als dass ich hätte schweigen können.

Joshua starrte weiter in den Himmel, er wollte einfach nicht darauf eingehen. Ich dumme Kuh hatte anscheinend wirklich mit diesen Fragen eine Grenze überschritten. Gerade wollte ich mir wieder gegen den Kopf hauen, da antwortete Joshua: «Mein Glaube an Gott hat mir geholfen, alles zu ertragen.»

Die Antwort klang etwas zu deklamatorisch und tapfer, um die alleinige Wahrheit zu sein.

«Du hast die ganze Zeit an Gott geglaubt, trotz der Qual?», hakte ich nach.

Er schwieg. In ihm arbeitete es sichtlich. Schließlich antwortete er im melancholischen Tonfall: «Eloi, Eloi, lema sabachtani.»

«Wie bitte, was?», fragte ich verblüfft.

«Ein Psalm Davids», antwortete er.

«Aha …», stammelte ich. Natürlich verstand ich kein Wort. Aber dieser Psalm hatte sicherlich nichts mit Davids Nackttanz zu tun.

«Es bedeutet: Mein Gott, mein Gott, warum hast du mich verlassen?», sagte Joshua leise.

«Das … das … klingt traurig», sagte ich.

«Ich habe es am Kreuz geschrien, bevor ich starb.» Seine Augen waren nun voller Schmerz.

Er tat mir in diesem Augenblick wieder leid. Unendlich leid. So sehr, dass ich wieder meine Hand nach der seinen ausstreckte. Diesmal zog er sie aber nicht sofort zurück. Ich berührte vorsichtig seine Hand. Er zog sie immer noch nicht zurück. Dann umschloss ich sie. Fest.

So saßen wir da – Joshua und ich –, Hand in Hand schweigend auf dem Steg, und betrachteten den Sonnenaufgang über dem Malenter See.

29

Ein paar Stunden zuvor

Satan verspürte das erste Mal seit langem wieder so etwas wie Feuer in sich: Die Endschlacht würde nun endlich losgehen. Das Leben machte plötzlich wieder Sinn.

Er beschloss erst mal, Menschen zu rekrutieren, denen er übernatürliche Kräfte verleihen wollte, damit sie zu seinen apokalyptischen Reitern würden. Auf seiner Kandidatenliste stand für den ersten Reiter namens «Krieg» der 43ste amerikanische Präsident, der sich gerade in seinem Feriendomizil in Kennebunkport langweilte. Für den zweiten Reiter «Krankheit» stand ein Kardinal auf der Liste, der Afrikanern erklärte, dass es eine außerordentlich gute Idee sei, auf Kondome zu verzichten. Und für «Hunger» hatte Satan sich dieses Top-Model ausgesucht, das diese Casting-Show moderierte, in der sie dünnen jungen Mädchen einredete, sie seien schwabbelige Fettmonster.

Der vierte Reiter, Tod, musste nicht rekrutiert werden, der arbeitete schon seit Anbeginn der Zeiten auf der Erde. Satan beschloss, ihn erst so spät wie möglich aufzusuchen. Außer Gott war der Tod das einzige Wesen, dem er nicht gerne im Dunkeln begegnete.

Aber so recht zufrieden war Satan mit der Kandidatenliste für die ersten drei Reiter noch nicht. Er musste die besten Gefährten finden, nur dann könnte er gegen Gott gewinnen. Diesmal galt es, denn es sollte ja der letzte Kampf um das Schicksal der Menschheit werden. Und Satan war der Außenseiter, der Allmächtige hatte bisher ja so eine Art, ihm am Ende immer um eine Nasenlänge (eine metaphorische, versteht sich) voraus zu sein. Nachdenklich hockte er sich auf eine Parkbank am Malenter See, neben einer Frau, die zeichnete.

«Du nimmst mir das Licht», beschwerte die Frau sich.

Er schaltete sein George-Clooney-Lächeln ein: «Aber ich bin George Clooney.»

«Du hast Ähnlichkeit mit ihm, freu dich drüber. Aber überreiz es nicht», erwiderte die Frau. «Außerdem bin ich lesbisch.»

Dann bedeutete sie ihm, sich zu verziehen.

Satan hatte immer schon etwas übrig für willensstarke Frauen. Ihren Willen zu brechen bereitete ihm immer wieder besondere Freude. Er wusste natürlich, dass das an seinem Neid lag. Ja, er neidete den Menschen den freien Willen. Was würde er nicht alles tun, um selbst einen zu bekommen? Dann würde er irgendeinem niederen Dämon den Schlüssel zur Hölle in die Hand drücken und es sich auf einer einsamen Südseeinsel gemütlich machen. Ohne von den Menschen mit ihren Gedanken, Begierden und Sünden genervt zu werden. Nie mehr würde er sich dann eine merkwürdige sexuelle Phantasie anhören müssen, für deren Verwirklichung einer seine Seele verkaufen wollte … das wäre sicher das Paradies.

Er rief sich zur Ordnung, er musste dringend aufhören zu träumen, schließlich hatte er keinen freien Willen und musste seiner Bestimmung folgen, und dazu sollte er Truppen für die Endschlacht sammeln. Da fiel sein Blick auf den Zeichenblock der Frau, und er erkannte, dass sie einen Comicstrip zeichnete:

Diese Frau mochte Gott anscheinend ähnlich gerne wie Satan selber. Er betrachtete sie genauer und erkannte in ihrem Kopf den Tumor. Eine Krankheit, die er sich nicht ausgedacht hatte, auf die er noch nicht mal gekommen wäre, sie war einfach in dem System der Natur, und er hatte nie so recht begriffen, warum. Vielleicht hatte der Tod seine Hände im Spiel. Der Kerl war echt unangenehm.

Eins war jedenfalls klar: Diese willensstarke Frau hatte nicht mehr lange zu leben. Höchstens ein, zwei Monate.

Und sie war voller Wut auf Gott. Sicher wäre sie eine gute Kandidatin für den Reiter namens «Krankheit».

30

Während wir Hand in Hand auf dem Steg saßen und die ersten Strahlen der Sonne auf uns schienen, fühlte ich mich Joshua nahe. Joshua. Nicht Jesus.

So nahe, wie ich mich lange keinem Mann mehr gefühlt hatte. Und so fest, wie Joshua meine Hand hielt, und dabei auch noch so sanft, ging es ihm mit mir – so wagte ich jedenfalls zu hoffen – nicht anders.

Hier und jetzt, beim Sonnenaufgang am Malenter See, waren wir einfach nur Marie und Joshua. Nicht M.o.n.s.t.e.r. und Messias.

Doch leider besaß ich das unglaubliche Talent, jeden noch so schönen Moment zu zerstören. Denn wenn etwas schön war, wollte ich, dass es ewig währt. Da das aber nicht möglich war (irgendwann musste man ja sicher mal auf Lokus), wollte ich wenigstens, dass ich so etwas Wunderbares immer wieder erleben durfte.

«Glaubst du, dass wir beide nochmal so einen schönen Abend miteinander verbringen können?», fragte ich beschwingt.

Joshua blickte mich nur wehmütig an. Was war los? Durfte ein Sohn Gottes nicht mit einer Sterblichen zusammen sein? Hatten wir etwas Verbotenes getan? Hätte ich nicht einfach meine Klappe halten können? Warum hatte ich nicht einen eingebauten Knebel, der meinen Mund verstopft, immer wenn ich drauf und dran war, etwas Blödes zu fragen?

«Es war wirklich ein wunderschöner Abend.»

Er fand den Abend auch schön! Nein, sogar wunderschön!!!

«Aber leider werden wir nicht noch einen gemeinsam erleben dürfen.»

Das traf mich tief ins Mark. Traurig fragte ich: «W... warum denn nicht?»

«Weil ich eine Aufgabe zu erfüllen habe.»

Er klang dabei nicht erfreut. Und ich war verwirrt. Eine Aufgabe? Machte er nicht einfach nur mal so einen Urlaubsausflug vom Himmel?

«Was für eine Aufgabe?», wollte ich wissen.

«Hast du nicht die Bibel gelesen?», fragte er erstaunt.

«Doch, doch, sicher, natürlich ...», stammelte ich. Ich traute mich einfach nicht, ihm zu erklären, dass ich keine Ahnung von der Bibel hatte und auch fand, dass man sie sprachlich mal modernisieren sollte.

«Dann weißt du auch, warum ich auf Erden wandele.»

Er zog seine Hand weg. Das versetzte meinem Herzen einen Stich. Dann nahm er seine Schuhe und stand auf. «Lebe wohl, Marie.»

«Lebe wohl? Werden wir uns ... nie wiedersehen?», fragte ich. Das wurde ja immer härter.

Statt eine klare Antwort auf diese Frage zu geben, sagte Joshua etwas Wunderbares: «Du hast mir viel gegeben.»

Ich hatte ihm viel gegeben? Es war kaum zu fassen.

Dann strich er mir sanft mit seiner Hand über die Wange.

Ich war kurz davor, vor lauter Wohlgefühl in ein Spontankoma zu fallen.

Dann nahm er die Hand wieder von meinem Gesicht.

Mir wurde ganz kalt.

Und Joshua verließ den Steg Richtung Ufer.

Ich wollte ihm «Bleib!» hinterherrufen, doch ich bekam keinen Laut heraus. Es schnürte mir einfach zu sehr das Herz zu, dass er auf dem Uferweg des Malenter Sees aus meinem Leben ging.

Natürlich war meine Hoffnung absurd gewesen, dass ich noch einmal mit Joshua so einen Abend erleben durfte. Oder Tausende. Aber Wissen schützt nicht vor Schmerz.

Meine Trauer hatte es schon fast geschafft, mich komplett zu überwältigen, da schoss mir ein Gedanke durch den Kopf: Aufgabe? Was für eine Aufgabe?

Kurze Zeit später klingelte ich an der Tür von Michis Videothek Sturm. Er machte auf, diesmal noch unausgeschlafener als am Tag zuvor. Er hatte ein T-Shirt an, mit der Aufschrift «Hier gibt's nichts zu sehen!».

«Was ist Jesu Aufgabe?», platzte es aus mir heraus.

«Häh?»

«Was ist Jesu Aufgabe?!?»

«Schrei mich nicht an.»

«ICH SCHREIE NICHT!»

«Dann möchte ich nicht wissen, wie es ist, wenn du schreist.»

«SOOOOO!!!!!»

«Du hast eine große Karriere als Föhn vor dir», antwortete Michi.

Ich blickte ihn genervt an.

«Komm rein, dann erkläre ich es dir», forderte Michi mich auf.

Er setzte sich an die Theke, trank tiefschwarzen Kaffee und erzählte mir von den vielen Prophezeiungen des Weltuntergangs in der Bibel, es gab welche im Buch Daniel, und auch Jesus selbst hatte in den Evangelien das Ende der Welt vorhergesagt, aber am ausführlichsten war es im Finale der Bibel beschrieben, auf den letzten Seiten, in der Offenbarung des Johannes. Gebannt hörte ich zu, wie Michi mir von der Endschlacht Gut gegen Böse berichtete. Von den apokalyptischen Reitern, von Satan und davon, wie Jesus sie alle in einer Schlacht besiegt und unsere Erde in ein Himmelreich verwandelt, in dem er mit den Gottesgläubigen auf immer und ewig in Frieden lebt. Ohne Mühsal, ohne Trauer und vor allen Dingen: ohne Tod. Jetzt wusste ich, warum Joshua auf der Welt war.

«Du bist bleicher als Michael Jackson», stellte Michi fest. «Was ist los?»

Sollte ich es ihm sagen? Würde er mir glauben? Wohl kaum. Aber das war egal, ich musste einfach jemandem erzählen, was ich erlebt habe.

Ich berichtete Michi alles: von meiner Rettung aus dem See, von der Wunderheilung des kleinen Mädchens, von den Narben an den Fersen Joshuas und von seiner Aufgabe. Ich erzählte nur nicht von meinen Gefühlen für Joshua.

Als ich endlich fertig war, stöhnte Michi auf: «Heidewitzka.»

«Du ... du glaubst mir?», fragte ich hoffnungsvoll.

«Natürlich glaube ich dir», antwortete Michi in einem Ton, in dem man normalerweise Kindern erklärt, dass das Bild, das sie gemalt haben, ganz, ganz toll ist, obwohl es darauf aussieht wie eine Giraffe.

«Du glaubst mir nicht», stellte ich traurig fest.

«Nun, du hattest eine schwere Zeit, mit der geplatzten Hochzeit und so ... jetzt willst du sicher die Gefühle für diesen Zimmermann verdrängen, um nicht nochmal verletzt zu werden, und daher bildest du dir ein, er ist Jesus ...»

«Ich bin nicht verrückt!», unterbrach ich ihn.

«Verrückt ist ein hartes Wort ...»

«Du kriegst gleich einen harten Tritt!»

Ich war sauer und enttäuscht. Ich hätte so sehr jemanden gebraucht, mit dem ich den Irrsinn der letzten Tage teilen konnte. Michi schwieg eine Weile, dann erklärte er sanft: «Ich will das auch alles gar nicht glauben.»

«Warum nicht?»

«Dass unsere Welt in ein Himmelreich verwandelt wird, hat für einige Menschen auch Nachteile.»

«Wieso das denn? Ich denk, dann gibt es auf der Erde keinen Tod mehr, keinen Mangel. Klingt so, als ob es da auch keinen Liebeskummer gibt. Oder Akne.»

«Ja schon, aber nicht alle Menschen kriegen eine Eintrittskarte für das Himmelreich.»

Verblüfft starrte ich ihn an.

«Alle Menschen», erklärte Michi, «werden vor Gott treten. Auch alle bereits Verstorbenen. Sie werden wieder zum Leben erwachen. Gott wird das sogenannte Buch des Lebens aufschlagen, in dem steht, was jeder Einzelne in seinem Leben getan hat.»

«Muss ein ziemlich dickes Buch sein», sagte ich gequält.

Die Vorstellung, dass alles über mich aufgeschrieben wurde, gefiel mir nicht sonderlich. Wurde ich auf Schritt und Tritt von Gottes Engeln beobachtet? Auch beim Duschen?

Oder beim Sex? Auch bei dem, den ich allein hatte? Wenn es
so war, würde ich den Spannern gerne mal meine Meinung
geigen!

«Die Menschen werden nach all ihren Taten beurteilt. Wer
gut war, kommt ins Himmelreich.»

«Und der Rest? Was macht der, wenn es unsere Welt nicht
mehr gibt?»

«Der Rest geht, laut der Offenbarung des Johannes, für
ewig ab in den Feuersee.»

«Klingt ungemütlich», sagte ich fröstelnd.

«Soll er wohl auch sein.»

«Das steht wirklich alles in der Bibel?»

Michi nickte.

«Aber Gott ist doch der Gute?», fragte ich zögerlich.

«Das ist der gleiche Gott, der zu Noahs Zeiten die Erde
flutete, Sodom und Gomorrha kurz und klein gehauen hat
und den Ägyptern mit seinen Plagen eine schöne Wirt-
schaftsrezession bescherte.»

«Ich bin mir nicht sicher, ob ich diesen Gott mag», sagte
ich traurig.

«Wenn es das Buch des Lebens tatsächlich gibt, steht jetzt
auch drin, dass du diesen Satz gesagt hast.»

«O nein!», rief ich aus.

«Ich finde auch den Gott besser, der David gegen Goliath
geholfen hat», meinte Michi.

«Ist das nicht der gleiche?»

«Bei dieser Frage haben schon Tausende Theologen Migräne bekommen.»

«Und was glaubst du? Welcher ist der wahre Gott?»

«Ich hoffe auf den gütigen, aber wenn man sich auf der
Welt so umschaut …»

Weiter redete er nicht. Zweifel an seinem eigenen Glauben wollte er nicht formulieren, um ihnen keine Gestalt zu geben.

Die Faktenlage war für mich jedenfalls unangenehm klar: Jesus war auf Erden und meinte, dass man seine Aufgabe, auf die er sich nun vorbereiten musste, in der Bibel nachlesen konnte. Das mit dem Jüngsten Gericht war dann wohl seine Aufgabe. Die Welt, wie ich sie kannte, würde untergehen. Und in diesem blöden Buch des Lebens standen sicher noch mehr üble Dinge über mich drin. Würde ich also auf ewig im Feuersee landen?

31

Unterdessen

Gabriel hatte sich die ganze Nacht Sorgen um Jesus gemacht. Keine Sorgen, dass ihm was passiert sei, nein, sondern dass diese unselige Marie ihm den Kopf verdreht hatte und damit Gottes Pläne durcheinanderwirbelte. Er machte sich solche Vorwürfe, dass er den Messias hatte ziehen lassen und ihm danach nicht gefolgt war. Aber die Nacht mit Silvia war einfach zu wunderbar gewesen. Sein Fleisch war nun mal nicht nur alt, es war schwach und äußerst willig.

Als Jesus dann endlich um sieben Uhr morgens ins Pfarrhaus trat, hatte Gabriel große Mühe, ihn nicht ähnlich zu behandeln wie seine Konfirmanden auf Jugendfreizeit. So ruhig wie möglich, aber dennoch einen Hauch zu streng, fragte er Jesus: «Wo bist du gewesen?»

«Salsa tanzen», kam die Antwort.

Gabriel brauchte eine Weile, bis er seinen Mund wieder schließen konnte.

«Es war sehr schön», befand Jesus und lächelte dabei verklärt.

Mein Gott, fragte sich Gabriel, wurde sein absurder Verdacht wahr, hatte der Messias tatsächlich Gefühle für Marie? Die, die Gabriel im Konfirmandenunterricht mit ihrem Gegreine über Liebeskummer beinahe dazu gebracht hätte, ihr einen Konfessionswechsel nahezulegen? Nur damit er sie nicht weiter ertragen musste.

Gabriel musste einfach erfahren, was los war. Jesus hatte eine Aufgabe zu erfüllen, da durften ihm einfach keine Gefühle dazwischenkommen!

«Du ... du empfindest etwas für diese Frau?», fragte Gabriel vorsichtig.

Jesus war von dieser Frage unangenehm berührt. Er wollte über seine Emotionen nicht reden, aber da er in seinem Leben auch noch nie gelogen hatte und es auch diesmal nicht tun wollte, sagte er: «Sie berührt mich, wie es lange niemand mehr getan hat.»

Gabriel wollte schreien! Wollte durchdrehen! Mit Engelskräften in die Vergangenheit reisen und dafür sorgen, dass Marie nie geboren wurde! Aber da er ja kein Engel mehr war, sondern nur noch ein Mensch, fragte er lediglich: «Wie ... wie kann das sein?»

«Seit ich ein kleiner Junge war, sah jeder in mir nur den Sohn Gottes», erklärte Jesus, «aber Marie ... sie ... sie sieht in mir etwas anderes.»

«Einen Salsa-Tänzer?», fragte Gabriel bitter.

«Einen ganz normalen Menschen.»

«Du bist aber kein normaler Mensch!», protestierte Gabriel.

«Das hab ich ihr auch gesagt», schmunzelte Jesus.

«Und Marie ...?», fragte Gabriel.

«Wollte das nicht hören.»

«War ja klar», schnaubte Gabriel.

«Für eine ganz kurze Zeit fühlte ich mich gänzlich unbeschwert», erklärte Jesus und lächelte. Gabriel mochte es kaum glauben und schnaubte erneut.

«Ich habe von ihr sogar etwas gelernt», sagte Jesus.

«Wie man die Hüften schwenkt?»

«Auch. Aber ich habe vor allen Dingen von Marie gelernt», fuhr Jesus fort, «dass man den Menschen beibringen kann, sich selbst zu verzeihen.»

Gabriel hörte auf zu schnauben. Das war überraschenderweise weise. Obwohl es von Marie kam. Sie ... sie hatte ... tatsächlich den Messias was gelehrt ... unfassbar!

«Und sie gab mir auch Trost», sagte Jesus wehmütig.

Gabriel kannte diesen Blick. Es war der gleiche, den Jesus stets gehabt hatte, wenn Maria Magdalena in seiner Nähe gewesen war. Es war dieser unselige «Ich brauche auch einen Menschen in meinem Leben»-Blick.

Jesus hatte tatsächlich Liebesgefühle für Marie! Vielleicht war er sich selbst nicht ganz darüber im Klaren, ihm fehlte ja in solchen Dingen die Erfahrung, aber Marie hatte sein Herz berührt. Das war nun ganz klar!

Die Liebe war wohl wirklich das Skurrilste, was sich Gott je ausgedacht hatte. Dass sie seinen eigenen Sohn jedoch gleich zweimal treffen würde, damit hatte der Allmächtige wohl sicher nicht gerechnet.

Oder etwa doch? Immerhin wurde er ja der Allmächtige unter anderem auch deswegen genannt, weil er der Allwissende war. Gabriel brachte das alles sehr durcheinander.

«Aber ...», fragte er nun zögerlich, «legst du etwa deine Aufgabe für Marie nieder?»

«Was?», fragte Jesus erstaunt.

Gabriel ärgerte sich über sich selber: Hatte er Jesus etwa jetzt auf einen dummen Gedanken gebracht? Würde das Himmelreich auf Erden nun nicht kommen, weil er sich verplappert hatte?

«Fragst du das wegen deiner Liebe zu Silvia?», wollte der Messias von Gabriel wissen. Damit brachte er wiederum Gabriel selbst auf einen dummen Gedanken: Wenn das Jüngste Gericht ausfallen würde, könnte Gabriel weiter glücklich mit Silvia leben. Und diesen Sägemechanismus genießen. Und diese Dinge, von denen sie sprach, die sie ihm alle noch zeigen wollte. Dieses Kamasutra zum Beispiel klang sehr interessant.

«Glaubst du, es wäre richtig, noch etwas zu warten?», fragte Jesus unsicher. Ganz offensichtlich wollte auch er mehr Zeit mit Marie verbringen.

Gabriel rang mit sich. Sicher wurden er und Jesus hier gerade nur in Versuchung geführt. Er musste gegen diese Emotionen angehen. Er musste standhaft bleiben. Um Gottes willen!

«Reise heute noch nach Jerusalem», forderte er den Messias daher eindringlich auf. «Du musst das Himmelreich auf Erden errichten.»

Jesus überlegte, besann sich dann auf seine Pflichten und erklärte: «Du hast selbstverständlich recht.»

Er nahm seine Handwerkstasche von der Garderobe und verabschiedete sich: «Lebe wohl, alter Freund.»

Gabriel erwiderte: «Lebe wohl.»

Dann verließ der Messias das Pfarrhaus. Gabriel blickte ihm nach und dachte bei sich: Beinahe hätte so etwas Albernes wie die Liebe den Plan Gottes durcheinandergebracht.

32

Als ich meine Sprache wiedergefunden hatte, fragte ich Michi: «Und … und Jesus hat das auch vorhergesagt?»

Ich konnte mir einfach immer noch nicht vorstellen, dass Jesus – dass Joshua bei so etwas mitmachte.

«Mit der Androhung des nahenden Endes brachte er viele Menschen dazu, ihre Handlungen zu überdenken und zu Gott zu finden», erklärte Michi.

«Das … das glaub ich nicht.»

Michi griff nun nach der Bibel, blätterte und sagte: «Es gibt da viele Stellen, schau, zum Beispiel bei Matthäus 24 verkündet Jesus: ‹Dann wird er sich zu ihnen wenden und ihnen sagen: Weg von mir, ihr Verfluchten, in das ewige Feuer, das für den Teufel und seine Engel bestimmt ist.›»

«Du kennst dich gut aus …», stammelte ich. Und dann fragte ich ängstlich: «Weißt du, was so die Aufnahmekriterien fürs Himmelreich sind?»

«Du glaubst tatsächlich, dass dieser Mann Jesus ist», stellte Michi fest. Er wirkte nun doch erschrocken. Meine Angst schien sich langsam auf ihn zu übertragen. Oder er machte sich einfach nur richtige Sorgen um mich.

«Was man tun muss», erklärte er dann, «steht nicht genau in der Offenbarung des Johannes. Aber ich schätze mal, wenn man sein Leben nach den vielen Geboten der Bibel geführt hat, dürfte man wohl keine Probleme bekommen.»

«Viele? Ich dachte, es gibt nur zehn.»

«Es gibt viel mehr, einen ganzen Haufen. Bestimmt über siebenhundert», erklärte Michi. Er kicherte dabei nervös, da ich schon den Angstschweiß auf der Stirn hatte. Und meine Poren gingen nun in Überproduktion: Ich kannte ja nicht mal die Zehn Gebote! Außer Dinge wie «Du sollst nicht töten», «Du sollst nicht stehlen», «Du sollst deine Eltern ehren» …

Oh, oh! Eltern ehren, da hatten wir schon das erste Problem! Wie sah es da erst mit den Geboten aus, die ich noch nicht kannte?

Ich bat Michi, mir andere Gebote zu zeigen.

«Da sind aber viele drin, die dich gar nicht betreffen.»

«Zum Beispiel?»

«Im fünften Buch Mose steht: Männer sollen keine Frauenkleidung tragen.»

«Dumm gelaufen für David Beckham», sagte ich.

Michi nahm die Bibel und zeigte mir ein weiteres Gebot: «Unter deinem Vieh sollst du nicht zwei Tiere verschiedener Art sich begatten lassen. Levitikus 19,19.»

«Ich werde es den Meerschweinchen und den Hunden sagen», erklärte ich und hatte nicht das Gefühl, dass wir mit diesen Regeln wirklich weiterkamen.

Michi blätterte weiter: «Wenn zwei Männer, ein Mann und sein Bruder, miteinander raufen und die Frau des einen hinzukommt, um ihren Mann aus der Gewalt des anderen zu befreien, und wenn sie die Hand ausstreckt und dessen Schamteile ergreift, dann sollst du ihr die Hand abhacken. Deuteronomium 25.11, 12.»

«Ein Fall, wie aus dem Leben gegriffen», meinte ich ungeduldig. Ich hatte einen tierischen Schiss und hörte mir nutzlose Regeln an.

Michi wollte nun auch die Badevorschriften aus dem dritten Buch Mose vorlesen, die dem männlichen Samenerguss gelten, aber ich nahm ihm die Bibel aus der Hand: «Das möchte ich jetzt wirklich nicht hören.»

Er nickte verständnisvoll und meinte: «Ich glaube, es reicht wirklich, wenn man sich an die Zehn Gebote hält.»

Da ich ja auch die nicht komplett parat hatte, ließ ich mir von Michi zeigen, wo die Zehn Gebote standen. Und so las ich das erste Mal in meinem Leben wirklich konzentriert in der Bibel. Was so ein Selbsterhaltungstrieb alles bewirken kann …

Die ersten drei Gebote sollten keine Probleme bereiten: Gott ist der Herr, ich sollte keine anderen Götter neben ihm haben und mir auch kein Abbild von ihm machen. Das war alles okay. Auch wenn ich für eine kurze Sekunde wieder das Bild von Gott auf der Psychiatercouch vor mir hatte, weil er die Merkmale eines Kontrollfreaks aufwies.

Auch das vierte Gebot war akzeptabel: Ich sollte am siebenten Tag ruhen. Das hatte ich eigentlich mein ganzes Leben lang beherzigt, gehörte ich doch nie zu den Workaholics, die auch das Wochenende durcharbeiten. Irgendwie amüsierte mich die Vorstellung, dass die Verfechter der Leistungsgesellschaft am Ende deswegen nicht in den Himmel kämen … Auch hatte ich nicht gemordet, nicht die Ehe gebrochen (ich war ja nie verheiratet, und verheiratete Männer haben sich nie für mich interessiert). Ich hatte auch nie gestohlen (höchstens mal Dinge ausgeliehen und nicht zurückgegeben) und weder meines Nächsten Haus noch meines Nächsten Weib begehrt (von «zu begehrenden Männern» stand ja nichts in dem neunten Gebot).

Michi fand, dass ich in meiner Panik vor dem Feuersee die Gebote doch recht einseitig zu meinen Gunsten auslegte. Er hatte natürlich recht, ich hatte oft die Männer anderer Frauen begehrt. Viel zu oft. Und für meinen Geschmack viel zu oft nicht gekriegt.

Auch hatte ich gegen das zehnte Gebot verstoßen und eigentlich ständig auch die Dinge anderer begehrt: Das Cabrio von Marc, die Schuhkollektion meiner Kollegin, die Figur von Jennifer Aniston …

Aber was mir am meisten Kopfschmerzen bereitete, war das Gebot Nummer fünf, die blöde Sache mit den Eltern! Ob ich das bis zum Weltuntergang, wann immer der sein sollte, hinkriegen würde?

Kurze Zeit später betrat ich aufgeregt die Urologenpraxis meines Vaters. Ich fragte seine Sprechstundenhilfe Magda, eine Frau, die mit ihm in der Praxis gealtert war, ob ich zu ihm könne. Sie führte mich spontan in sein Arbeitszimmer und wollte mir gleich einen Kakao machen. Dass ich mittlerweile fünfunddreißig Jahre alt war, ignorierte sie hartnäckig.

Mein Vater hatte seinen weißen Arbeitskittel an, sortierte gerade abgelaufene Mustermedikamente aus seinem Schrank heraus, um sie Afrika-Hilfsorganisationen zu spenden, und war erstaunt, mich zu sehen: «Was tust du denn hier?»

«Ich wollte dir sagen, dass ich deine Entscheidung mit Swetlana respektiere.» Von Ehrlichsein beim Elternehren stand ja nichts in der Bibel.

«Oh …», sagte mein Vater verblüfft. «Das … das freut mich.»

Ich schwieg und spielte mit einem Briefbeschwerer, der auf seinem Schreibtisch lag.

«Du hast also nichts dagegen, dass sie zu mir zieht?», fragte er.

«Wenn es dein Wunsch ist, ist es für mich okay», log ich und umkrampfte mit meiner Hand den Briefbeschwerer.

«Ich trage mich mit dem Gedanken, sie zu heiraten», gestand Papa.

Er hatte sichtlich Angst, dass ich negativ reagieren würde.

Aber jetzt, wo ich in Frieden kam, traute er sich das auszusprechen.

«Wenn es das ist, was du willst ...» Das mit dem Ehren war
echt hart.

Mein Vater freute sich über die Antwort. Und er wollte die
Gunst der Stunde nutzen: «Wir planen auch, ein Kind zu bekommen.»

«No fucking way!!!», schrie ich.

Mein Vater war geschockt. Ich pfefferte ihm den Briefbeschwerer auf den Tisch und stürmte aus der Praxis. Ohne
den Kakao von Magda auch nur eines Blickes zu würdigen.

Vor der Praxistür lehnte ich mich an die Wand und fluchte:
«Verdammt, warum kann ich das nicht?»

Ein alter Mann, der gerade in die Praxis wollte, fragte
mich: «Ach, auch Probleme beim Harnlassen?»

Ich warf ihm einen bösen Blick zu, und der Mann hastete
ängstlich in die Praxis. Da trat Magda heraus, mit der Tasse
Kakao.

«Ich will den verdammten Kakao nicht», meckerte ich sie
an.

«Du wirst ihn wollen», erklärte sie einfühlsam.

«Werd ich nicht!»

«Dein Vater lässt dir ausrichten, dass er dich nie wiedersehen will. Du sollst deine Sachen packen und aus seinem
Haus verschwinden», flüsterte sie kleinlaut und streckte mir
die Tasse hin. Und ich schlürfte traurig den Kakao.

Als ich ausgetrunken hatte, fiel mir ein, dass ich noch einen
Elternteil hatte, den ich ehren konnte. Auch wenn es mir extrem schwerfiel.

Meine Mutter und ich verabredeten uns in einem Café in

der Malenter Fußgängerzone, bestellten uns Cappuccinos, und ich begann meine Mutter zu ehren. Ähnlich aufrichtig wie zuvor meinen Vater: «Es … es tut mir leid, dass ich die letzten Jahre so aggressiv dir gegenüber war.»

«Ich glaub dir kein Wort», erwiderte meine Mutter.

«W… wieso das denn nicht?»

Sie erklärte mir, dass meine Augen wegblickten, was auf eine Lüge schließen ließ. Und dass ich krampfhaft meinen Löffel umschloss, was auf eine unterdrückte Wut hinwies.

«Was ist los?», fragte sie.

«Ach, vergiss es», antwortete ich und wollte aufstehen, das Ganze war komplett bescheuert. Als Moses damals mit den Zehn Geboten den Berg Sinai heruntergestiefelt war, hatte man sicherlich noch nichts von Müttern mit abgeschlossenem Psychologiestudium gehört.

«Irgendetwas liegt dir doch auf dem Herzen.» Sie fasste meinen Arm und drückte mich wieder sanft in meinen Sitz. Sie war anscheinend froh, dass ich das erste Mal in all den Jahren einen Schritt auf sie zu gemacht hatte, da wollte sie einfach nicht, dass ich gleich wieder verschwand.

«Liegt es an meiner Beziehung zu Gabriel?», vermutete sie völlig falsch.

Da ich aber nicht antwortete – ich konnte ihr ja schlecht sagen, dass die Welt bald unterging und ich meinen dicken Hintern vor dem Feuersee retten wollte –, ging sie davon aus, dass es wirklich um Gabriel ging. Den Mann, von dem ich vermuten musste, dass er wusste, dass es Jesus war, den er bei sich im Pfarrhaus beherbergte. Ich dachte darüber nach, warum Jesus erwähnt hatte, dass Gabriel seine Geburt einst Maria angekündigt hatte, kam aber partout auf keine vernünftige Erklärung – er schien mir nicht gerade der Typ zu sein, der Zeitmaschinen erfand.

«Ich bin einsam, deswegen bin ich bei ihm», erklärte sie. «Sehr einsam.»

Erstaunt blickte ich sie an. Das war kein Psychologengeschwafel wie sonst. Das war aufrichtig. Und das machte mir Angst.

«Bereust du es?», fragte ich vorsichtig.

«Dass ich damals deinen Vater verlassen habe?»

«Ja.»

Sie schwieg. Eine ganze Weile. Das machte mich ungeduldig: «Antwortest du noch diesen Monat?»

«Ich bereue es nur, weil ich dich dadurch verloren habe», erklärte sie unglücklich.

Das erste Mal begriff ich, dass sie mich nie hat verlassen wollen. Sondern nur meinen Vater. Aber das eine ging damals nicht ohne das andere. Durch diese Erkenntnis löste sich ein Kloß des Schmerzes, der seit zwanzig Jahren auf meiner Seele lastete, auf einmal auf.

«Es wäre jetzt albern, wenn wir uns umarmen, oder?», fragte ich mit belegter Stimme.

«Und kitschig», antwortete sie.

«Total.»

«Aber auch völlig in Ordnung», meinte sie. Da kam wieder die Psychologin in ihr durch. Doch das erste Mal in meinem Leben machte mich das nicht wütend. Zögerlich stand ich auf. Sie ebenfalls. Und wir umarmten uns.

Vielleicht war das mit dem «Elternehren» doch nicht so komplett bescheuert.

Auf dem Nachhauseweg war ich erleichtert, und das nicht nur, weil ich nun bessere Karten für das Himmelreich hatte. Da meinte ich auf der anderen Straßenseite Sven zu sehen, wie er … sich mit George Clooney unterhielt?

Ich sah die beiden nur einen kurzen Augenblick, bevor sie um die Ecke und damit aus meinem Blickfeld verschwanden. Ich rieb mir die Augen. Aber ich hätte fast schwören können, dass es George Clooney war.

Malente wurde immer merkwürdiger.

33

Zu Hause angekommen, ignorierte ich Swetlana und ihre Tochter – nirgendwo stand in den Zehn Geboten geschrieben, dass man Heiratsschwindlerinnen und die Kinder von Heiratsschwindlerinnen ehren musste. Ich ging zu Kata ins Zimmer, um ihr zu erzählen, dass Papa mich rausgeworfen hatte. Aber sie war wieder nicht da. Dabei wollte sie doch in Malente bleiben, um mich zu trösten?

Ich betrachtete ihre neueste Zeichnung. Und ich stellte fest, dass Katas aktuelle Gotteskritik doch ein kleines bisschen weniger subtil war als die letzte.

Katas heiliger Zorn auf Gott war nun ungebremst, heftig und grob. Das machte mir Angst. Ich blätterte den Block zurück und sah einen weiteren Strip, in dem sie den Allmächtigen anbrüllte, dass sie einen Tumor habe.

Der Tumor war wieder da?

O nein!

Gott hatte meine Gebete nicht erhört.

Das machte mich umso zorniger, da ich ja nun wusste, dass es ihn gab.

Was war mit Gott los? Warum half er Kata nicht? Klar, er hatte ja viele Gebete zu erhören. Aber er war doch kein Callcenter, das man überlasten konnte. Oder? «Hier ist das Service-Center Gottes. Herzlich willkommen. Haben Sie ein Gebet für einen Angehörigen, so sagen Sie: Eins. Wollen Sie eine Sünde beichten, so sagen Sie: Zwei. Sind Sie Opfer von höherer Gewalt geworden, so sagen sie: Drei. … Tut uns leid, zurzeit sind alle Leitungen belegt, bitte beten Sie zu einem späteren Zeitpunkt nochmal» … Tut-tut-tut …

«Warum machst du Tut-Geräusche?», fragte Kata, die mit frisch gekauften Croissants ins Zimmer kam, und ich merkte, dass ich vor lauter Schock laut getutet hatte. Mein Verstand wurde immer fragiler.

«Der Tumor ist wieder da», konfrontierte ich sie.

«Nein, ist er nicht», erwiderte sie entschieden.

«Aber die Zeichnungen …»

«Damit verarbeite ich nur alte Erinnerungen», dementierte sie heftig. Sie setzte sich auf ihren Platz und stöhnte auf, sie hatte furchtbare Kopfschmerzen.

Ich wollte ihr zu Hilfe eilen, da explodierte Kata: «Verschwinde einfach aus meinem Zimmer!»

Sie brüllte es mit einer so unglaublichen Wut! So aggressiv war sie mir gegenüber nur ein einziges Mal gewesen. Damals musste ich im Krankenhaus weinen, als sie mir von ihren fürchterlichen Schmerzen berichtete. Meine Tränen hatten sie extrem wütend gemacht, und so hatte sie mich in der Situation ebenso laut angebrüllt, dass ich abhauen soll.

Katas Augen funkelten nun genauso wie damals im Krankenbett. Es war diese Mischung aus Wut und körperlichen Schmerzen. Jetzt war die Sache endgültig klar.

Mir wurde schlecht. Ich zitterte am ganzen Körper. Teils vor Wut auf Gott. Zum großen Teil aber zitterte ich aus Angst um meine Schwester. Ich wollte sie nicht wieder so leiden sehen. Nie mehr!

Und wenn Gott sie nicht vor dieser Krankheit retten wollte, dann musste eben sein Sohnemann ran!

34

So schnell ich konnte, rannte ich zum Pfarrhaus und klingelte dort. Gabriel öffnete die Tür, sah mich und ... knallte mir sofort die Tür vor der Nase zu. Ich klingelte nochmal, Gabriel öffnete erneut, ich stellte den Fuß in die Tür, er knallte erneut die Tür zu. Ich schrie vor Schmerz, hüpfte laut fluchend auf einem Bein umher, klingelte dann noch einmal, wartete vergeblich auf ein neuerliches Aufmachen der Tür, beugte mich zum Briefkastenschlitz runter, schrie durch ihn hindurch: «Er hat mir gesagt, dass er Jesus ist!», und zwei Zehntelsekunden später öffnete Gabriel die Tür erneut.

«Wo ist Jesus?», fragte ich. Jetzt, wo der Zimmermann meine Schwester heilen sollte, war er für mich nicht mehr Joshua, sondern Jesus, der Sohn Gottes.

«Das geht dich nichts an», erwiderte Gabriel schroff.

«Und ob mich das was angeht.»

«Tut es nicht.»

«Tut es doch.»

«Tut es nicht.»

«Tut es doch!»

«Das Gespräch dreht sich ein bisschen im Kreis, findest du nicht?», meinte Gabriel süffisant.

«Ich schlage Sie gleich so, dass Sie sich auch ein bisschen im Kreis drehen», erwiderte ich. Für Diplomatie hatte ich weder Zeit noch Nerven.

«Der Umgang mit Jesus hat nicht gerade auf dich abgefärbt», stellte Gabriel abfällig fest. Er wollte gerade wieder die Tür schließen, da drohte ich: «Wenn Sie mir nicht helfen, dann erzähle ich meiner Mutter, dass Sie ... dass Sie ...»

«Dass ich was?», fragte Gabriel.

Ich hatte keinen blassen Schimmer, was. Ich wusste nur, dass irgendetwas mit Gabriel nicht stimmen konnte, aber das mit der Zeitmaschine war wirklich keine vernünftige Erklärung. Also handelte ich nach dem Motto «Bluff your way» und warnte den Pastor: «Dass Sie ein merkwürdiges Geheimnis in sich tragen.»

Gabriel schluckte, ich hatte einen Nerv getroffen. Er glaubte nun, dass Jesus mir von seinem Geheimnis erzählt hatte, was immer es auch war.

«Er ist auf dem Weg zum Hamburger Hafen», erklärte er.

«Was will er denn da?», fragte ich verblüfft.

«Ein Frachtschiff nach Israel besteigen.»

Israel! Logisch! In Jerusalem sollte ja, laut Michi, die Endschlacht stattfinden. War die nun nahe? Oder würde Jesus sich dort noch Monate oder gar Jahre auf seine Aufgabe vorbereiten? Egal, Kata hatte wieder Schmerzen, furchtbare Schmerzen, und die mussten ihr genommen werden. Sofort!

Michi staunte nicht schlecht, als ich sein Auto, einen klapp-
rigen V W Käfer, leihen wollte, um Jesus daran zu hindern,
das Schiff zu besteigen. Bis jetzt hatte Michi mich nur für
verwirrt gehalten, jetzt war er der Ansicht, dass ich entweder
a) komplett irre, b) von dem Zimmermann hypnotisiert, c)
auf Drogen oder d) alles auf einmal war.

In meinem wütend entschlossenen und in seinen Augen
durchgeknallten Zustand wollte Michi mich partout nicht
allein lassen und schon gar nicht ans Steuer seines geliebten
Wagens. Er schloss die Videothek und machte sich in seinem
V W mit mir auf den Weg nach Hamburg. Auf der Autobahn
motzte ich Michi laufend an, weil ihn so alberne Sachen interessierten wie Geschwindigkeitsbeschränkungen, das Verbot, rechts zu überholen, und die Missachtung meiner An-
regung, man könne zähflüssigen Verkehr sehr gut auf dem
Standstreifen umfahren.

Daher zwang ich ihn zum Halt auf einem Parkplatz, zog
ihn vom Fahrersitz und setzte mich selbst ans Steuer. Ich
heizte nun in einem Affenzahn gen Hamburg.

Im Inneren des Käfers war es sehr laut. Der Wagen zitterte
wie ein Spaceshuttle beim Eintritt in die Erdatmosphäre,
wenn die Astronauten feststellen, dass die Jungs in der Kon-
strukteursabteilung das Problem mit den Hitzeschilden leider doch nicht so gut in den Griff bekommen haben, wie auf
der Betriebsfeier behauptet.

Michi schloss des Öfteren die Augen, besonders wenn
ich mit meinen Überholmanövern gestandene Trucker dazu
brachte, nach Luft zu ringen. Als ich, ohne den Fuß großartig vom Gas zu nehmen, die Autobahnausfahrt nahm, betete Michi gar das Vaterunser. Ich war viel zu wütend auf den
unsrigen Vater, aber das verriet ich meinem Freund nicht.
Ich heizte weiter Richtung Hafen, in dem das Schiff namens

Bethlehem vier vor Anker liegen musste, das neben Haribo-Goldbärchen, Twix und Duplo auch Jesus nach Israel bringen sollte.

Ich parkte den Käfer, und zwar ohne, wie von dem jammernden Michi aufgrund meines Tempos noch Sekunden zuvor gemutmaßt, als Wasserleiche im Hafenbecken zu enden. Ein Matrose stand an der Reling des Schiffes. Er hatte ein Drachen-Tattoo auf dem linken Arm. Anscheinend wusste der Mann nicht, dass die meisten Menschen Drachenbilder heutzutage nicht mit exotischer Aggressivität, sondern mit Jugendbüchern assoziieren. Ich fragte ihn nach dem Zimmermann, und er erwiderte, dass das Schiff eine halbe Stunde später als geplant ablegen würde und sich Joshua ein bisschen die Beine vertreten wollte. Auf die Nachfrage, wo genau er sich denn die Beine vertrete, antwortete der Matrose: «Er ist im Moulin Rouge.»

«Moulin Rouge?» Das klang nicht gut. Bei einem Schuppen mit dem Namen in einem Hafengebiet handelte es sich wohl kaum um ein Avantgardetheater.

Der Matrose erklärte uns den Weg und warnte noch davor, dass die dort berufstätigen Damen in der Regel nicht in Euphorie ausbrechen, wenn eine Frau das Etablissement betritt.

«Jesus will da sicherlich die Zeit nutzen, um gefallene Frauen zu bekehren», erklärte ich Michi.

«Ja, klar, und im ‹Playboy› interessiert er sich nur für die Interviews.» Er glaubte mir immer noch nicht, dass es sich um den Messias handelte.

Das Moulin Rouge war in einem Bungalow gelegen, dessen rote Leuchtreklame nur partiell funktionierte. An der Tür machte uns eine dickliche Frau auf, die ihre besten Jahre schon lange hinter sich hatte. Genauso wie ihre Dessous.

«Frauen haben keinen Zutritt», schnauzte sie mich an.

Schwer vorstellbar, dass sie mit dem Aussehen und der unfreundlichen Art hohe Umsätze generierte.

«Kann er denn rein?», fragte ich und deutete dabei auf Michi, der schlagartig knallrot wurde.

«Klar!», lächelte die Dame etwas kariös und zog den völlig verdutzten Michi rein, bevor der protestieren konnte.

«Schick Jesus zu mir», rief ich meinem ganz und gar nicht glücklich aussehenden Kumpel hinterher. Dann wartete ich eine Weile, bis die Tür wieder aufging und Jesus heraustrat. Ihm folgte eine junge Frau in roten Dessous. Die Dame wirkte leicht verstört, aber er beruhigte sie: «Ich verurteile dich nicht. Geh und sündige von nun an nicht mehr.»

Die Frau zog erleichtert davon. Jesus freute sich sichtlich, mich zu sehen, war aber auch überrascht. Auch ich fand es schön, wieder in seiner Nähe zu sein. Am liebsten hätte ich mir auch eine Koje auf dem Frachtschiff genommen. Jetzt verstand ich, warum Maria Magdalena einst ihr Haus verließ, um mit ihm auf Wanderschaft zu gehen. Wie sie es aber schaffte, dabei die ganze Zeit die Hände von ihm zu lassen, war mir komplett schleierhaft.

«Warum bist du hierhergekommen?», fragte Jesus mich, und ich konzentrierte mich wieder auf mein Anliegen, hier ging es ja um Kata! Wasserfallartig berichtete ich von ihrer Krankheit und ihren fürchterlichen Schmerzen.

«Es tut mir sehr leid für deine Schwester», bekundete er mitfühlend.

«Aber du kannst sie doch heilen», lächelte ich hoffnungsfroh. «Wie die Tochter von Swetlana.»

Jesus schwieg.

«Ähem … hast du gehört, was ich gesagt habe?», fragte ich.

«Ja, ich habe deine Worte vernommen.»

«Und … wieso habe ich dann das Gefühl, dass jetzt ein blödes ‹aber› kommt?»

«Weil ich nichts für deine Schwester tun kann.»

«Was?

«Ich kann es nicht tun.»

«Ähem … tut mir leid», stammelte ich verwirrt. «Aber … ich verstehe immer nur: Das kann ich nicht tun.»

«Das liegt daran, dass ich es auch gesagt habe», erklärte Jesus in sanftem Tonfall.

«Das … könnte ein Grund sein», antwortete ich, völlig durcheinander.

Warum konnte er das nicht tun? Er war der verdammte Jesus, der dem Wind Befehle gab, die Kranken heilte und übers Wasser latschte. Wenn er wollte, konnte er alles tun!

«Willst du nicht?», fragte ich.

«Ich bin im Auftrag Gottes unterwegs.»

«Gott», fragte ich, ich konnte es nicht fassen, «Gott hält dich davon ab, meine Schwester zu retten?»

«So kann man es nicht ausdrücken …», setzte Jesus an.

«Ich habe zu Gott gebetet, dass meine Schwester wieder gesund wird», unterbrach ich ihn. «Aber er hat sich nicht dafür interessiert!»

«Hast du denn oft gebetet?»

Die Frage warf mich doch etwas aus der Bahn. Oft, was war oft? Immer wenn ich Angst um sie hatte!

Jesus hob an: «Wenn du zu einem Freund um Mitternacht gehst und ihn um drei Brote bittest …»

«Was …?», fragte ich. «Was redest du denn jetzt von Broten?»

«Wenn der Freund schon nicht aufsteht», so fuhr Jesus ungerührt fort, «weil er dein Freund ist, dann wird er wegen deiner Zudringlichkeit aufstehen und dir die Brote geben.»

Jesus sah mich an, als ob ich jetzt etwas hätte begreifen müssen, aber ehrlich gesagt, ich verstand nur Brot.

«Das war ein Gleichnis», erklärte er.

Ach nee, dachte ich mir. Dann fragte ich mich, ob die Leute in Palästina es auch so schwer hatten, ihn auf Anhieb zu verstehen.

«Du musst bei Gott ausdauernd sein, um dir Gehör zu verschaffen», erläuterte Jesus.

Ich hätte also mehr beten müssen?

«Was ist Gott? Eine Diva?», fragte ich sauer.

Jesus war überrascht von meinem Ausbruch, ich hatte sein Gleichnis wohl nicht so aufgenommen, wie er sich das vorgestellt hatte. Bevor er aber etwas erwidern konnte, hörten wir das Horn der *Bethlehem vier*. Das Schiff würde jeden Augenblick ablegen.

«Verzeih, ich muss jetzt an Bord des Schiffes gehen», sagte Jesus.

Ich war umsonst hergekommen. Kata würde nicht geheilt werden. Völlig verzweifelt starrte ich Jesus an und suchte nach Worten, doch da stürmte Michi aus dem Bordell. Er starrte mich mit großen Augen an und erklärte entsetzt: «Ich habe da drin Dinge gesehen, die kein Mann je sehen sollte.»

Verstört verschwand er in Richtung seines Käfers. Das Horn des Schiffes ertönte erneut, und Jesus verabschiedete sich: «Lebe wohl, Marie.»

Er machte sich auf den Weg.

Meine Verzweiflung verwandelte sich in Wut. Wenn man also häufiger anklopfen musste, um sein Brot zu bekommen, dann würde ich das jetzt tun!

«Jesus, warte!»

Er drehte sich nicht um.

«Jesus!!!»

Er drehte sich immer noch nicht um.

«Eloi, eloi, lama, sabati», rief ich ihm schließlich voller Schmerz hinterher.

Jetzt blieb er stehen und drehte sich um: «Das bedeutet auf Hebräisch: Mein Gott, mein Gott, mein Lama ist unfruchtbar.»

«Eloi, Eloi, lladara sabati», versuchte ich es erneut.

«Und das bedeutet: Mein Gott, mein Gott, mein Hut ist unfruchtbar.»

«Du weißt doch, was ich meine!», schrie ich ihn an.

Am liebsten hätte ich vor lauter Verzweiflung gegen seine Brust getrommelt.

«Ja, ich weiß es», erwiderte er.

Und dann sagte er leise, mit eigenem Schmerz unterlegt: «Eloi, Eloi, lema sabachtani.»

«Mein Gott, mein Gott, warum hast du mich verlassen?», übersetzte ich. Anklagend. Wütend. Todunglücklich.

Jesus dachte nach. Lange. Dann verkündete er: «Ich werde ein anderes Schiff nehmen.»

Ich konnte mein Glück kaum fassen. Freudig rannte ich auf ihn zu und fiel ihm um den Hals.

Er ließ sich das gefallen. Er genoss es sogar. Ich drückte ihn daraufhin fest an mich. Auch das genoss er. Denn in diesem Augenblick war er wieder Joshua.

Hatte ich eigentlich schon erwähnt, dass ich das Talent habe, jeden noch so schönen Moment zerstören zu können?

35

Überschwänglich gab ich Joshua einen Kuss auf die Wange. Für einen kurzen Moment genoss er auch den. Das spürte ich genau! Doch dann erschrak Joshua über sich selber, löste die Umarmung und erklärte: «Wir müssen zu deiner Schwester eilen.»

Ich fragte mich, ob ich mich schämen sollte. Aber ich fühlte gar keine Scham. Schließlich war der Kuss aus tiefer Dankbarkeit entstanden. Und aus Liebe. Es konnte doch nicht falsch sein, wenn man Jesus liebte.

Jesus liebte?

Oh, oh! Ich wusste, dass er Jesus war, und ich liebte ihn trotzdem?

Jetzt schämte ich mich doch.

Im Auto, auf der Fahrt nach Malente, schwieg ich. Jesus saß auf der Rückbank und betete auf Hebräisch. Ob er Gott für seine Reaktion auf meinen Kuss um Verzeihung bat? Wie auch immer, er schaffte es damit, Distanz zu mir aufzubauen. Während ich peinlich berührt aus dem Fenster starrte, konnte sich Michi kaum auf das Lenken konzentrieren. Die Anwesenheit Jesu machte ihn nervös. Er glaubte zwar noch immer nicht ganz, dass da der Sohn Gottes auf der Rückbank seines schmuddeligen VW Käfers saß, aber die charismatische Ausstrahlung Jesu, der er jetzt das erste Mal ausgesetzt war, zerstreute langsam seine Zweifel.

«Wie soll ich dir glauben, dass du der Messias bist und nicht irgendein Spinner?», fragte Michi.

«Indem du es einfach glaubst», erwiderte Jesus gelassen.

«Das kann ich nicht!»

«Das ging vielen Leuten in Judäa auch so, besonders in den Tempeln», erwiderte Jesus.

Diese Aussage nagte an Michi. Als Gläubiger hatte er sich bis zu diesem Zeitpunkt noch nie mit den überheblichen Rabbinern im Tempel identifiziert.

Während Michi mit seinem Glauben haderte, merkte ich, dass ich das letzte Mal im Salsa-Club auf der Toilette gewesen war. Wir fuhren auf einen Parkplatz, und ich ging todesmutig auf eine jener typischen Autobahntoiletten, die jeden Hygienebeauftragten in den Freitod treiben konnten. Als ich etwas später erleichtert wieder raustrat, trat der verunsicherte Michi auf mich zu und fragte: «Du bist dir sicher, dass der Mann da Jesus ist?»

«Ja.»

«Schwörst du es?»

«Beim Leben meiner Schwester.»

Michi überlegte und überlegte und sagte schließlich: «Dann werde ich ihn jetzt bitten, dass er mir meine Sünden vergibt.»

Ich staunte nicht schlecht und folgte meinem Freund zu dem Käfer. Dort fing Michi an, Jesus von seinen Sünden zu berichten, und ging dabei chronologisch vor: Er begann mit einer Geschichte, in der ein Bunsenbrenner, ein Deospray und der entflammte Bart eines Erdkundelehrers wesentliche Rollen spielten. Dann kam er zu den Sünden der Jetztzeit und erzählte von seinem Käfer, den er sehr liebte, obwohl der mehr CO_2-Gase produziert als die meisten afrikanischen Staaten. Er beichtete, dass er wusste, wie Nutztiere in der Viehzucht brutal gequält werden, und dennoch Fleischesser war, er hatte sogar ein T-Shirt mit der Aufschrift «Vegetarier essen meinem Essen das Essen weg». Er beichtete auch, dass er gerne Kaffee trank, obwohl er wusste, dass die Bauern in den Entwicklungsländern ausgebeutet werden, genauso wie die Mädchen, die in den Erwachsenen-Videos aus seiner Videothek mitspielten, die Titel hatten wie «Ich sah es kommen».

Dann bat Michi mich, außer Hörweite zu gehen.

«Warum?», wollte ich wissen.

«Ich komme jetzt zu den Sünden, die in die Kategorie ‹Begehr nicht deines Nächsten Weib› fallen.» Er blickte verschämt zu Boden, und mir wurde mulmig, befürchtete ich doch, dass es sich bei des Nächsten Weib um mich handeln könnte. Daher ging ich lieber weg.

Aus der Ferne betrachtete ich, wie mein Freund mit hochrotem Gesicht Jesus all seine gedanklichen Sünden beichtete. Dabei fragte ich mich, ob es nicht eine gute Idee wäre, Jesus auch all meine Lebenssünden zu beichten. Ihm das mit Sven zu erzählen hatte mir ja schon geholfen. Die Prostituierte schien ebenfalls sehr erleichtert gewesen zu sein, ihr Herz bei ihm ausschütten zu können, und auch Michi tat es sichtlich gut. Selbst wenn der Messias das ein oder andere Mal bei Michis Schilderungen befremdet die Stirn runzelte.

Er sah wirklich toll aus, wenn er so die Stirn runzelte.

Von mir aus hätte er den ganzen Tag die Stirn runzeln können.

Au Mann, ich war wirklich in Jesus verliebt.

Es war sicherlich keine gute Idee, einem Mann, für den man so empfindet, alle seine Sünden zu beichten.

Als Michi fertig war, legte Jesus ihm die Hand auf die Schulter, und kurz darauf war mein Kumpel sehr viel glücklicher, als ich ihn je zuvor gesehen hatte, außer vielleicht damals, als das Apple iPhone auf den Markt kam und er zu den ersten hundert Kunden in Deutschland gehörte. Auch war ich froh, dass Michi mir nun endlich glaubte. Jetzt mussten wir nur noch Kata davon überzeugen, sich von Jesus heilen zu lassen. Dann wäre alles geritzt. Na gut, bis auf die Sache mit der Endschlacht und dem ganzen Kladderadatsch.

Kata staunte nicht schlecht, als wir in ihrem Zimmer auftauchten. Hastig erklärte ich, warum ich mit dem Zimmermann da war und dass er sie heilen wollte. Kata erwiderte, nachdem ich meinen Vortrag beendet hatte: «Wow, gegen dich wirkt Tom Cruise ja mental echt stabil.»

Jesus bestätigte meine Geschichte, dass es sich bei ihm um den Sohn Gottes handelte.

Kata sagte daraufhin zu ihm: «Und gegen dich wirkt sogar Amy Winehouse mental stabil.»

«Wer ist Amy Winehouse?», fragte Jesus.

Michi begann es ihm zu erklären, redete dabei von Crackpfeifen und Amys Frisur, die aussah, als ob sie eine überfahrene Katze auf dem Kopf trug. Er redete so lange, bis ich ihm mit einer Geste zu verstehen gab, dass das jetzt alles nicht wirklich wichtig war.

«Was hast du zu verlieren?», fragte ich nun Kata.

«Ich habe bei meiner ersten Erkrankung keinen Quacksalber genommen, keinen Wunderheiler und keine Hexe, dann werde ich es jetzt auch nicht tun!», protestierte sie.

«Ha, du hast dich verplappert», grinste Michi. «Du hast was von einer ersten Erkrankung gesagt. Also hast du jetzt eine zweite!»

Kata sah ihn genervt an, da erkannte Michi, dass sein Lächeln im Zusammenhang mit einem Tumor doch etwas fehl am Platz war.

Dann fragte Kata mich: «Warum sollte ich jetzt mit so einem Hokuspokus anfangen?»

«Weil ich dich darum bitte», erklärte ich ihr, mit einem flehenden Unterton.

Kata zögerte eine Weile, dann wandte sie sich an Jesus: «Du bist schon der zweite Irre, der mich heute heilen will.»

«Der zweite?», fragte ich.

Kata winkte ab: «Vergiss es.»

Dann überlegte sie, und schließlich sagte sie doch zu Jesus: «Einverstanden, dann merkt Marie wenigstens endlich, dass du ein Spinner bist. Aber eins ist dir hoffentlich klar: Wenn du wirklich Jesus bist, müssen wir mal darüber reden, warum Gott so eine schlechte Job-Performance hat.»

In der toughen Fassade von Kata erkannte ich für einen Moment einen Riss, ein kleiner Teil von ihr hoffte tatsächlich, dass der Typ vor ihr kein Freigänger aus der psychiatrischen Anstalt war. Wenn selbst jemand so Hartgesottenes wie Kata Hoffnung auf wundersame Rettung hatte, konnte ich mir plötzlich vorstellen, warum so viele Kranke ihr Geld zu Wunderheilern tragen.

Jesus ging auf Kata zu. Gleich würde er seine Hand auf sie legen, sie würde geheilt sein, ich würde glücklich in Tränen ausbrechen, ihm anschließend um den Hals fallen und ihn so lange knutschen, bis er gar nicht mehr anders konnte, als zurückzuknutschen!

Jesus legte nun die Hand auf Kata und zog sie kurz darauf wieder weg.

Hatte er sie schon geheilt? Das ging ja fix.

Aber warum sah er mich dann so an?

«Diese Frau ist nicht krank», verkündete er.

Wir blickten ihn alle erstaunt an.

Dann sagte er tadelnd zu mir: «Du hast mich für nichts von meiner Aufgabe abgehalten.»

Seine Augen blitzten dabei zornig, und für einen Augenblick befürchtete ich, dass er mir mal zeigen würde, wie das mit dem «Verdorrenlassen» so funktionierte.

Er bebte vor Wut, aber er sagte nichts und verließ nur schweigend den Raum.

So viel zum Knutschen.

36

Ein paar Stunden zuvor

Der Tag in Malente hatte Satan wieder einmal daran erinnert, wie sehr die Menschen Gott verfluchten. Ein Mann tat dies zum Beispiel, weil seine Braut am Altar mit «Nein» geantwortet hatte. Eine Frau wiederum, weil sie noch Jungfrau war, und das, obwohl sie bereits vierzehn Jahre alt war! Und eine Bankangestellte, weil sie von den Kollegen hinter vorgehaltener Hand aufgrund ihres Gesichts-Haarwuchses nur «Barta Hari» genannt wurde.

Eigentlich verfluchte jeder in Malente dreimal am Tag in Gedanken Gott. Das war häufiger, als Satan selbst es tat. Aber nicht häufiger als in allen anderen Orten der Welt auch. Eigentlich lag Malente damit sogar im unteren Mittelfeld.

Aber das war egal, fast jeder Mensch hatte das Potenzial, ein apokalyptischer Reiter zu werden, das wurde Satan endgültig klar. Von daher konnten seine Krieger auch genauso gut aus diesem Kaff kommen. Und da er von der Zeichnerin so sehr fasziniert war, sollte sie die Reiterin namens «Krankheit» werden.

Während Kata am Zeichenbrett gegen ihre Schmerzen ankämpfte und versuchte, etwas zu Papier zu bringen, klingelte er an der Tür. Satan hatte den Zeitpunkt abgepasst, an dem sie allein zu Hause sein würde. Allein waren die Menschen immer am anfälligsten für ihn. Oder in der Masse.

Kata ging die Treppe hinunter. Sie hoffte nur, dass es nicht ihre Schwester war, die schon wieder an der Tür stand. Klar, irgendwann müsste sie Marie von der Krankheit erzählen, aber noch war sie nicht so weit. Kata wusste nur eins: Diesmal würde sie einfach in Würde aufgeben. Einen weiteren Kampf gegen den Tumor würde sie nicht ertragen können. Nicht die Chemos und schon gar nicht die hilflosen Gesichter der Ärzte, von denen die meisten Milchbubis waren, die sich fragten, warum sie nicht etwas Lukrativeres wie zum Beispiel Investmentbanker geworden waren.

Kata öffnete die Haustür, und dort stand, zu ihrer Überraschung, der George-Clooney-Verschnitt.

«Was willst du denn hier?», fragte sie genervt.

«Dir ein Angebot machen.»

«Sind Avon-Berater nicht schon längst ausgestorben?», gab sie zurück.

«Ich kann deinen Tumor heilen», lächelte Clooney-Satan charmant.

Kata war für eine Sekunde sprachlos. Woher wusste der Typ von ihrer Krankheit?

«Du musst mir nur eine Kleinigkeit dafür geben», erklärte Satan.

Ihm bereiteten diese «Wir machen einen Deal»-Gespräche eine solche Freude. Menschen waren ja so schnell bereit, ihre Seele zu verkaufen, um das zu bekommen, was sie wollten: Sei es Erfolg oder den Aufstieg der Lieblingsfußballmannschaft, oder auch nur einen Coffee to go, wenn sie beim Einkaufsbummel in

der Stadt müde wurden. Und nicht zu vergessen der ewige Top-
seller in seinem Angebot: Sex.

«Ich ... hab keinen Tumor», erwiderte Kata.

«Natürlich nicht», grinste Satan. «Aber falls ich ihn doch hei-
le, würdest du mir dafür eine Kleinigkeit geben?»

Für einen kurzen Moment bekam Kata Hoffnung, so absurd
es auch war. Und nichts beunruhigt eine Todgeweihte so sehr wie
die Angst vor enttäuschter Hoffnung. Deswegen wollte sie diesen
unangenehmen Kerl sofort loswerden und antwortete: «Ja, ja ...
klar ... Hauptsache, du verschwindest.»

«Willst du gar nicht wissen, was für eine Kleinigkeit ich haben
will?», fragte Satan.

«Nein», erklärte Kata und knallte die Tür zu.

Hach, lächelte Satan, die Menschen hatten zwar einen freien
Willen. Aber mit ihren Seelen gingen sie wirklich recht fahrlässig
um.

37

Ich verstand nun rein gar nichts mehr: Was war passiert?
Hatte ich mich geirrt? War Kata gar nicht krank? Sie selbst
schien auch ganz verunsichert zu sein von Jesu Auftritt und
sagte in einem etwas zu bemüht coolen Tonfall: «Die von der
geschlossenen Psychiatrie sollten mal dringend ihre Schlös-
ser auswechseln.»

Erschwerend kam zu meiner Verwirrung hinzu, dass ich
Jesus beleidigt hatte. Den Kuss auf die Wange hatte er mir
noch verziehen, aber nun glaubte er, ich hätte ihn reingelegt.

Höchstwahrscheinlich dachte er, es wäre alles nur ein Trick gewesen, damit er bei mir blieb.

Deprimiert blickte ich auf Katas Zeichenblock, und was ich darauf sah, lenkte mich sowohl von ihrem Tumor als auch von Jesu Verdorrungsblick ab:

Kata sagte nur lakonisch zu mir: «Die Lebenszeit, die du mit Angsthaben verbracht hast, kriegst du nie wieder.»

Ich konnte Kata noch nie ausstehen, wenn sie mir etwas von «Nutze den Tag» erzählte. Aber diesmal tat sie gut daran, denn sie brachte mich auf einen Gedanken, den ich durch ihre vermeintliche Krankheit bisher erfolgreich verdrängt hatte. Denn die Frage war doch: Wie viele Tage hatte ich denn überhaupt noch zum Nutzen? Oder besser gefragt: Wann kommt eigentlich das Jüngste Gericht?

Nachdem Kata uns aus ihrem Zimmer geworfen hatte, stellte ich in Michis Videothek das erste Mal laut diese Frage und erklärte: «Es ist doch ein Unterschied, ob man nur ein paar Monate oder ein paar Jahre zu leben hat.»

«Besonders, wenn man noch Jungfrau ist», rutschte es Michi heraus.

Ich starrte ihn an.

«Ähem, ich meine damit … einen alten Freund … der … der ist Jungfrau», erklärte er stammelnd.

«Welcher Freund denn?», wollte ich wissen.

Michi war vor lauter Nervosität kurz vorm Hyperventilieren. Sein Blick fiel auf die DVD-Hülle von «Die Bourne Identität», und so sagte er hastig: «Franko Potente.»

«Franko Potente?», wiederholte ich ungläubig.

Michi wurde rot.

Ich war sehr überrascht. Ich wusste zwar, dass Michis Sexualleben derzeit inaktiv war, aber ich dachte, er hätte wenigstens schon einmal in seinem Leben Sex gehabt. Er hatte ja Freundinnen gehabt. Na ja, um genau zu sein, eine. Sie hieß Lena. Die war allerdings auch Katholikin wie er.

Mann, Religion konnte ja so was von fies sein.

«Ist dieser Franko unterdrückt schwul?», fragte ich.

«Nein, nein, nein, wie kommst du denn darauf?», stammelte Michi. «Franko ist echt hetero.»

«Aber?»

«Er liebt nur seit Jahrzehnten die falsche Frau», gab er traurig zu.

Mir wurde noch mulmiger, als mir ohnehin schon zumute war. Meine Illusion, dass Michis Freundschaft zu mir rein platonischer Natur war, ließ sich nun endgültig nicht mehr länger aufrechterhalten. Michi hob an zu einem Geständnis seiner Liebe. Ich aber wollte das nicht hören. Daher sah ich von ihm weg. Mein Blick landete auf einer DVD-Hülle, und ich bat Michi inständig: «Sag bitte, sie heißt Tilly Schweiger.»

Michi war überrascht.

«Dann verliere ich keinen Freund», erklärte ich.

Michi überlegte und sagte dann, mit einem traurig gequälten Lächeln: «Sie heißt Tilly Schweiger.»

«Danke.»

Wir schwiegen eine Zeitlang. Dann stellte Michi eine Frage, die ihm schon eine Weile auf der Seele brannte: «Liebst du Jesus? Ich meine, in einer Art, wie wir normale Christen es nicht tun? Und es wohl auch nicht tun sollten?»

«Sieht so aus», gab ich zerknirscht zu.

Dieses Geständnis traf ihn. Da hatte Michi nun sein ganzes Leben lang Jesus verehrt. Und nun war er der einzige Mensch auf der Welt, der eifersüchtig auf den Sohn Gottes war.

Tapfer versuchte er, dieses Gefühl beiseitezuschieben, und sagte etwas, was mich erschütterte: «Die Welt hat ja auch verdient unterzugehen.»

Fassungslos sah ich ihn an, und er erklärte mir, warum er das dachte: «Es gibt so viele furchtbare Dinge auf diesem Erdball: Bürgerkriege, Umweltzerstörung, Menschenhandel …»

Auch mir fielen spontan Dinge ein, weswegen man die Menschheit auf die Anklagebank setzen konnte:

Das Frühlingsfest der Volksmusik
Arschgeweihe
Oliver Pocher
Werbespots mit kleinen Kindern
Fish-Macs
Gangsta-Rapper mit albernen Masken
Eltern, die ihre Kinder Chantalle nennen

Hatte Michi also recht? War es vielleicht sogar gut, wenn das Himmelreich kam? Sollte ich das überhaupt in Frage stellen? Oder war das der beste Weg zu einem Freischwimmkurs im Feuersee? Würde ich den vielleicht sowieso belegen? Oder hatte ich noch Zeit, auf mein Schicksal Einfluss zu nehmen?

Und wenn nicht?

Dann könnte ich mir alle Träume abschminken, die ich jemals hatte, nochmal eine Familie zu gründen, Kinder zu bekommen … so kleine, süße, pflegeleichte Mädchen, die als Babys sofort nachts durchschlafen … und später immer zu mir sagen: «Mama, du bist die Beste und auch gar nicht sooooo dick …»

Und wo ich dann schon mal beim Abschminken war: Das könnte ich dann auch mit der Hoffnung machen, dass ich es nochmal schaffen könnte, etwas Besonderes in diesem Leben zu leisten. Ich würde als M.o.n.s.t.e.r. von dieser Erde abtreten.

Ich musste also unbedingt den Weltuntergangstermin von Jesus erfahren, selbst wenn der unglaublich wütend auf mich war.

38

Unterdessen

Pastor Gabriel saß in der Badewanne, die voller Schaum war. Bei ihm Silvia, die es genoss, wie er ihr den Rücken einseifte. Sie war heute viel gelöster und mehr auf Zärtlichkeit aus denn auf Sägen. Sie hatte sogar gesagt, dass sie Liebesgefühle für ihn empfinde, was sein Herz so aufgeregt schlagen ließ, wie es das sonst nur in der Anwesenheit Gottes tat. Psychologin, die Silvia war, konnte sie ihm auch genau erklären, warum sie sich plötzlich ihm gegenüber so öffnen konnte: Nach über zwanzig Jahren hatte sie sich mit ihrer Tochter endlich versöhnt, das löste emotionale Blockaden, hatte sie sich doch bisher nie auf einen anderen Mann einlassen können, weil sie sich gegenüber Marie stets so schuldig gefühlt hatte. Während Silvia so von ihrem Kummer erzählte, den sie all die Jahre mit ihrer Tochter hatte, dachte Gabriel darüber nach, dass Familien eine weitere skurrile Erfindung Gottes waren. Nichts bereitete den Menschen mehr Freude und zugleich mehr Kummer, mehr Frohlocken und zugleich mehr Tollwutschaum vor dem Mund als so eine Familie. Das Leben der Menschen wäre doch sehr viel einfacher, dachte Gabriel, wenn Gott sie in Sachen Fortpflanzung und Aufzucht so konzipiert hätte wie den Regenwurm.

Wenigstens musste Gabriel sich jetzt nicht mehr die Familienprobleme seiner Gemeindeschäfchen anhören, denn er hatte sich für den Rest der Zeit, die der Welt noch verblieb, krankgemeldet. Sein Nachfolger namens Dennis hatte daher seine Stelle bereits etwas früher, nämlich heute Morgen angetreten. Dennis war einer jener durchtrainierten Turnschuhpfarrer, die Gemeindefeste und Gospelsongs liebten, aber gleichzeitig im Laufe des Theologiestudiums jeglichen Glauben verloren hatten und sich frag-

ten, warum sie nicht etwas Lukrativeres wie Investmentbanker geworden waren.

Gabriel selbst mochte Feste und Kaffeetrinken mit der Gemeinde so wenig wie die Tatsache, dass er als Mensch gewordener Mann eine Prostata besaß. Seiner Meinung nach hatte noch kein einziger Mensch übers Kuchenessen zu Gott gefunden.

Als es nun an der Tür klingelte, dachte Gabriel, dass es der Turnschuhpfarrer war, und beschloss, für den atheistischen Kerl nicht aus der Badewanne zu steigen. Da hörte er die Haustür aufgehen und eine Stimme «Gabriel!» rufen. Es war die Stimme Jesu.

«Dein Zimmermann ist wieder da», stellte Silvia sachlich fest. Selbstverständlich begriff sie nicht, was das bedeutete. Gabriel begriff es allerdings auch nicht: Jesus hätte doch jetzt schon längst auf dem offenen Meer gen Israel sein müssen?

Er hörte, wie die Schritte des Gottessohnes sich näherten. Jeden Augenblick würde Jesus ihn mit Silvia in der Wanne ertappen.

«Du schaust wie ein Ehemann, der gleich beim Betrügen erwischt wird», grinste Silvia amüsiert.

«Der Zimmermann ist Jesus», platzte es aus ihm heraus. Silvia sah ihn kurz erschrocken an, dann bekam sie einen Lachanfall.

Jesus betrat das Bad und sah Gabriel in der Badewanne. Gemeinsam mit Silvia. Die vor Lachen rot anlief.

Gabriel fragte sich, ob es Sinn machen würde, einfach in der Badewanne unterzutauchen und dort so lange unter Wasser zu bleiben, bis das Jüngste Gericht vorbei war.

Doch Jesus entschuldigte sich bei ihm: «Verzeih, mein Freund.»

Gabriel hatte ja keine Ehe gebrochen und auch nicht gegen die Badevorschriften des dritten Buchs Mose verstoßen (die den

Sohn Gottes sowieso nicht interessierten, er war ein Mann, der den Glauben über Regeln stellte), daher wurde er von Jesus auch nicht gescholten. Der Messias bat Gabriel lediglich um ein dringendes Gespräch und verließ dann das Badezimmer, um in der Küche auf ihn zu warten. Gabriel sprang sofort aus der Wanne und trocknete sich hastig ab. Silvia war erstaunt: «Du benimmst dich so, als ob der Mann wirklich Jesus ist und ich Satan.»

«Satan?» Gabriel blickte zu Silvia.

War es eine Möglichkeit, dass der seine Hände im Spiel hatte?

Bei Marie?

Und bei Silvia?

Es gab abwegigere Gedanken: zum Beispiel, dass Jesus sich – ohne Satans Einfluss – in jemanden wie Marie hatte verlieben können.

Nachdem Gabriel sich angezogen hatte, lief er mit nassen Haaren in die Küche. Jesus berichtete ihm, was im Hafen passiert war und dass in dem Kopf von Maries Schwester kein Tumor wohnte, obwohl Marie es behauptet hatte.

«Glaubst du, sie hat mich absichtlich belogen?», fragte Jesus seinen alten Freund.

Gabriel rang kurz mit sich, dann erzählte er Jesus von seinem Verdacht: «Wir müssen die Möglichkeit in Erwägung ziehen, dass Satan seine Hände im Spiel hat.»

«Er will mich in Versuchung führen?», fragte Jesus erstaunt.

«Du fühlst dich von Marie in Versuchung geführt?» Gabriels schlimmste Befürchtungen schienen wahr zu werden.

Jesus hielt inne, führte ihn Marie tatsächlich in Versuchung? Er fühlte sich zu ihr hingezogen, ja, aber war da mehr?

«Ich werde womöglich auch verführt», erklärte Gabriel. «Sa-

tan gab uns, was wir am meisten begehren. Mir die Frau, die ich schon immer liebte. Und dir eine Frau, die in dir den Menschen sieht.»

Gabriel erwähnte nicht, dass er es besonders perfide von Satan fand, ausgerechnet so eine Frau wie Marie auszuwählen, von der man sich gar nicht vorstellen konnte, dass sie überhaupt irgendeinen Mann verführen konnte, geschweige denn den Sohn Gottes.

Jesus widersprach, der Verdacht, dass Marie des Satans sei, war einfach zu ungeheuerlich: «Satan hatte schon einmal versucht, mich zu verführen. Einst, in der Wüste. Er versprach mir Wasser, Essen, Königreiche ... aber nie die Liebe.»

«Er hat seine Methoden nun mal perfektioniert», erklärte Gabriel. «Königreiche, die will nicht jeder Mensch, aber auf die Liebe ... da fällt jeder drauf rein, früher oder später. Sogar Engel.»

Jesus protestierte: «Ich ... ich kann es einfach nicht glauben, dass Marie mit Satan im Bunde sein soll.»

«Es gibt keine andere Erklärung.» Gabriel hatte sich nun selbst überzeugt. Das bedeutete für ihn, er würde Silvia aus seinem Haus verbannen müssen (und dazu erst mal aus seiner Badewanne).

Jesus war so durcheinander, er wollte sich zum Gebet zurückziehen und suchte dafür nach einem ruhigen Platz. Doch die Suche führte ihn nicht in die Kirche. Auch nicht in den Garten hinter dem Pfarrhaus. Sondern auf den Steg, auf dem er so gerne mit Marie gesessen hatte. Er hockte sich hin, blickte auf das in der Abendsonne funkelnde Wasser und begann zu zweifeln. Nicht an Marie, an sich selber. Denn es gab noch eine andere Erklärung, warum er nicht an Bord des Frachters gegangen war. Etwas, was er sich bisher nicht eingestehen wollte: Vielleicht ... vielleicht wollte er gar nicht in die Endschlacht ziehen. Ein Teil von ihm hatte Zweifel an seinem Auftrag, Menschen zu bestra-

fen, das war nun mal etwas, was ihm keinerlei Freude bereitete.
In Judäa hatte er immer nur mit Gottes Zorn gedroht, damit die
Menschen einen besseren Weg einschlugen. Das war hilfreich.
Aber es waren eben nur Drohungen.

Ja, womöglich fühlte er sich wegen seiner eigenen Zweifel so
zu Marie hingezogen und ließ sich nur zu gerne von ihr von sei-
ner Aufgabe abhalten.

39

Ich freute mich tierisch darüber, dass Joshua auf unserem
Steg saß, zeigte es mir doch, dass auch ihm dieser Ort etwas
bedeutete. Seine Wut war verraucht, er war anscheinend
noch nicht mal sonderlich überrascht, mich zu sehen, sondern eher bedrückt, nachdenklich. Ich setzte mich zu ihm
und ließ meine Füße neben den seinen über dem Wasser
baumeln.

Wir saßen schweigend da, wie zwei Leute, die ein paar
wunderbare Dates und einen tollen Wangenkuss hinter sich
hatten, aber die genau wussten, dass aus ihnen kein Paar
werden konnte, da ihre familiären Hintergründe doch recht
unterschiedlich waren.

Joshua sah mich zudem prüfend an, so als ob er mir gegenüber misstrauisch wäre. Glaubte er wirklich, dass ich Katas
Krankheit nur erfunden hatte, damit er bei mir blieb?

«Was führt dich zu mir?», fragte er schließlich.

«Ich … ich habe eine Frage.»

«Frag ruhig.»

«Wann kommt das Jüngste Gericht?»

Jesus wartete eine ewig lang wirkende Sekunde und antwortete dann: «Nächste Woche, am Dienstag.»

Die Erkenntnis, dass die Welt nur noch fünf Tage hatte, war ein tiefer Schock für mich. Alles, was ich kannte ... alles, was mich jemals berührte ... alles, was ich liebte ... würde schon so bald nicht mehr sein. Und ich würde alle meine Träume begraben müssen. Ich reagierte darauf, wie jeder andere Mensch auch auf diese Nachricht reagiert hätte: Ich übergab mich in den See.

Während die Enten eilig wegschwammen, reichte Jesus mir mitfühlend ein Taschentuch. Nachdem ich mir den Mund abgewischt hatte, fragte ich vorsichtig nach, ob es denn tatsächlich so ein Buch des Lebens gebe und diese Urteilsverkündung durch Gott und auch den Feuersee. Ich hoffte, dass das alles vielleicht nur ein Übermittlungsfehler war und dass das Himmelreich doch für alle kommen würde. Aber leider bestätigte Jesus mir: «All dies wird genau so geschehen.»

Mit bleichem Gesicht befand ich: «Das ... das mit dem ewigen Brennen ist schon ziemlich hart.»

Für einen Augenblick dachte ich, er würde mir recht geben, doch dann ging ein Ruck durch ihn, als wolle er jeglichen aufkeimenden Zweifel mit aller Macht abschütteln. Sein Gesicht verfinsterte sich, er stand auf, ging vom Steg hinunter und auf einen Apfelbaum zu, der am Uferweg stand und keine Früchte trug. Wütend sprach er zu dem Baum: «Auf ewig soll niemand mehr eine Frucht von dir essen!»

Daraufhin verdorrte der Baum vor meinen Augen.

Jesus blickte mich streng an. Wie ein autoritärer Lehrer mit Magengrimmen seine Schülerin bei der mündlichen Abi-

Prüfung. Ich verstand aber überhaupt nicht, was Jesus mir mit dieser Aktion sagen wollte.

«Das passiert mit allen, die nicht nach den Regeln Gottes leben», erklärte er mahnend.

«Du müsstest echt mal an deinen Metaphern arbeiten», rutschte es mir heraus. «Die sind teilweise echt kompliziert.»

Jesus ließ sich durch meinen Einwurf nicht in seinem Vortrag aufhalten: «Die Gebote des gottesfürchtigen Lebens sind für alle in der Bibel nachzulesen. Niemand kann sagen, er habe nichts davon gewusst. Und wer Gutes im Leben getan hat, wird dafür belohnt, dass er nicht den einfacheren Weg, den Weg des Bösen, gegangen ist.»

Ich verstand: Da bekommt also zum Beispiel die Altenpflegerin den Ausgleich dafür, dass der Pflegeheim-Manager ihr das Gehalt gekürzt hat, nur weil er seine eigene Gewinnbeteiligung erhöhen wollte. Das hatte etwas sehr Gerechtes.

Dennoch gefiel mir das ganze Konzept des Bestrafens nicht, und ich war mir ziemlich sicher, dass die Altenpflegerin mir da beipflichten würde. Ich mochte meinen Gott lieber gütig. Daher fragte ich missgelaunt: «Der Allmächtige ist also doch der böse, strafende Gott?»

«Rede nicht in so einem abfälligen Ton über den Herrn», zürnte Jesus nun.

Für einen kurzen Augenblick durchzuckte mich der Gedanke: Mann, bist du ein Papasöhnchen. Gott sei Dank behielt ich den gerade noch für mich.

Joshuas Augen funkelten mich böse an. Aber ich konnte ihm einfach nicht recht geben. Was würde denn aus Kata werden? Sie hatte ja locker gegen die ersten drei Gebote verstoßen, die besagten, dass man Gott ehren müsse. Und meine Mutter? Würde sie in das Himmelreich kommen? Nicht, wenn mein Vater etwas zu melden hatte. Und der? Für Papa wäre es vielleicht nicht schlecht, wenn die Welt endet, dann hätte Swetlana keine Gelegenheit mehr, ihm das Herz zu brechen.

Plötzlich aber musste ich an Swetlanas Göre denken. Für sie würde ebenfalls die Welt nächste Woche Dienstag enden. Auch wenn ich das Mädchen nicht ausstehen konnte, fand ich das nicht gerecht. Sie würde zwar ins Himmelreich gelangen, hatte sie doch nie gesündigt, aber sie hatte ja nicht mal richtig auf dieser Erde gelebt. Sie würde überhaupt nicht die Freuden erleben können, die diese Welt zu bieten hat: Salsa, Robbie-Williams-Konzerte, Simpsons-Folgen, das Kribbeln beim ersten Kuss, die erste Nacht mit einem Mann – gut, die konnte man vielleicht überspringen …

Aber dennoch war es unfair!

Jeder Mensch hatte doch das Recht, sein Leben bis zur Neige zu leben! Selbst Swetlanas blöde Tochter!

Selbst Franko Potente.

Selbst … ich.

Ich war nun so stinkig auf Gott und seinen Sohnemann, dass meine Augen es tatsächlich wagten, ihrerseits wütend Jesus anzufunkeln. So standen wir uns zornig gegenüber an dem verdorrten Apfelbaum, der sich rechte Mühe gab, eine Metapher für das zu sein, was aus unserer sich anbahnenden Freundschaft geworden war.

Schließlich brach ich das Schweigen: «Ich finde es unfair, dass Gott den Menschen nicht nochmal eine Chance gibt.»

Da, es war raus!

«Wagst du es etwa, Gottes Plan zu rügen?», fragte Jesus harsch.

«Und wie ich es wage!», erwiderte ich.

«Es steht dir nicht zu, die Wege des Herrn zu hinterfragen!», tadelte Jesus böse.

«Papasöhnchen!», antwortete ich.

Das traf ihn.

Gut so!

«Gabriel hatte wohl recht», sagte Jesus nun, mit zornes-rotem Gesicht.

«Womit?», fragte ich irritiert.

«Dass du im Auftrag Satans unterwegs bist.»

Für einen kurzen Moment stockte mir der Atem. Dann musste ich loslachen. Laut und hysterisch. Meine Wut löste sich in spasmisches Gelächter auf. Das irritierte Jesus sichtlich: «Du verspottest mich?»

«Ja», antwortete ich ehrlich, als ich mich wieder etwas beruhigen konnte. «Wenn Satan jemand zu dir schicken würde, dann bestimmt nicht so jemand Inkompetenten wie mich.»

Jesus wusste nicht, was er darauf erwidern sollte.

«Hör zu», forderte ich ihn auf, «schau mich an und prüf dein Herz. Wenn du wirklich glaubst, ich sei des Satans, dann lass mich verdorren wie diesen Baum.»

Er sah so aus, als ob das für ihn ein durchaus verlockender Gedanke wäre.

«Aber», fuhr ich fort, «wenn du es nicht glaubst, dann gib mir die Möglichkeit, zu beweisen, dass unsere Welt noch eine Chance verdient hat.»

Jesus starrte mich an, und je länger er mich anstarrte, desto mehr bekam ich es mit der Angst zu tun. Ich war wohl zu mutig gewesen, todesmutig. Es gab sicherlich angenehmere Sterbevarianten, als zu verdorren.

Schließlich öffnete Jesus langsam den Mund, ich erwartete schon fast mein Todesurteil, doch er sagte nur: «Morgen Abend läuft das nächste Schiff gen Israel aus. Bis dahin gebe ich dir Zeit.»

Mein «Um den Hals fall»-Instinkt regte sich wieder. Aber da Jesus mir eine Umarmung sicherlich negativ auslegen würde, unterdrückte ich den Impuls.

Dann wurde mir bewusst, welche Verantwortung ich auf mich genommen hatte: Das Schicksal der Menschheit lag nun in meinen Händen. Ausgerechnet ich sollte die Welt retten!

Schade eigentlich, dass ich keinen blassen Schimmer hatte, wie ich das anstellen sollte.

40

Ich saß schweigend mit Jesus auf dem Steg und dachte über mein Dilemma nach. Vielleicht sollte ich ihm einfach zeigen, wie viele gute Menschen es auf dieser Welt gibt. Leider fiel mir niemand ein, der so richtig edel war. Außer so Leute wie Gandhi, Mutter Teresa oder Martin Luther King, doch die waren alle schon tot, und Jesus kannte sie sicherlich auch schon. Wahrscheinlich spielte er gemeinsam mit ihnen einmal die Woche im Himmel eine gepflegte Partie Backgammon oder was immer man sonst da oben so tat.

Ja, was genau machte man eigentlich im Himmel den lieben langen Tag? Und was würden die Menschen im Himmelreich auf Erden tun, wenn es denn nächste Woche Dienstag auf der Erde errichtet würde? Sicherlich zu Gott beten. Aber war das tagesfüllend? So etwas machte man vielleicht eine Stunde am Tag, meinetwegen sogar fünf, aber was den Rest des Tages? Andererseits, wenn man ohnehin vollkommen glücklich war, und das sollte man ja in diesem Himmelreich auf Erden sein, dann war es ja auch egal, wie man seine Zeit verbrachte. Da konnte man einfach nur Wolken ansehen, an Blumen schnuppern oder den ganzen Tag an den Füßen spielen, und dennoch wäre man total happy. Klang ein bisschen so wie Dauer-bekifft-Sein. Ich überlegte, ob ich Jesus danach fragen sollte, ließ es aber bleiben.

Vielleicht sollte ich ihm einfache Leute zeigen, die gute Menschen waren, aber leider kannte ich niemanden vom Kaliber Ghandi in meiner Umgebung. Auf der anderen Seite: Die meisten Menschen waren doch auch ganz anständig. Wir hatten in Malente keine Diktatoren, Mörder oder Callcenter-Betreiber. Und das letzte Mal wurde im Mittelalter ein Nachbardorf gebrandschatzt. Aber ich hatte Zweifel, ob das reichte. Sollte ich zu Jesus sagen: Du, die Menschen haben ein Weiterleben verdient, weil die meisten weder richtig gut noch böse, sondern einfach nur durchschnittlich sind? Das schien mir doch eher ein schwaches Argument gegen Gottes Plan, die Menschheit für alle Ewigkeiten in Gut und Böse zu unterteilen. Ich seufzte tief.

«Warum seufzt du?», fragte Jesus mich.

«Seufz», war meine geseufzte Antwort.

«Du weißt nicht, wie du mich überzeugen sollst», stellte Jesus fest.

«Doch, doch, klar weiß ich das», antwortete ich wenig überzeugend.

«Du weißt es nicht», lächelte er freundlich, fast liebevoll.

Dennoch machte mich das Lächeln sauer, fühlte ich mich doch ertappt. Ich konnte es noch nie ausstehen, wenn ein Mann, für den ich Gefühle hatte, mich bei einer Schwäche ertappte. Da war es auch egal, ob dieser Mann Jesus war oder nicht.

«Du bist wütend auf mich», stellte er nun überrascht fest.

«Und du bist ein Meister des Offensichtlichen», antwortete ich, eine Spur zu scharf.

«Was ist der Grund für deinen Zorn?», wollte Jesus wissen.

«Nun, die meisten Menschen sind weder gut noch böse, sondern einfach nur durchschnittlich», erklärte ich ihm, «aber das reicht ja wohl nicht, um dich zu überzeugen.»

Er schwieg und schien sich Gedanken zu machen, er wollte wohl nicht, dass ich wütend auf ihn war. Schließlich fragte er: «Darf ich dir einen Vorschlag unterbreiten?»

Ich blickte ihn überrascht an, mein Zorn verflog nun tatsächlich.

«Zeige mir, dass diese, wie du sie nennst, durchschnittlichen Menschen das Potenzial zum Guten haben und es auch ausschöpfen wollen.»

Hmm ... nett, dass er das vorschlug. Aber wie sollte ich Jesus zeigen, dass die Menschen ihr Potenzial ausschöpfen konnten? Sollte ich eine kleine Vollversammlung im Malenter Bürgerhaus einberufen und sagen: «Hey, Leute, jetzt reißt euch mal zusammen und hört mal auf mit dem ständigen Ehebrechen und mit dem Steuerhinterziehen, und an eurer Stelle würde ich auch nicht mehr so häufig ‹Himmel, Arsch und Zwirn› rufen»?

Ich seufzte also wieder.

«Kann ich dir noch einen Vorschlag unterbreiten?», fragte Jesus.

Ich nickte.

«Zeig mir anhand nur einer Person, dass die Menschheit das Potenzial zum Guten hat.»

Er kam mir wirklich unglaublich entgegen, man konnte fast den Eindruck bekommen, dass er unbedingt von mir überzeugt werden wollte. So als ob er wirklich Zweifel hatte, dass das Ganze mit dem Jüngsten Gericht eine gute Idee sei.

Eine Person sollte also den Beweis führen, das war okay, das konnte ich vielleicht schaffen. Doch welche Person sollte ich nehmen? Kata? Wohl eher nicht, sie würde sicher die meiste Zeit damit beschäftigt sein, Jesus zu erklären, dass erst mal Gott selbst beweisen solle, dass er das Potenzial zum Guten hatte. Meinen Vater vielleicht? Nun, der war auf mich zurzeit ungefähr so gut zu sprechen wie der Papst auf Kondomfabrikanten. Mama war auch keine gute Idee, war sie doch – so hatte sie mir gesagt – mit Jesu Kumpel Pastor Gabriel nur zusammen, weil sie Trost suchte. Vielleicht Swetlana? Die war sicherlich dankbar, dass Jesus ihre Tochter geheilt hatte. Vielleicht war sie sogar so dankbar, dass sie darauf verzichtete, meinen Vater auszunutzen, und ich konnte damit Jesus zeigen, dass sie das Potenzial zum Guten hatte? Sollte ich es mit Swetlana riskieren? Das Schicksal der Welt der Frau aufbürden, die ich Wodka-Nutte genannt hatte?

In diesem Augenblick sah ich mein zweifelndes Gesicht im Wasser spiegeln, und zwei Gedanken schossen durch meinen Kopf: Warum sehen meine Haare immer so scheiße aus?, und: Wie wäre es, wenn ich die Person bin?

Das war eine Idee, immerhin gab es weit und breit keine durchschnittlichere Person als mich.

Ich wandte mich an Jesus und erklärte ihm, dass ich selbst den Beweis antreten würde. Lang und ausführlich schilderte ich, wie ich bereits einen Haufen der Zehn Gebote erfüllte und dass ich bis zum morgigen Abend auch noch den Rest schaffen würde: Ich würde meine beiden Eltern ehren und nicht mehr die Dinge von anderen begehren. Jesus hörte sich geduldig meinen Redeschwall bis zum Ende an und erklärte dann ganz ruhig: «Die Zehn Gebote reichen nicht für ein gerechtes Leben.»

Au Mann, im Zusammenhang mit Gott war wohl gar nichts einfach!

«Und, was muss man sonst noch erfüllen?», fragte ich. «Ich meine, du erzählst mir doch jetzt hoffentlich nicht, dass ich irgendeiner Frau, die einen Mann bei einem Streit in die Schamteile greift, die Hand abhacken soll?»

Jesus lächelte: «Du hast das Deuteronomium gelesen.»

Er hielt mich für deutlich bibelfester, als ich es war.

«Keine Sorge», erklärte Jesus, «viele Regeln der Bibel braucht man nicht zu befolgen. Man muss nur im Geiste Gottes leben.»

«Und das heißt übersetzt?»

«Alles, was du über ein gerechtes Leben wissen musst, habe ich in meiner Bergpredigt verkündet.»

Die Bergpredigt. Auweia! Von der hatte ich natürlich schon mal gehört. Bei Gabriel hatten wir sie im Konfirmandenunterricht durchgenommen, aber ich war vor lauter Liebeskummer die ganze Zeit zu sehr damit beschäftigt, Zeichnungen auf meinen Block zu kritzeln, in denen mein Exfreund von den Zehn Plagen nach allen Regeln der Kunst heimgesucht wurde – besonders gerne ließ ich ihn von den Heuschrecken auffressen. Wenn man mich daher jetzt gefragt hätte, was in der Bergpredigt drinsteht, hätte ich es nicht mal beantworten können, wenn mein Leben davon abhing oder, wie in diesem Fall, die Existenz der Welt.

«Du kennst doch den Inhalt der Bergpredigt?», fragte Jesus sanft.

Ich grinste leicht debil.

«Du kennst ihn nicht?»

Ich grinste noch debiler.

«Ich dachte, du kennst die Bibel», sagte Jesus nun betont streng.

«Frddl.»

Gegenüber Jesus zuzugeben, dass man die Bibel nicht kennt, ist ähnlich unangenehm, wie dem Vater zu beichten, dass man die Pille nimmt, und das schon seit zwei Jahren, obwohl man erst sechzehn Jahre alt ist. Aber ich rang mich zu dem tapferen Geständnis durch: «Du … du hast recht. Ich hab keine Ahnung, was du dort erzählt hast.»

Bevor Jesu Kinnlade enttäuscht sinken konnte, erklärte ich hastig: «Aber wart es ab, bis morgen Abend lebe ich nach ihren Regeln, und dann wirst du schon sehen, dass wir Menschen die Kraft und die Möglichkeit haben, selbst eine bessere Welt zu erschaffen.»

Jesus lächelte mich etwas entrückt an, war er von meinem leidenschaftlichen Vortrag etwa beeindruckt?

Oder gar von mir?

«Ist etwas?», fragte ich vorsichtig.

Ein Ruck ging durch Jesus, er riss sich sichtlich zusammen und erklärte mit bemüht fester Stimme: «Ich bin einverstanden mit deinem Vorschlag.»

«Das ist gut», erwiderte ich, wusste aber nicht, ob es wirklich gut war. Ich hoffte so sehr, dass ich den Mund nicht zu voll genommen hatte. Beinahe hätte ich vor lauter Angst zu Gott gebetet, doch im letzten Moment besann ich mich, dass Gott und ich in diesem Moment nicht gerade die gleichen Ziele verfolgten.

Jesus und ich standen uns nun schweigend gegenüber. Am liebsten hätte ich den Abend mit ihm verbracht, so wie den gestrigen, aber das war nicht mehr möglich, viel zu viel war geschehen. Unmöglich, in ihm jemals nochmal den Salsa-Joshua zu sehen.

Ich verabschiedete mich schweren Herzens und hatte den Eindruck, dass es auch ihm nicht leichtfiel, sich von mir zu trennen. Zu Hause angekommen, war ich zuerst einmal erleichtert, dass mein Vater nicht ein Foto von mir an die Tür gehängt hatte, mit der Aufschrift «Wir müssen leider draußen bleiben».

Ich ging ins Haus, sah, dass das kleine Mädchen bereits im Wohnzimmer auf der Couch schlief, und hörte leise Sexgeräusche aus dem Schlafzimmer meines Vaters. Für einen kurzen Moment wünschte ich mir, dass das Jüngste Gericht sofort losginge.

Kata kam mir vom Klo entgegen. Bevor ich sie begrüßen konnte, hörte ich, wie Papa stöhnte, er klang dabei ein bisschen wie ein wildes Pferd.

«Komm in mein Zimmer, da hört man den Hengst nicht», bot Kata an.

«Dann ist es ein wunderschöner Ort», antwortete ich und verschwand mit ihr in das Refugium der Stille. Kata aber wirkte ganz verunsichert.

«Ist was?», fragte ich sie.

«Ich … hab Angst.»

Meine Schwester gab zu, dass sie Angst hatte? Die Welt schien tatsächlich verrückt zu spielen.

«Wovor?», fragte ich.

«Ich … ich habe keine Schmerzen mehr.»

«Ich … ich denke, du hast keinen Tumor.»

«Doch, den habe ich.»

Es traf mich wie ein Schlag.

«Aber jetzt habe ich keine Schmerzen mehr, als ob er weg ist. Und ich hab tierischen Schiss.»

«Weil du Hoffnung hast, dass er weg ist, und du nicht enttäuscht werden willst?»

«Nein, weil ich bald sterben werde.»

Bei dem ersten Ausbruch des Tumors vor fünf Jahren war in Katas Augen stets Kampfesmut zu sehen, doch jetzt war es nur noch blanke Furcht. Und die machte mir Angst.

«Ich … will nicht …», sagte sie leise, das Wort «sterben» sprach sie schon gar nicht mehr aus.

Ich nahm sie in den Arm. Und sie ließ es sich tatsächlich gefallen.

Viele Fragen schossen durch meinen Kopf: Wenn die Ärzte den Tumor gefunden hatten, warum hatte Jesus ihn dann nicht gesehen? Oder bildete sie sich den Tumor nur ein? Aber warum sollte sie das tun? Und wieso hatte Kata diesen Comicstrip gezeichnet, den ich da gerade auf dem Boden entdeckte?

Warum tauchte auf einmal Satan in Katas Strips auf? Und warum hielt sie ihn für überlegen? Hatte sie Angst, in die Hölle zu kommen? Sie glaubte doch gar nicht an ein Leben nach dem Tode? Sollte ich ihr sagen, dass es das doch gibt? Und mit ihr über Jesus reden? Auch über das, was kommen soll? Oder würde ich ihr damit noch mehr Kummer bereiten, war sie doch ein heißer Kandidat für das ewige Inferno?

Bevor ich den Mund öffnen konnte, spürte ich eine Träne auf meiner Wange. Kata weinte. Es war das erste Mal, dass ich die erwachsene Kata weinen sah. Es zerriss mir fast das Herz. Ich drückte sie noch fester an mich und beschloss, sie nicht mit dem Wahnsinn, der mich umgab, zu belasten. Plötzlich war sie die Kleine und ich die Große, die sie beschützte.

41

Nachdem Kata sich schlafen gelegt hatte, ging ich in mein Zimmer. Dass sie wieder krank war, machte mich fertig, aber ich musste nicht heulen, ich hatte ja Vitamin B und hoffte, dass Jesus sie heilen könnte. Doch dazu musste ich ihn sicherlich erst mal überzeugen, dass die Menschen – also auch Kata – noch eine Chance verdient hatten. Es stand also immer mehr auf dem Spiel.

Ich holte aus meiner Tasche meine Bibel heraus, und während ich auf dem Bett liegend die Bergpredigt suchte – diese Bibel bräuchte mal ein ordentliches Inhaltsverzeichnis –, blieb ich an anderen Stellen hängen und erfuhr so zum Beispiel, dass «Sheba» nicht nur ein Katzenfutter war und was für eine Sünde Onan genau begangen hatte (in dieser Bibel gab es mehr Sex and Crime als bei RTL 2). Als ich die Predigt dann endlich bei Matthäus gefunden hatte, war ich so aufgeregt, dass ich erst mal eine Weile im Fernseher zappte – ich hatte einfach zu viel Angst davor, was da an Anforderungen an mich gestellt werden würden. In der ARD sah ich dann Florian Silbereisen, der machte mir noch mehr Angst. So schaltete ich den Fernseher aus und las nun die Worte Jesu. Die Predigt war eine Art «Best of» seiner Lehren, darunter auch das schöne Vogel-Sorgen-Gleichnis, das er bei unserem ersten Date – es kam mir vor, als sei es eine Ewigkeit her – machte. Ich unterteilte seine Lehren in folgende Kategorien: 1. Kann ich problemlos umsetzen, 2. Wird nicht ganz einfach umzusetzen, 3. Wird schwer, 4. Wird verdammt schwer und 5. Herrjemine!

Die Kategorien 1 und 2 blieben weitestgehend unbesetzt.

Problemlos umzusetzen war nur seine Aufforderung, dass man nicht schwören soll. Sich vor falschen Propheten zu hüten schien mir auch machbar zu sein, und natürlich warf ich den Schweinen keine Perlen vor – wobei ich allerdings davon ausging, dass es sich mal wieder um eines jener Gleichnisse handelte, die ich nicht hundertprozentig verstand.

Schwieriger war es für mich schon, ohne Sorge um Essen und um Geld zu leben. Ich war so verdammt gut im Sorgenmachen; wenn es eine olympische Disziplin gewesen wäre, hätte ich wohl die Silbermedaille geholt, nur knapp geschlagen von Woody Allen. Auch sollte ich nicht an meinem Besitz hängen, und leider standen da auch keinerlei Ausnahmeregelungen für Pumps, iPods und Norah-Jones-CDs. Aber das alles war noch gar nichts im Vergleich zu dem, was Jesus einem im zwischenmenschlichen Bereich abverlangte: Menschen, die einem Böses getan haben, solle man noch mehr geben. Oder wie Jesus sich ausdrückte: «Wenn einer dir das Hemd wegnehmen will, lass ihm auch den Mantel.» Das war sicherlich eine Regel, die in Finanzämtern großen Anklang fand.

Aber ich bezweifelte, dass ich je so selbstlos sein könnte. Und im Streit die andere Wange hinzuhalten wäre auch nichts für mich – ich stand ja nicht so auf Maso. Genauso problematisch wurde es beim Thema «Richtet nicht, damit ihr nicht gerichtet werdet». Das hatte mir Swetlana an den Kopf geworfen, und ich wollte sie ja so gerne hinrichten. Da half mir auch Jesu Gleichnis «Wie kannst du zu deinem Bruder sagen: ‹Lass mich einen Splitter aus deinen Augen ziehen›, und dabei steckt in deinen Augen ein Balken?» nicht weiter. Selbst wenn ich wusste, dass auf dem Balken in meinen Augen «Sven» eingeritzt stand, ich also auf meine Art genauso schuldig war wie Swetlana, war ich doch viel zu wütend auf sie.

In die Kategorie «Herrjemine» schließlich fiel dann Jesu Aufforderung, dass man seine Feinde aufrichtig lieben soll. Außer Swetlana hatte ich keine Feinde. Wie sollte ich diese Frau lieben? Aufrichtig? Nicht heuchlerisch? Hing davon, ob ich das schaffte, jetzt das Schicksal der Welt ab?

In diesem Augenblick klingelte mein Handy, es war Michi, der völlig aufgeregt war und endlich wissen wollte, wann die Erde denn nun genau untergehe. Als ich es ihm erzählte, war er noch aufgewühlter, und als ich ihm berichtete, was ich mit Jesus vereinbart hatte, und wohl einiges davon abhing, dass ich bis morgen Swetlana lieben musste, stöhnte er nur: «Wir sind ja so was von geliefert …»

Gleich darauf schluckte er, denn er realisierte: «… und Franko Potente wird als Jungfrau sterben.»

Ich hatte Mitgefühl: «Das tut mir leid für Franko.»

«Und mir erst», seufzte Michi.

Aus Solidarität seufzte ich mit. Dadurch fühlte er sich offensichtlich ermuntert und druckste herum: «Glaubst du …»

«Was?»

«Nun …», er zögerte noch ein bisschen, dann sagte er ganz schwach: «… du könntest einmal mit Franko …»

«NEIN!»

«Okay», erklärte er hastig. Es tat mir fast leid, dass ich ihn so barsch zurückgewiesen hatte. Aber ich war nun mal nicht in ihn verliebt, und Sex ohne Liebe bereitete mir in der Regel so viel Freude wie eine Beinwachsbehandlung.

«Dann … dann hoffe ich für meinen guten alten Freund Franko, dass du es schaffst, Jesus zu überzeugen», flüsterte Michi heiser und legte auf.

Ich stöhnte kurz auf und nahm mir wieder die Bergpredigt vor. Jesus konnte da doch nicht einfach einen Haufen Forderungen aufstellen, ohne einen Hinweis darauf zu geben, wie man so etwas als Normalsterblicher umsetzen kann!

Ich blätterte etwas, und siehe da, bei Matthäus 7,12 stand unter der Überschrift «Goldene Regel»: «Alles, was ihr von anderen erwartet, das tut auch ihnen.»

Gut, das kannte man, und es klang ein bisschen wie die Schilder in den ICE-Toiletten: «Bitte hinterlassen Sie den Raum so, wie Sie ihn vorfinden möchten.» Jedes Mal, wenn ich so ein Schild las, dachte ich genervt: Bin ich Innenarchitekt?

Aber jetzt, wo ich das erste Mal in meinem Leben wirklich über Jesu Worte nachdachte, kam ich zu dem Schluss: Vielleicht war genau das der Weg! Wenn ich zu Swetlana nett war, dann würde sie vielleicht auch nett zu mir sein und sich ändern. Und dann könnte ich sie vielleicht aufrichtig lieben. Kein allzu realistisches Szenario, zugegeben, aber Träumen war doch wohl erlaubt.

Und vielleicht, ja vielleicht dürfte ich dann irgendwann sogar nochmal von Joshua und mir träumen.

42

Unterdessen

Pastor Gabriel saß im Mondlicht auf der Bank des Pfarrgartens. Der Messias ruhte im Gästezimmer, und aus der Ferne hörte man, wie der Turnschuhpfarrer seine schreckliche E-Gitarre spielte. Dass es sich bei dem Song merkwürdigerweise um This is the end of the world as we know it *handelte, erkannte Ga-*

briel nicht. Es war ein furchtbarer Tag für ihn gewesen. Er hatte seine geliebte Silvia aus dem Haus geworfen, und auch wenn sie mehrfach beteuerte, dass sie nicht des Satans sei, und wütend schrie, dass sie ganz in der Nähe eine exzellente geschlossene Psychiatrie kenne, die sie Gabriel empfehlen könne, glaubte er ihr nicht. Er glaubte ihr auch nicht, als sie weinen musste und damit sein Herz erweichen wollte. Und erst recht nicht, als sie ihm mit tränenerstickter Stimme gestand, dass sie ihn mittlerweile wirklich liebe.

Er wandte den Blick vom Mond und starrte in den dunklen Garten. Er fühlte sich einsamer als je zuvor, er hatte Silvia verloren.

In diesem Moment begann der Dornbusch vor ihm spontan zu brennen.

Diese Begegnung hatte ihm gerade noch gefehlt.

«WARUM IST MEIN SOHN NICHT AUF DEM WEG NACH JERUSALEM?», wollte der brennende Dornbusch wissen. Seine imponierende Stimme war nicht wirklich laut, dennoch hatte man das Gefühl, sie würde die ganze Welt erfüllen.

Gabriel wäre am liebsten geflohen. Aber da Gott ja omnipräsent war, würde er ihm wohl überall erscheinen: als brennende Palme auf den Malediven, als brennender Tannenbaum in Norwegen oder brennender Bonsai in Japan. Es gab kein Entrinnen. Also riss sich Gabriel zusammen und überlegte, wie er seinem Herrn am besten beibringen konnte, dass dessen Sohn Satan auf den Leim ging.

«Ähem, Herr, wie soll ich sagen, es gibt da eine Komplikation …»

«KOMPLIKATION?» Der Tonfall klang nicht so, als ob der brennende Dornbusch derzeit eine hohe Toleranz gegenüber Komplikationen hatte. Und schon gar nicht gegenüber der Komplikation, die Gabriel ihm nun schildern musste.

«Tja, nun, das ist nicht einfach zu erklären», stammelte Gabriel.

«DANN ERKLÄRE ES UMSTÄNDLICH», bot der Dornbusch an.

Gabriel wollte am liebsten alles für sich behalten, wusste er doch, dass der brennende Dornbusch manchmal zu Überreaktionen neigte, da musste man nur mal die ägyptischen Pharaonen fragen. Doch Gabriel wusste auch, dass er dem Allmächtigen nichts verheimlichen konnte. So erklärte er mit zitternder Stimme, was sich zwischen Jesus und Marie bis dato zugetragen hatte, dabei sparte er keine Details aus:

«… und Salsa ist ein Tanz, bei dem man die Hüften eng aneinander bewegt …»

Der brennende Dornbusch schwieg und blickte – je länger der Vortrag andauerte – desto wütender drein. Am Ende von Gabriels Bericht war er so zornig, wie ein brennender Dornbusch nur zornig sein kann. Gabriel konnte die wütende Kälte, die der lodernde Dornbusch ausstrahlte, kaum ertragen. Aber er war auch etwas verwirrt: Gott war doch auch der Allwissende, warum gab es plötzlich Dinge, die ihm entgangen waren?

Er wollte gerade tapfer diese Frage stellen, da flammte der brennende Dornbusch meterhoch auf, und seine Stimme erklärte streng: **«WENN MEIN SOHN SICH NICHT MORGEN ABEND AUF DEM WEG NACH JERUSALEM BEFINDET, WERDE ICH DIESER MARIE PERSÖNLICH ERSCHEINEN.»**

43

Zumindest im Schlaf konnte ich noch von Joshua träumen: Wir beide machten Hand in Hand eine wunderschöne Bergwanderung, und als wir auf den sonnigen Gipfel gelangten, blickten wir uns tief in die Augen, unsere Lippen näherten sich, und wir hätten uns auch beinahe geküsst, wenn nicht Swetlana aufgetaucht wäre. Sie saß auf einem Hengst, der mich ansah und sagte: «Ich bin dein Vater.»

Entsetzt wachte ich auf. Als ich mich wieder beruhigt hatte, sah ich auf mein Handy, das ich auf stumm geschaltet hatte, und entdeckte, dass ich vierzehn Anrufe in Abwesenheit hatte. Sie waren alle von meiner Mutter, die in den letzten zehn Jahren nicht so oft angerufen hatte wie in dieser einen Nacht. Erschrocken und voller Sorge rief ich sie sofort an und hörte am anderen Ende ein tränenersticktes «Hallo?».

«Ist was passiert?», fragte ich unbeholfen.

Ich hörte nur ein Schweigen und dann ein Schluchzen und schließlich ein total verheultes: «Gbrllisssttttllllvrrcückt.»

«Grill ist total bestückt?»

«Gabriel!», schluchzte sie auf.

«Gabriel ist total bestückt?»

Was ging mich das an?

«Gabriel ist total verrückt!»

Na, das machte schon mehr Sinn. Ich bat meine Mutter, sich zu beruhigen, sie tat es leider nicht und heulte weiter. Ich versuchte, möglichst einfühlsam mit ihr zu reden: «Es ist gut, wenn du deinen Gefühlen freien Lauf lässt.»

«Komm mir jetzt nicht mit Psychogebrabbel!», schnauzte sie mich an.

«Dann hör auf zu flennen!», blaffte ich zurück. Das mit

dem «einfühlsam» musste ich noch üben. Aber mein An-
schnauzen zeigte Wirkung: Mama hörte auf zu heulen. Sie
entschuldigte sich und erzählte mir so ruhig wie möglich
von Gabriel, dass sie jetzt Gefühle für ihn habe, was nicht
zuletzt daran liege, dass wir uns versöhnt hätten und sich dadurch Blockaden bei ihr lösten und dass Gabriel sie nun weg-
geschickt habe, weil er glaubte, sie sei des Satans.

«Das ist alles nur eine Ausrede, weil er Bindungsangst
hat», schnaubte sie wütend. «Satan. Ich bitte dich. Den gibt es
genauso wenig wie einen Gott.»

«Oder genauso sehr», schluckte ich.

«Was?», fragte meine Mutter verblüfft.

«Ähem … vergiss es.»

Sie schluchzte nun wieder auf. Mann, Gabriel konnte
vielleicht froh sein, dass ich nicht wie Jesus in der Lage war,
ihn verdorren zu lassen. Kaum aber hatte ich diesen Vernich-
tungsgedanken zu Ende gebracht, war ich schon erschrocken.
Nicht, weil ich ein schlechtes Gewissen hatte, so etwas zu
denken, sondern weil in der Bergpredigt sinngemäß stand,
dass es genauso übel ist, jemandem den Tod zu wünschen,
wie ihn direkt zu töten. Na, das mit dem Umsetzen der Bergpredigt fing ja toll an.

«Ich werde mal mit Gabriel reden», bot ich Mama an.

«Das würdest du für mich tun?»

«Klar», antwortete ich. Wenn ich schon dabei war, die Welt
zu retten, könnte ich das doch auch mit der neuen Liebe meiner Mutter tun.

Nachdem ich aufgelegt hatte, zog ich mich an, ging die
Treppen runter und traf im Flur auf Swetlana. Jetzt galt es,
würde ich es schaffen, sie zu lieben? Ich sah in ihre Augen,
die umrandet waren von einem Flitter-Make-up, das außer

ihr eigentlich nur noch Transvestiten oder Revuetänzer bei «Holiday on Ice» trugen (wobei es sicherlich eine Schnittmenge dieser beiden Gruppen gab). Ich fragte mich, was ich mit dieser Frau tun könnte, von dem ich wollte, dass man es auch mit mir tat.

«Swetlana, wir haben in unserem Kaff ein schickes Café mit einem Superfrühstück, wollen wir da frühstücken gehen?», fragte ich schließlich.

«Wie bitte?» Swetlana war sichtlich irritiert, wenn nicht gar misstrauisch.

«Das wird bestimmt ein netter Tochter-Stiefmama-Vormittag», versuchte ich zu scherzen. Swetlana, die die Absurdität unserer zukünftigen Familienkonstellation sichtlich komischer fand als ich, musste lächeln und antwortete: «Einverstanden.»

Kurz darauf saßen wir in Malentes schickstem Café, und der Koch bereitete ihr vor unseren Augen ein Prachtomelett mit Schinken, Tomaten und Lauch zu. Noch stellte sich bei mir kein positives Gefühl zu ihr ein, geschweige denn Liebe, obwohl ich Swetlana so behandelte, wie ich wollte, dass man mich selbst behandelt. Aber höchstwahrscheinlich reichte Essen und Trinken dafür nicht aus. Was würde ich denn selbst noch wollen? Dass man sich für mich interessiert! Also versuchte ich mich für Swetlana zu interessieren: «Es … ist sicher schwer, in Weißrussland ein Kind allein aufzuziehen.»

«Das ist überall schwer», erwiderte sie.

Ich nickte zustimmend und dachte an die deutschen Augenringezombiemütter.

«Aber für mich war es besonders schwer, weil ich auch noch einen kranken Vater mitversorgen musste», erklärte Swetlana. «Deswegen habe ich auch im Akkord gearbeitet.»

«In der Fabrik?», fragte ich und biss in ein wunderbares Schokocroissant.

«Im Bordell», antwortete sie, und ich verschluckte mich an dem wunderbaren Schokocroissant.

Als ich zu Ende gehustet hatte, sagte sie leise: «Dein Vater weiß es schon. Und du sollst es auch ruhig wissen.»

Am liebsten hätte ich sofort das Gespräch beendet, aber das hätte sicherlich Bergpredigt-Minuspunkte gebracht. Also, was sollte ich tun? Mitgefühl zeigen? Hätte ich an ihrer Stelle nicht gewollt. Verständnis? Das schon eher.

«Okay, klingt nicht einfach …», stammelte ich. Sehr viel mehr Verständnis konnte ich für ihre Vergangenheit gerade nicht aufbringen.

«Ich hab dich nicht angelogen. Für mich ist dein Vater ein wunderbarer Mann. Noch nie war ein Mensch so gut zu mir.» Ihr Blick war ganz klar, wirkte aufrichtig. Und sie hatte immerhin ihre üble Vergangenheit zugegeben, das würde eine unredliche Frau wohl kaum tun. Ich entschied, ihr das zu geben, was ich mir in so einer Situation auch am meisten gewünscht hätte: Vertrauen.

«Es wäre schön, wenn du ihn glücklich machst», erklärte ich.

«Das werde ich versuchen», sagte sie, und es klang ehrlich.

Dann aßen wir unsere Omeletts. Am Ende des Frühstücks verstanden wir beide uns halbwegs. Und wir respektierten uns. Aber Swetlana zu lieben, das hatte ich nicht geschafft. Dennoch fand ich, dass meine Bemühungen zumindest ein anerkennendes «Immerhin» wert waren.

Ich wollte zu Joshua gehen, um ihn zu fragen, ob er meine Einschätzung teilte (und weil ich ihn vermisste und diese Frage ein guter Vorwand war, um ihn zu treffen). Doch schon auf dem Weg vor dem Pfarrhaus kam mir der sehr aufgewühlte Gabriel entgegen.

«Halt dich von ihm fern!», rief er mir schon von weitem zu und wirkte dabei ein bisschen wie ein Exorzist in Horrorfilmen aus den siebziger Jahren.

«Ihnen auch einen schönen guten Tag», erwiderte ich genervt.

«Halte dich von ihm fern!», wiederholte er drohend.

«Ich bin nicht des Satans», erklärte ich ihm so ruhig wie möglich.

«Genau das würde jemand sagen, der mit Satan im Bunde ist», zürnte er mit einer nicht gerade leicht zu widerlegenden Logik.

«Wie kann ich Ihnen beweisen, dass ich mit Satan nichts zu tun habe?»

«Indem du dich von Jesus fernhältst.»

«Das will und kann ich nicht», erwiderte ich.

Er blickte mich böse an, und für einen Augenblick hatte ich die Befürchtung, dass er gleich mit Kreuz und Weihwasserspritzpistole auf mich losgehen würde.

«Sie haben meiner Mutter sehr wehgetan», erklärte ich nun in einem ruhigeren Ton.

Das ließ Gabriel erst mal verstummen, und ich überlegte, wie ich ihm laut «Goldener Regel» begegnen konnte. Ich versuchte es wieder mit Verständnis, das hatte ja bei Swetlana auch geholfen: «Ich kann verstehen, dass Sie in so einer Zeit Angst haben, aber meine Mutter ist …»

«Halt den Mund!»

«Aber …»

«Halt den Mund!»

Ich hatte Schwierigkeiten, meinen Zorn zu unterdrücken.

Wie konnte ich Gabriel beruhigen? Was hätte ich denn an seiner Stelle gewollt?

«Wollen Sie einen Korn?», schlug ich unsicher vor.

Er blickte mich nun noch wütender an.

«Was wollen Sie denn dann von mir?»

«Dass du zur Salzsäule erstarrst.»

«Sie leben nicht gerade nach der Bergpredigt!», motzte ich zurück.

«Erzähl du mir nicht, wie man den wahren Glauben lebt.»

«Wenn Sie es doch nun mal nicht tun …»

«Verschwinde!»

«Ich denke gar nicht dran!»

«Verschwinde, es ist zu deinem eigenen Besten», insistierte er.

«Was zu meinem Besten ist oder nicht, weiß ich wohl am besten», hielt ich sauer dagegen.

«Du weißt gar nichts, du bist ein dummes, naives Kind!»

«Und Sie sind ein starrköpfiger, nerviger Greis!», platzte es aus mir heraus.

«Wie hast du mich genannt???»

«Ich hab Sie starrköpfigen, nervigen Greis genannt, Sie verbohrter alter Sack!»

Gabriel und ich standen uns Aug' in Aug' gegenüber.

In diesem Augenblick hörte ich eine Stimme hinter mir sagen: «Marie?»

Ich drehte mich erschrocken um und sah Jesus. Er hatte alles mit angehört, war aber nicht sauer auf mich, sondern nur enttäuscht. Tief enttäuscht. Ich schluckte, wusste nicht, was ich ihm sagen sollte, und so ergriff Gabriel als Erster das Wort: «Herr …»

«Lass uns bitte allein», bat Jesus.

«Aber …»

«Bitte.» Jesus sagte es ruhig, aber so bestimmt, dass Gabriel nicht mehr widersprechen mochte. Er sah mich nur noch kurz mit wütend blitzenden Augen an und trollte sich dann ins Pfarrhaus.

«Wollen wir etwas spazieren gehen?», fragte Jesus, und ich nickte stumm.

Wir beide gingen schweigend vom Pfarrhaus weg. Fast automatisch führte uns der Weg zu unserem Stammplatz am See. Als wir uns auf den Steg setzten, beendete Jesus endlich das drückende Schweigen und stellte fest: «Es sieht mir nicht danach aus, als ob du den Geist meiner Worte erkannt hast.»

«Ich hab noch bis heute Nachmittag», widersprach ich leise.

«Wirst du denn bis dahin nach der Bergpredigt leben können?», fragte Jesus, in seinen Augen lag so etwas wie eine kleine Resthoffnung.

«Ja klar», antwortete ich.

«Ehrlich?»

«Nein.»

Jesus blickte mich erstaunt an. Ich überlegte, ob ich ihm erklären sollte, dass man nicht von einem Tag auf den anderen alles in der Bergpredigt beherzigen könne, dass ich Zeit bräuchte, um das alles umsetzen zu können, so schätzungsweise fünf bis vierzig Jahre.

«Das … schafft man nicht so schnell …», stammelte ich schließlich.

«Meine Jünger, bis auf Judas, haben es sofort nach meiner Predigt tun können.»

«Vielleicht … vielleicht muss man live dabei gewesen sein», argumentierte ich eher schwach.

«Maria Magdalena hat auch danach gelebt, nachdem Petrus ihr von der Bergpredigt berichtet hatte.»

Na, wunderbar. Jetzt redete er auch noch über seine Ex! Im Schatten von Exfreundinnen zu stehen ist ja nie angenehm, aber ich stand wohl gerade in dem größten Exfreundinnen-Schatten der Weltgeschichte. Was sollte ich jetzt noch tun? Um die Welt zu retten? Und unsere Freundschaft? Durfte ich vielleicht sogar von «Liebe» reden? Von meiner Seite schon. Aber von seiner? Nun, manchmal sah er mich so an … wenn er Joshua war … nicht Jesus. Aber das würde er wohl nie wieder tun.

Oder? Was riet nochmal die goldene Regel? Ich sollte tun, was ich wollte, das man mit mir macht!

Bei dem Anblick seines wunderschönen Gesichtes wollte ich nur noch eins, bevor Joshua nach Jerusalem fuhr: von ihm geküsst werden! Was hatte ich denn jetzt noch zu verlieren? Also beugte ich mich auf dem Steg langsam zu ihm. Ich nahm sein wunderbares, sich leicht rau anfühlendes Gesicht in meine beiden Hände und näherte mich mit meinen Lippen den seinen.

Der überraschte Joshua stammelte nur: «Marie …»

Ich sagte nur leise: «Schhh … Das ist alles im Sinne der Bergpredigt.»

Bevor der überrumpelte Joshua fragen konnte, wieso es das sei, küsste ich ihn.

Nur ganz leicht.

Wie ein Hauch.

Die Berührung unserer Lippen dauerte nur einen fast kaum wahrnehmbaren Wimpernschlag.

Aber für diesen einen Wimpernschlag fühlte ich mich wie im Himmel.

44

Unterdessen

Satan stand vor der Arztpraxis, in der Kata sich einen drin-
genden Termin hat geben lassen, da sie schon seit fast vierund-
zwanzig Stunden ohne Schmerzen war. Der Fürst der Finsternis
war diesmal nicht als George Clooney unterwegs, sondern als
die schlanke schwarze Soul-Diva Alicia Keys. Er wusste, dass er
so Katas Schönheitsideal am nächsten kam. Obwohl er die Seele
der Zeichnerin schon besaß, wollte er besonders verführerisch für
sie wirken, faszinierte sie ihn doch sehr. Wenn er die Endschlacht
gewinnen sollte, könnte sie vielleicht neben ihm auf dem Thron
sitzen, den er aus den Knochen des Messias erbauen wollte.

«Hey, Schoko!», wurde Satan plötzlich aus seinen Gedanken
gerissen. Zwei halbwüchsige Skinheads näherten sich ihm. Nor-
malerweise waren tumbe Skins ja eine seiner Kernzielgruppen –
und dass er sich in der Hölle mit solchen Typen befassen musste,
war ein weiterer Aspekt seines Jobs, der ihn zunehmend depri-
mierte –, aber diese Skinheads waren gerade auf Krawall aus.

«Verpiss dich aus unserem Ort, Negerschlampe!», drohte der
Kräftigere der beiden.

«Tu mir den Gefallen und lauf mit vollem Tempo gegen die
Wand», bedeutete ihm Satan mit seiner souligen weiblichen
Stimme, und der Skin lief – wie ihm geheißen – mit Anlauf ge-
gen die nächste Backsteinmauer. Der andere Skinhead wurde
bleich, als er das sah.

«Und du», sprach Satan zu ihm, «geh in das nächste asiatische
Kung-Fu-Studio und sag zu dem Großmeister dort: ‹Gelber
Sack.›»

«Wird gemacht.» Der Skinhead rannte eifrig davon.

Da trat endlich Kata aus der Praxis heraus. Den am Boden

liegenden Skinhead nahm sie gar nicht wahr. Sie war viel zu verwirrt. Sie war auch erleichtert, aber hauptsächlich verwirrt. Der Tumor war weg! Wie durch ein Wunder. Es war unfassbar. Hatte der Jesus-Freak was damit zu tun oder der durchgeknallte Clooney? Plötzlich sah sie Alicia Keys vor sich stehen. Kata rieb sich die Augen.

«Hallo», sagte Alicia Keys.

«Hallo …», antwortete Kata, es gab keinen Grund für sie, unhöflich zu sein.

«Darf ich mich vorstellen? Ich bin Satan», erklärte Alicia Keys.

Zum Beweis verwandelte sie sich, begleitet von einem furchtbaren Schwefelrauch, in ein Wesen mit blutrotem Gesicht, Hörnern, Hufen und einem ziemlich hässlichen Schweif. Um den ganzen Körper herum loderten Flammen, die Satan selbstverständlich nicht verbrannten. Er zeigte sich so nur für kurze Zeit, dann verwandelte er sich wieder zurück in Alicia Keys, und die Flammen verschwanden ebenfalls. Als sich der Schwefelgestank verzog und Kata ihre Sprache wiedergefunden hatte, sagte sie tapfer: «Wow, du hast echt gute Special Effects.»

«Und ich habe deine Seele», grinste Alicia.

Kata schluckte, das machte ihr nun richtig Angst. Dabei hatte sie bis vor einer guten Sekunde nie daran geglaubt, dass es so etwas wie die Seele überhaupt gab.

«Ich ahne, was du jetzt denkst», sagte Satan grinsend. «Du fühlst dich betrogen von mir. Aber c'est la vie, ich bin Satan, da liegt das mit dem Betrügen und Betrogenwerden in der Natur der Sache. Sicher überlegst du auch, ob du deine Seele wiedergewinnen kannst, indem du mich ebenfalls austrickst. Das denken alle Menschen, aber es hat noch keiner geschafft.»

Kata verzog das Gesicht.

«Ich ahne auch, was du jetzt denkst. Dass du die Erste sein

wirst, der es gelingt. Das hoffen ebenfalls jede Menge Menschen. Ihr habt alle einfach zu viele Geschichten in Romanen gelesen oder im Kino gesehen, in denen so etwas Unrealistisches geklappt hat.»

Alicia Keys lächelte, während Kata darüber nachdachte, dass ihre Schwester wohl doch mit dem echten Jesus unterwegs war. Vielleicht könnte der ihr helfen. Sie müsste nur schnell zu Marie rennen und ...

Aber Satan dachte gar nicht daran, Kata nach Hause zu lassen.

«Ich werde dir jetzt deine Reiterkollegen vorstellen», erklärte Satan.

«Reiter?» Kata verstand gar nichts mehr. Was wollte er? Mit ihr auf die Fuchsjagd?

Satan schnippte mit den Fingern, und plötzlich befand Kata sich mit ihm nicht mehr vor der Arztpraxis, sondern an einem Außentisch der Malenter Gelateria. Dort saßen die beiden nicht allein.

«Darf ich dir vorstellen», erklärte Satan, «dieser Herr wird der apokalyptische Reiter namens Krieg ...» Er zeigte auf Maries Exbräutigam Sven.

«... und dieser hier der apokalyptische Reiter namens Hunger.» Er zeigte auf einen Mann, der eine Pastorenrobe trug und darunter Turnschuhe.

«Und du wirst zur Reiterin namens Krankheit.»

Kata begriff nicht mal die Hälfte von dem, was da geredet wurde. Sie wusste nur eins: Sie wollte aus der Nummer raus.

«Ich verschwinde!», sagte sie mit allem Mut, den sie aufbringen konnte.

«Das würde ich an deiner Stelle nicht tun», lächelte Alicia Keys.

«Wenn ich das recht verstehe», hielt Kata nun dagegen, «dann *bekommst du meine Seele doch erst, wenn ich tot bin. Also kann ich machen, was ich will. Zum Beispiel jetzt gehen.»*

«Ja, aber ich kann dich jederzeit töten», lächelte Satan und ließ aus seiner weiblichen schwarzen, perfekt manikürten Hand einen Feuerball hervorlodern.

Kata erwiderte schluckend: «Ist bestimmt nützlich, wenn mal im Auto der Zigarettenanzünder nicht funktioniert.»

«Und wenn du tot bist, habe ich deine Seele, dann wirst du bis in alle Ewigkeiten als Strafe dafür, dich mir widersetzt zu haben, deine Tumorschmerzen erleiden müssen.»

Eine unglaubliche Furcht durchströmte Kata, diese Schmerzen sollte sie ewig haben? Sie drehte nur deshalb noch nicht völlig durch vor Angst, weil sie sich an eine einzige kleine Hoffnung klammerte: dass sie der erste Mensch sein könnte, der Satan die Seele wieder abtrickst.

45

Nach dem Kuss war ich wie benommen. Joshua auch. Wir starrten eine ganze Weile auf den See. Wir waren nicht mehr Marie und Messias. Wir waren nur noch zwei völlig verunsicherte Mittdreißiger.

«Verzeih, verzeih, das war keine gute Idee von mir», stammelte ich schließlich.

«Eine törichte Idee», bestätigte er mit unsicherer Stimme.

«Die törichtste Idee der Welt», legte ich noch eins drauf.

«Nein, das war Petri Gedanke, er könne ebenfalls auf dem Wasser gehen.» Joshua musste nun lächeln.

Ja, er lächelte. Leicht, aber er lächelte. War er mir nicht böse?

«Bist du mir nicht böse?»

Er zögerte etwas, dann sagte er: «Nein, das bin ich nicht.»

Er war es nicht!

Was bedeutete das? Hatte ihm der Kuss gefallen? Wollte er gar mehr? Ich wollte jedenfalls mehr! Aber sollte ich mein Glück herausfordern? Es nochmal versuchen?

So viel Mut hatte ich dann doch nicht. Ich beschloss, erst mal etwas weiter verunsichert auf den See zu starren.

«Manchmal ...», hob Joshua auf einmal zu reden an, um gleich wieder aufzuhören.

«Manchmal ...?»

«Manchmal frage ich mich, ob sich hinter dem Jüngsten Gericht nicht ein anderer göttlicher Plan verbirgt und ob vielleicht doch kein ewiges Bestrafen über die Sünder kommen wird.»

«Ein anderer Plan?», fragte ich nach.

«Ich weiß nicht welcher ... aber Gottes Wege sind wunderbar.»

«Eher wunderlich ...», nuschelte ich.

«Wie bitte?»

«Ähem ... nichts, nichts.»

Wir starrten nun wieder gemeinsam verunsichert auf den See. Und dann – so als ob der Kuss alle Schleier von mir genommen hatte – sah ich auf einmal einen Ausweg aus dem ganzen Dilemma: «Warum wandelst du nicht erst mal ein paar Jahre auf der Welt?»

Joshua blickte mich erstaunt an: «Ich soll das Jüngste Gericht verschieben?»

«Genau, dann kannst du den Menschen zeigen, wie sie

nach der Bergpredigt leben können», erklärte ich total aufgeregt, «und ein paar mehr Seelen retten.»

Auch Joshua schien dieser Gedanke zu elektrisieren: «Das ist ein wunderbarer Gedanke.»

Und mich elektrisierte der Gedanke, dass ein Gedanke von mir ihn elektrisierte.

«Würdest du mich denn begleiten?», fragte er.

Er wollte mich mitnehmen? So als Jüngerin? Tief in mir spürte ich, dass ich mich nicht unbedingt zur Top-Jüngerin eignen würde.

«Ähem … ich muss dann doch nicht in Höhlen schlafen?», fragte ich.

«Nein», lachte er auf, «das musst du nicht.»

«Dann … gerne.»

Wir lächelten uns an. Sein Lächeln war so wunderbar. Am liebsten hätte ich wieder sein Gesicht in meine Hände genommen und ihm noch einen Kuss gegeben. Aber ich hielt mich gerade noch mit aller Macht zurück.

«Warum setzt du dich auf deine Hände?», fragte er irritiert.

«Nur so …», stammelte ich.

Wir schwiegen wieder etwas, und auf einmal sagte Joshua: «Ich würde gerne deine Hand in meine nehmen.»

«Dann … tu es doch», forderte ich ihn mit vor Aufregung pochendem Herzen auf.

«Du sitzt auf deinen Händen.»

«Oh … o ja …», stammelte ich und befreite meine Hände.

So saßen wir erneut händchenhaltend auf dem Steg. Ich war glücklich. Und er auch. Er schien durch meinen Vorschlag seine Mitte gefunden zu haben, denn in diesem Augenblick war er zu gleichen Teilen Messias und Joshua.

Nach einigen Minuten des wunderbaren gemeinsamen Da-sitzens auf dem Steg wurde es wieder Zeit für einen meiner beliebten «Ich kann jeden noch so schönen Augenblick zer-stören»-Auftritte.

«Wird Gott nicht etwas dagegen haben?», fragte ich und meinte sowohl mein Händchenhalten mit Joshua als auch dessen neuen Plan, noch einmal auf der Welt zu wandeln.

«Ich werde zu ihm beten und hoffen, dass er Verständnis haben wird», antwortete Joshua. Dabei klang er zuversicht-lich und entschlossen. Dass er doch ein bisschen unsicher war, spürte ich nur daran, dass er den Händedruck löste.

«Es wäre freundlich von dir, wenn du mich nun für dieses Gebet alleine ließest», bat er.

«Klar, klar … selbstverständlich», antwortete ich, verließ den Steg, auch wenn es mir schwerfiel, mich von ihm zu tren-nen.

Ich ging auf dem Uferweg davon. Dabei malte ich mir aus, wie sich mein Leben nun ändern könnte: Marie aus Malente würde mit Jesus durch die Welt ziehen! Das klang verrückt. Aber auch wunderschön. Würden Joshua und ich uns auf die-ser Reise noch einmal küssen? Allein die Vorstellung daran versetzte mich in helle Aufregung, mir wurde feurig heiß bei dem Gedanken … was aber auch an dem Dornbusch hätte liegen können, der vor mir auf einmal brannte.

«*MARIE!*», sagte plötzlich eine Stimme. Sie war impo-nierend, beängstigend und wunderschön zugleich. Aber vor allen Dingen: SIE KAM AUS DEM VERDAMMTEN DORN-BUSCH!

Ich suchte mit meinen Augen die Gegend nach Lautspre-chern oder Ähnlichem ab.

«*WIR MÜSSEN MITEINANDER REDEN.*»

Es gab keine Lautsprecher. Es war wirklich der Dornbusch, der da sprach.

«Bist du der, von dem ich befürchte, dass du es bist …?», fragte ich den brennenden Dornbusch und redete somit das erste Mal in meinem Leben mit Pflanzen.

«JA, DAS BIN ICH.»

46

«Scotty an Brücke.»

«Was ist?», fragte Kirk.

«Ich kündige!»

«DU HÄLTST MEINEN SOHN VON SEINER AUFGABE AB.»

Ich wusste nicht, was ich antworten sollte, wie ich zu Gott sprechen sollte. Instinktiv wollte ich mich demütig entschuldigen, aber meine Stimme …

«Ch… r…» … versagte komplett.

«ANTWORTE.»

«Ch… r…»

«DU MUSST KEINE FURCHT VOR MIR HABEN.»

«Keine Furcht» – Komiker!

«MÖCHTEST DU EINE ANDERE ATMOSPHÄRE FÜR UNSER GESPRÄCH?»

«Ch… r…», antwortete ich und versuchte dabei so etwas wie ein Nicken.

«DU REAGIERST WIE EINST MOSES …», sagte der Dornbusch, und seine Stimme klang vergnügt. Eine Stimmung, die dem Dornbusch selber allerdings nicht anzusehen war.

Einen Augenblick später war der Uferweg um mich herum verschwunden, und ich befand mich in einem englischen Landhaus, so wie man es aus Jane-Austen-Verfilmungen wie «Sinn und Sinnlichkeit» kennt. Die Möbel waren aus dem neunzehnten Jahrhundert, der Duft von schwarzem Tee und erlesenen Orchideen lag in der Luft, und ich hatte sogar ein schönes beigefarbenes altenglisches Kleid an mit einem Korsett, das mich aber dankenswerterweise überhaupt nicht einschnürte, sondern sich wie ein Hauch von Seide um meinen Schwabbelbauch wölbte. Durch das Fensterglas konnte man einen Garten mit einem Rasen sehen, den außer englischen Gärtnern niemand in der Welt so millimetergenau mähen konnte. Natürlich wusste ich, dass ich mich nicht mehr in unserer Welt befand, Gott hatte nur eine Atmosphäre ausgesucht, die ich immer besonders schön fand, wenn ich sie in Filmen sah, und die ich daher gelegentlich in meinen Tagträumen zu besuchen pflegte. Vielleicht hatte Gott das Ganze extra für mich erschaffen, vielleicht lag dieser Ort aber auch nur in meiner Einbildung. Eigentlich war es ja auch egal, solange er mir nicht wieder als brennender Dornbusch erschien.

Ich klopfte auf einen Holztisch, der fühlte sich jedenfalls verdammt echt an. Ich ging durch eine Glastür auf die Terrasse, setzte mich dort in einen altmodischen, aber äußerst bequemen Liegestuhl, genoss die Wärme der Sonnenstrahlen in meinem Gesicht und lauschte dem Vogelklang. Der wunderbare Spätsommerabend in dem Landhaus war Balsam für meine verwirrte Seele. Das Einzige, was mir noch etwas unheimlich vorkam, war die Tatsache, dass Gott genau gewusst hatte, dass ich immer mal durch ein englisches Landhaus des neunzehnten Jahrhunderts flanieren wollte. Theoretisch war mir natürlich klar, dass Gott alle Geheimnisse von einem kannte, sonst hätte man ihn ja nicht den Allwissenden, sondern maximal den Halbwissenden genannt, aber als ich dann in der Praxis merkte, dass er auch über solche Kleinigkeiten wie meine Vorliebe für Jane-Austen-Verfilmungen Bescheid wusste, da schämte ich mich doch, nicht zuletzt, weil ich mich daran erinnerte, dass ich in einstigen verzweifelten Single-Zeiten mir in der Phantasie in so einem Landhaus ein erotisches Abenteuer mit Mister Darcy ausgemalt hatte.

Doch in diesem wunderbaren Garten konnte man sich einfach nicht lange schämen oder Sorgen machen. Als ich schließlich völlig tiefenentspannt in der Abendsonne saß, fragte eine Stimme hinter mir: «Geht es dir gut?»

Eine Frau in meinem Alter betrat vom Landhaus her die Terrasse. Sie sah aus wie Emma Thompson, hatte ein bezauberndes, strahlend weißes Kleid an, das bis auf den Boden wallte, und lächelte so freundlich, wie ich niemanden zuvor habe lächeln sehen.

«Mir geht es sehr viel besser», antwortete ich ihr.

«Das ist fein», erwiderte Emma.

«Ja, das ist es», bestätigte ich.

«Möchtest du etwas Darjeeling?»

Eigentlich mochte ich ja lieber Kaffee und da besonders Latte macchiato, aber da der ja nicht zu der Landhaus-Atmosphäre passte, antwortete ich: «Ja, sehr gerne.»

Emma Thompson nahm eine Kanne Tee von einem dreibeinigen Beistelltischchen, das ich zuvor nicht gesehen hatte – war es vielleicht gerade erst erschienen? –, und schenkte mir den Tee in eine weiße, ganz feine Porzellantasse mit rotem Blumenmuster ein. Ich nahm einen Schluck, und er schmeckte überraschenderweise nach Latte macchiato, um genau zu sein, nach dem besten Latte, den ich je getrunken hatte.

«Ich glaube, so magst du deinen Tee am liebsten», lächelte Emma Thompson. Es war ein so schönes, freundliches, gar liebevolles Lächeln, da konnte ich gar nicht anders, als zurückzulächeln.

«Ist das hier der Himmel?», wollte ich wissen.

«Nein, das hier habe ich extra für dich erschaffen.»

«Es muss praktisch sein, Gott zu sein», antwortete ich bei dem Anblick des wunderbaren Gartens.

«Ja, das ist es», lachte Emma/Gott.

«Bist du immer eine Frau?» Ich hatte dank der wunderbaren Atmosphäre keine Angst, Fragen zu stellen.

«Ich könnte dir mein wahres Aussehen zeigen, aber ich sollte dies besser nicht tun.»

«Warum nicht?»

«Weil du bei dem Anblick wahnsinnig werden würdest.»

«Das ist ein gutes Argument», erwiderte ich, jetzt hatte ich doch wieder ein bisschen Angst. Daher verzichtete ich darauf, weitere Fragen zu stellen, deren Antworten ich schon immer mal wissen wollte: Was gab es, bevor Gott das Universum erschaffen hatte? Hat es das Paradies wirklich gegeben? Was zum Geier hat Gott sich bei der Erfindung der Monatsregel gedacht?

Oder bei der Erfindung von Tumoren?

Stattdessen nahm ich noch einen Schluck Darjeeling-Latte und blickte hinunter auf den wirklich sehr akkurat geschnittenen Rasen.

«Seit über zweitausend Jahren habe ich mit keinem Menschen mehr so gesprochen wie mit dir», erklärte Emma/ Gott.

Ob ich es wollte oder nicht, das schmeichelte meinem Ego. Ich sah wieder hoch und fragte: «Hast du damals Moses auch zum Tee eingeladen?»

«Nein, er wollte nach all den Jahren in der Wüste einfach nur mal wieder gesäuertes Brot essen», antwortete Emma/ Gott und nippte an ihrer Tasse Tee. Dann kam sie endlich zu dem Thema, weswegen sie mich zu sich geholt hatte: «Du hältst meinen Sohn von seiner Aufgabe ab.»

«Ja ...», gab ich zu, was sollte ich das groß leugnen?

«Du liebst ihn?»

«Ja», auch das konnte ich nicht groß leugnen.

«Auf eine Art, wie du es eigentlich nicht tun solltest?»

«Hmm ...», nuschelte ich ausweichend. Natürlich wusste ich, dass meine Gefühle für Joshua nicht der Norm entsprachen, aber sie fühlten sich halt richtig an. Wie konnten sie da falsch sein?

«Lass ihn bitte in Ruhe», bat Emma/Gott sanft und nahm einen weiteren Schluck Tee.

«Nein, das werde ich nicht», platzte es aus mir heraus.

Emma/Gott ließ von der Tasse Tee ab und blickte mich mild erstaunt an. Noch erstaunter war allerdings ich, dass ich es gewagt hatte, Gott zu widersprechen. Das war sicherlich noch niemandem gut bekommen.

«Du willst nicht von ihm ablassen?», fragte sie.

«Nein.» Jetzt war es eh zu spät, um noch die Kurve zu bekommen.

«Du zweifelst an meinem göttlichen Plan?» Emma/Gott lächelte nun nicht mehr.

«Ja ...», erwiderte ich mit zittriger Stimme, ich hatte mich ja eh schon tief reingeritten, da konnte ich auch gleich munter weitergaloppieren. Ich verstand einfach nicht, warum der Feuersee sein musste oder damals die Sintflut (als kleines Mädchen hatte ich mir ausgemalt, wie drei Pinguinfreunde – ich nannte sie Pingi, Pongo und Manfred – auf die Arche zuwatschelten und dort von Noah erfuhren, dass nur zwei mitdürften. Pingi und Pongo watschelten schneller die Laderampe zum Schiff hoch, und Manfred musste zurückbleiben, für den Rest seines Lebens enttäuscht von seinen Freunden. Wobei der Rest des Lebens für den kleinen Pinguin nicht allzu lange andauerte, da es schon zu regnen begann).

«Du zweifelst an meiner Güte?», wollte Emma/Gott nun von mir wissen.

«Es ist nun mal schwer zu erkennen, ob du der liebende oder der strafende Gott bist», erwiderte ich tapfer.

«Ich bin der liebende Gott», kam die klare Antwort.

Das überzeugte mich nicht, ich dachte nur bei mir: Erklär das mal Manfred, dem Pinguin.

«Aber», so fuhr Emma/Gott fort, «ich bin auch der strafende Gott.»

Diese göttliche Logik verstand ich, wie so viele andere göttliche Logiken, nicht, was man mir wohl auch ansah.

«Ihr Menschen seid meine Kinder, und wie Kinder wachst ihr auf und verändert euch permanent», erklärte sie nun. «Ihr seid nicht mehr die gleichen wie im Paradies. Oder bei der Sintflut. Und wie Kinder muss man euch erziehen, und je älter ihr werdet, immer auf eine andere Art und Weise.»

«Ah ja …» Langsam dämmerte es mir. Die Menschheit war im Paradies bei Adam und Eva ein unschuldiges Baby, dann bei Sodom und Gomorrha ein wild herumpubertierender Teenager. Gott aber war stets der liebende Elternteil, der mal nett, aber auch mal streng war, nach dem Motto: «Wenn du noch einmal so rumtobst, gibt es Fernsehverbot.»

Und wie sagte Jesus doch sinngemäß: Die genauen Benimmregeln im Hause Gottes waren für jedermann in der Bibel nachzulesen, Gott war also eine konsequente Mutter (oder Vater oder was auch immer) mit klaren Ansagen.

Wenn man es so recht bedachte, war sie sogar ein ziemlich geduldiger Elternteil. Schließlich haute sie nur alle paar tausend Jahre mal wütend auf den Tisch und ließ ihren Kindern ansonsten jede Menge Freiheiten, sich zu entwickeln, Fehler zu begehen, diese zu korrigieren, nur um wieder neue Fehler zu begehen. Sie war also, wenn man den Erziehungsratgebern Glauben schenken darf, eine idealtypische Mutter.

Aber obwohl alles nun etwas mehr Sinn ergab, dachte ich mir: Musste sie unbedingt mit Strafandrohung erziehen? Klar, es gab viele Menschen, die vielen egoistischen Impulsen nicht folgten, weil sie Angst davor hatten, im Jenseits dafür bestraft zu werden – von daher war es wirksam. Aber musste es gleich eine ewige Hölle sein, reichte nicht auch ein allgemeines Fernsehverbot?

Außerdem gab es da noch etwas, das ich nicht verstand: «Musste es das Kreuz sein?»

«Wie bitte?», fragte Emma/Gott überrascht.

«Kreuzigen ist so eine qualvolle Art zu sterben, hätte es nicht auch ein Schlaftrunk getan?»

Jetzt, wo ich Joshua kannte, bewegte mich sein Leiden viel mehr als noch wenige Tage zuvor in der Kirche.

«Macht das ein liebender Vater … eine liebende Mutter …?», fragte ich mit vorwurfsvoller Stimme.

«Nicht ich, sondern die Menschen haben ihn ans Kreuz gebracht», korrigierte mich Emma/Gott in sanftem Ton.

«Aber warum hast du es zugelassen?» Ich ließ da jetzt nicht locker.

«Weil ich euch Menschen den freien Willen gegeben habe.»

Da waren wir wieder bei der Frage aller Fragen, die ich mir schon damals mit vierzehn bei meinem ersten Liebeskummer gestellt hatte: Warum hat Gott den Menschen den freien Willen gegeben, wenn die damit so unglaublich blöde Dinge anstellen?

«Weil …», so hob Emma/Gott an – anscheinend hatte sie meine Gedanken gelesen oder zumindest erraten –, «weil ich euch liebe.»

Ich blickte in ihre Augen, sie schien die Wahrheit zu sagen.

«Oder würdest du ohne freien Willen leben wollen, Marie?»

Bei dieser Frage schossen mir Bilder von den Menschen in Nordkorea, von Scientology-Mitgliedern wie Tom Cruise und anderen willenlosen Zombies durch den Kopf.

«Nein …», antwortete ich.

«Siehst du», lächelte Emma/Gott liebevoll. Sie liebte uns Menschen anscheinend wirklich. Vielleicht hatte sie ja die Menschheit deswegen erschaffen, weil sie jemand vermisste, den sie lieben konnte. Ja, vielleicht war Gott vorher in dem perfekt eingerichteten, von Menschen noch nicht bevölkerten und dadurch auch noch nicht durcheinandergebrachten Universum einsam gewesen. So wie ein Paar, das allein ein unglaublich großes Haus bewohnt, dessen Kinderzimmer noch unbewohnt sind, und das sich daher sehnsüchtig Kinder wünscht, die das Haus mit Gelächter, Gebrüll und mit am Boden festgetretenem Kaugummi erfüllen. Für einen kurzen Augenblick hatte ich Mitleid mit Gott, der einst ganz allein im Universum war und sich sicherlich schrecklich einsam hat fühlen müssen.

«Du bist der erste Mensch, der Mitgefühl mit mir hat», erklärte sie nett schmunzelnd, nahm meine Hand in ihre – sie fühlte sich ganz warm und menschlich an – und ergänzte: «So wie du Mitgefühl mit meinem Sohn hast.»

Sie schien die erste potenzielle Schwiegermutter zu sein, die mich mochte.

«Aber …», hob Emma/Gott wieder an, «wenn du bei ihm bleibst, wird mein Sohn unglücklich.»

«W… wieso?», fragte ich und fürchtete die Antwort.

«Weil er sich dann von mir abwenden muss», erklärte Emma/Gott und rührte dabei nachdenklich in ihrem Tee. Sie wirkte traurig bei dem Gedanken. Diesen einen Menschen, den liebte sie noch mehr als alle anderen, und sie wollte ihn auf gar keinen Fall verlieren.

«Und wenn er sich von mir abwendet …», hob Emma/Gott betrübt wieder an.

«… würde Joshua das unendlich wehtun und sein Herz zerreißen», brachte ich den traurigen Gedanken zu Ende.

«Du bist ein kluges Menschenkind», sagte sie mit ernster Stimme.

«Du befiehlst mir also, mich von ihm fernzuhalten?»

«Nein, das tue ich nicht.»

«Nicht?», fragte ich.

«Du hast einen freien Willen, es ist deine Entscheidung.»

In diesem Augenblick verschwanden um mich herum der Garten, das Landhaus, das Porzellangeschirr, einfach alles, aber vor allen Dingen verschwand Emma Thompson, und ich fand mich in meinen eigenen Klamotten am Uferweg des Malenter Sees wieder, vor dem Dornbusch, der nicht mehr brannte und komplett unversehrt aussah.

Ich dachte über die Entscheidung nach, vor der ich stand:

Würde ich bei Joshua bleiben, würde er daran zerbrechen, dass er Gott zuwiderhandelte. Trennte ich mich von ihm, endete mein alberner, kindischer Traum von der Liebe zu Joshua.

Ich hatte also nur die Wahl zwischen zwei ziemlich üblen Übeln! Toller freier Wille.

47

Frustriert stand ich vor dem ganz unschuldig wirkenden Dornbusch und beschimpfte ihn: «Das ist alles nicht fair von dir!»

«Du redest mit einem Gestrüpp, Marie?», fragte Joshua hinter mir erstaunt, und ich erstarrte auf der Stelle. Da ich mich nicht zu ihm drehte, ging Joshua um mich herum, blickte in mein erstarrtes Gesicht und fragte mich: «Ich dachte, du bist schon längst bei dir zu Hause?»

Was sollte ich nun tun, ihm von meinem Tea for two mit Gott berichten? Ich entschied mich dafür, Zeit zu gewinnen, indem ich etwas Nichtssagendes sagte: «Nein, ich bin nicht zu Hause.»

Joshua nickte, das sah er selber.

Wir schwiegen eine Weile, da kam mir plötzlich der Gedanke, dass Gott vielleicht seinen Sohn ebenfalls zum Tee eingeladen hatte, um mit ihm die Beziehungsproblematik zu bereden. Sie/Er/Es/Was auch immer war ja sicherlich in der Lage, zwei Besprechungen gleichzeitig abzuhalten. Daher fragte ich vorsichtig: «Und … hast du mit Gott gesprochen?»

«Ja, das habe ich», erwiderte Joshua, und mein Herz stockte fast vor Aufregung, vielleicht wusste er ja schon, dass ich mich entscheiden sollte, und würde mir daher vielleicht selber die Entscheidung abnehmen. Obwohl, das wollte ich dann doch lieber nicht, ich würde es wohl kaum ertragen können, wenn Joshua mit mir Schluss machte.

«Was … was hat er dir gesagt?», fragte ich aufgeregt.

«Nichts», antwortete Joshua etwas enttäuscht. Anscheinend hatte auch er sich mehr erhofft.

«Nichts???» Ich konnte es kaum fassen.

«Gott redet nur sehr selten mit den Menschen», erklärte Joshua.

«Verdammter Feigling!», rutschte es mir heraus.

«Was?» Joshua war doch leicht überrascht von meinem Fluch gegen Gott, der es anscheinend wirklich gänzlich mir und meinem freien Willen überließ, Joshua das Herz zu brechen.

«Ähem … ich meine … nicht dich», erklärte ich hastig.

Joshua sah sich um, aber weit und breit war niemand zu sehen, weder auf dem Weg noch in den Büschen und auch nicht auf den Bäumen.

«Wen meinst du dann?», fragte er irritiert.

«Ähem … den … den … den Baum!», stammelte ich, da ich ihm auch nicht sagen mochte, dass ich Gott beschimpfte, und schon gar nicht, warum ich es tat.

«Den Baum?» Joshua verstand nun gar nichts mehr.

Es war eine jener Konversationen, bei denen man gerne auf die Rückspultaste drücken möchte.

«Der Baum … ist ähem … ein Feigling, weil er seine Früchte nicht Gott darbietet», erklärte ich ein bisschen erleichtert, mit einer sowohl halbwegs plausiblen als auch biblisch klingenden Begründung noch die Kurve gekriegt zu haben.

«Das ist aber eine Tanne …», sagte Joshua verwundert, «die trägt nie Früchte.»

«Dennoch!», insistierte ich, in Ermangelung besserer Ausflüchte.

Vielleicht wäre ich noch weiter peinlich berührt von meinem idiotischen Gebrabbel gewesen, wenn nicht die Wut auf Gott wieder Oberhand gewonnen hätte, schließlich hatte der mich ja erst in diese Situation gebracht. Eins war klar, den nächsten Tee macchiato von dieser Frau würde ich ablehnen!

«Warum schaust du auf einmal so wütend drein?», fragte Joshua nun.

Wenn ich ihm jetzt die Wahrheit sagte, so dachte ich, würde er selbst wohl zornig werden auf seinen Gott, das erste Mal in seinem Leben. Aber wenn Joshua Gott zürnte, würde er darunter leiden und … und … und … Allein die Vorstellung, Joshua leiden zu sehen, ließ meine Wut verfliegen und mich traurig werden.

«Marie, was ist …?» Joshua war verwirrt, kein Wunder, hatte ich doch gerade mehr Stimmungsschwankungen als eine Frau in den Wechseljahren.

Die Frage war, was würde Joshua mehr wehtun? Ein Konflikt mit Gott? Oder auf mich zu verzichten? Das war nicht wirklich eine schwierig zu beantwortende Frage. Auf Gott könnte Joshua nie verzichten, dessen Sohn zu sein war sein Lebensinhalt, seine Bestimmung. Auf mich hingegen, ja, auf mich könnte er sicher locker verzichten – wie alle Männer zuvor auch.

So hart es für mich war – und vielleicht auch für ihn –, mein freier Wille hatte in diesem Augenblick die einzig mögliche Entscheidung getroffen: Ich musste die erste Frau werden, die mit Jesus Schluss macht.

«Ich … ich glaube, es ist nicht gut, wenn ich bei dir bleibe», sagte ich, unsicher nach den richtigen Worten tastend.

Joshua blickte verwirrt.

«Du musst deinen Weg gehen und ich den meinen», redete ich weiter.

«Du … du willst nicht bei mir bleiben?», fragte Jesus ungläubig.

«Nein …»

Joshua verstand einfach nicht, worauf ich hinauswollte. Kein Wunder, er hatte ja auch nicht so viel Erfahrung mit dem Abserviertwerden wie ich.

«Wir … passen nicht zusammen», sagte ich die Wahrheit und drosch damit dennoch eine der beliebtesten Schlussmachphrasen.

«Warum denn nicht?», fragte Joshua. Er war schon ein bisschen schwer von Begriff.

Das machte ihn nur noch liebenswerter. Und die ganze Sache für mich umso härter.

Sollte ich jetzt den Altersunterschied vorschieben? Ich war Mitte dreißig, er körperlich auch etwas über dreißig, aber de facto über zweitausend Jahre alt. Oder sollte ich vorschieben, dass ich es nicht wert bin, mit ihm zusammen zu sein, schließlich konnte er Wasser in Wein verwandeln, meine herausragende Fähigkeit hingegen war es, keine herausragende Fähigkeit zu haben.

«Es … es liegt nicht an dir … es liegt an mir», sparte ich die Details aus und merkte dabei, dass ich noch eine weitere beliebte Schlussmachphrase drosch. Wenn ich so weitermachte, würde ich am Ende noch «Wir können ja Freunde bleiben» sagen.

«Das … das … versteh ich nicht», antwortete Joshua.

«Schau mal», versuchte ich zu argumentieren, ohne von

Gott zu sprechen, denn ich wollte ja seinen Zorn nicht auf ihn lenken, «selbst wenn du das Jüngste Gericht ausfallen lässt und durch die Welt reist, um die Menschen zu bekehren, würden wir beide so platonisch leben wie du einst mit Maria Magdalena, und ehrlich gesagt, das wäre nichts für mich.»

Dass Kata immer sagte: «Plato war ein Vollidiot», behielt ich dann doch lieber für mich.

«Es wird anders werden als mit Maria Magdalena», widersprach Joshua.

«Ja?» Ich war nun völlig verdattert.

«Ich möchte endlich eine Liebe leben.»

Ich brauchte eine Weile, bis ich diesen Satz auch nur ansatzweise verarbeiten konnte. Joshua meinte es ernst. Das … war … unglaublich … Mir wurde heiß. Mir wurde kalt. Mir wurde wieder heiß. Jetzt hatte ich auch noch die Hitzewallungen einer Frau in den Wechseljahren.

«Ich glaube», erklärte Joshua, «ich habe es verdient, menschliche Nähe zu erfahren wie normale Menschen auch.»

Mein Kuss hatte lange verborgene Wünsche, die sich durch all seine Entbehrungen aufgestaut hatten, freigesetzt. Sämtliche Schutzbarrieren, die er sich einst in seiner Funktion als Messias aufgebaut hatte, waren eingerissen, und seine Gefühle lagen offen da. Er war nun ganz Mensch.

Und wenn ein Mensch Liebe verdient hat, dann er, nach all dem, was er durchgemacht hat.

Gut, vielleicht nicht unbedingt Liebe mit mir …

«Ich bin deine Liebe nicht wert …», sagte ich.

«Jeder Mensch …»

«Jetzt vergleich mich bitte nicht wieder mit dem Papst», unterbrach ich ihn.

«Jeder Mensch, der eine Liebe in sich trägt, wie du es tust, ist etwas Besonderes.»

Nach diesem Satz hatte ich viel größere Hitzewallungen als jede Frau in der Menopause.

Seine Hand berührte nun meine Wange, und sie zu spüren war fast so himmlisch wie unser Kuss.

«Es gibt da einen Wunsch, den ich einst auch bei Maria Magdalena verspürt hatte ...»

«Und welchen?», fragte ich, etwas abgekühlter – irgendwann musste man ihm mal beibringen, nicht ständig von seiner Ex zu reden.

«Mein Wunsch ist es ...», er stockte, «den wollte ich damals Maria Magdalena gestehen, aber dann sprach sie diese Worte, die mich davon abhielten ...»

Dann schwieg er, die Erinnerung schmerzte ihn.

Ich war aber nun viel zu neugierig, wollte wissen, was Maria Magdalena zu ihm gesagt hatte, aber noch viel interessanter war: «Was ist dein Wunsch?»

«Eines Tages ...», es kostete ihn unglaubliche Überwindung, diesen Wunsch zu äußern, seine Angst, ebenfalls von mir abgewiesen zu werden, war ganz deutlich zu spüren.

«Eines Tages?», fragte ich mit aufmunternder Stimme und versuchte, meine Aufregung nicht zu zeigen, ich spürte, dass etwas Außergewöhnliches kommen musste.

«... eine Familie zu gründen.»

Mein Herz setzte für einen Moment aus. Das war etwas außergewöhnlich Außergewöhnliches. Eine Familie ... Vielleicht mit zwei kleinen Töchtern ... Wie ich sie mir immer erträumt hatte.

Für eine Minisekunde sah ich vor mir, wie Joshua und ich in einem wunderbaren umgebauten Reisebus, wie man ihn sonst nur in amerikanischen Roadmovies sieht, durch die Welt fuhren, von Australien bis zum Grand Canyon. Joshua predigte Gottes Wort, ich unterrichtete die beiden Töchter

Mareike und Maja – und verbat ihnen immer mal wieder, falls sie nach ihrem Vater schlagen sollten, Wasser in Cola zu verwandeln.

Während ich diese Minisekunde träumte, war ich so glücklich, wie ich es in der Realität noch nie war. Aber natürlich durfte ich diese Phantasie niemals leben. Mir schossen die Tränen in die Augen.

«Marie? Hab ich etwas Falsches gesagt?», fragte Joshua traurig, ja fast verzweifelt.

«Nein … nein … du hast nichts Falsches gesagt …»

Ganz im Gegenteil.

Er atmete erleichtert durch. Ich hingegen war ganz kurz vorm Losheulen. Er wollte mich tröstend umarmen. Aber das durfte ich nicht zulassen. Denn dann würde ich garantiert bei ihm bleiben. Für immer. Egal, was Gott wollte.

Also schob ich Joshua von mir weg und hielt ihn mit meinen Händen auf Abstand.

«Marie?» Er verstand gar nichts mehr. Ich tat ihm weh, aber er wollte nicht von mir ablassen. Er griff mit seiner Hand erneut nach der meinen, also musste ich ihm etwas sagen, was ihn endgültig von mir stieß, irgendetwas – und dann fielen mir Worte ein, die dies schaffen konnten und die zudem auch noch die Wahrheit waren: «Joshua … ich … ich glaube nicht genug an Gott.»

Davon war er sichtlich vor den Kopf gestoßen und wich einen kleinen Schritt zurück. Ich überlegte mir, kurz zu erläutern, dass ich zwar an Gottes Existenz glaubte – Kunststück, hatte ich ja mit ihr Tee getrunken –, aber nicht hundertprozentig davon überzeugt war, dass sie der liebende Gott ist. Ich verzichtete aber darauf, es schien mir sinnlos … das Wesentliche war ausgesprochen: Ich glaubte nicht genug an Gott.

Joshua stand unter Schock. Die Frau, mit der er eine Familie gründen wollte, war dafür eine denkbar ungeeignete Kandidatin.

Ich konnte ihm den Schmerz nicht nehmen, auch, weil mein eigener in diesem Moment so groß war. Daher flüsterte ich nur leise: «Wir können ja Freunde bleiben.»

Dann rannte ich verzweifelt davon. Über die Schulter sah ich noch, wie er mir hinterhersah, verwirrt und traurig. Aber er lief nicht mehr hinter mir her. Einer Frau, die nicht genug an Gott glaubte, wollte er nicht mehr folgen.

48

Eilig hastete ich nach Hause, ohne innezuhalten, wusste ich doch, dass ich sonst sicherlich losheulen müsste. Ich hatte das Richtige getan, das stimmte, aber warum musste es sich nur so mies anfühlen, das Richtige zu tun?

Kaum hatte ich die Tür aufgemacht, begrüßte Papa mich im Flur und lächelte mich das erste Mal seit Tagen wieder an: «Ich freu mich so sehr, dass du versuchst, mit Swetlana eine Ebene zu finden …»

Erst dachte ich mir: «Mir hat das gar nichts gebracht», aber dann wurde mir klar, dass dies nicht stimmte, dank der goldenen Regel hatte ich, so sah es jedenfalls aus, meinen Vater wiedergewonnen. Er versuchte eine ungelenke Umarmung, wie sie wohl nur Väter bei erwachsenen Töchtern hinbekommen, und ich ließ sie zu. Als er sie wieder löste, sagte er: «Deine Schwester ist Hals über Kopf abgereist.»

«Was?» Ich konnte es nicht fassen. «Hat … hat sie gesagt, wohin?»

«Sie hat etwas mit Jerusalem gemurmelt.»

Ich griff sofort zu meinem Handy und rief Kata an, um herauszufinden, was da los war. Doch ich bekam nur ihre Mailbox dran, die mir sagte: «Heute ist nicht alle Tage, ich komm wieder, keine Frage.»

Sie durfte nicht abreisen! Jesus musste noch ihren Tumor heilen, und würde es auch tun, obwohl ich ihn abserviert hatte. Er war ja kein normaler beleidigter Exfreund, er war der verdammte Jesus!

«Sie … sie hat dir in deinem Zimmer etwas dagelassen», erklärte Papa.

«Ein Abschiedsgeschenk …», befürchtete ich.

Er nickte und ich rannte hoch in mein Zimmer. Dort lag auf meinem Bett ein weiterer Comicstrip von ihr:

Als ich das gelesen hatte, heulte ich dann doch los.

49

Unterdessen

Satan, noch in der Gestalt der Alicia Keys, ging mit seinen drei apokalyptischen Reitern auf der Landebahn eines nahegelegenen Militärflughafens auf einen Learjet zu, der sie nach Jerusalem bringen sollte und einem österreichischen Bodybuilder gehörte, der Satan enorm viel zu verdanken hatte.

Während sie mit leichtem Gepäck die Gangway bestiegen, kämpfte Kata verzweifelt um ihre Seele, indem sie Satan auf die Vergeblichkeit der ganzen apokalyptischen Reiterspiele aufmerksam machte: «Wir werden doch die Endschlacht garantiert verlieren, Gott ist doch stärker als du, oder?»

«Wir werden sie nicht verlieren», entgegnete Satan.

«Es steht aber geschrieben, dass wir gegen Jesus verlieren werden und dass wir bei lebendigem Leibe in den Feuersee geworfen werden», gab nun auch der Turnschuhpfarrer ängstlich zu bedenken, während Sven bei dieser Aussicht begann, nervös an seinen Fingernägeln zu knabbern.

«Das wird nicht passieren», erklärte Satan streng und wollte nun die letzten Stufen der Gangway nehmen.

«Aber vielleicht bist du ein Werkzeug Gottes, so wie wir Reiter deine sind», ließ Kata nicht locker. Satans schwarze, weibliche Stirn legte sich daraufhin in Falten. Die ihn so faszinierende Frau hatte einen Nerv getroffen, hegte er diesen Zweifel doch schon selber seit langem, genauer gesagt, seit seiner Zeit als Schlange im Paradies bei Adam und Eva. Schon damals bei der Apfelaffäre war Satan das Gefühl nicht ganz losgeworden, dass er von dem Herrn da oben im Himmel irgendwie nur benutzt wurde.

«Du spielst doch Gott mit allem, was du tust, in die Hände», erklärte Kata.

Satan blieb stehen, die wunderschöne Zeichnerin hatte recht: Er bereitete alles genau nach Fahrplan vor, und wenn er so weitermachte, würde er wohl auch genau nach Fahrplan verlieren.

«Das ist wohl wahr», räumte er nach langem Grübeln ein.

Kata konnte es kaum glauben, sie hatte tatsächlich Zweifel bei Satan gesät.

«Wir werden nicht nach Jerusalem fliegen», verkündete er.

Katas Hoffnung wuchs, konnte es wirklich so einfach sein?

«Und wir werden auch nicht nächste Woche Dienstag die Endschlacht beginnen.»

Kata jubelte innerlich, es war so einfach! Sie hatte Satan von seinen Plänen abgehalten. Doch mitten in ihrem inneren Jubel verkündete der: «Wir beginnen den Krieg gegen das Gute schon heute! In Malente!»

Und Kata dachte bei sich: Das läuft nicht ganz so wie erhofft.

«Ihr bekommt sofort eure Pferde!», kündigte Satan an.

«Pferde?», fragte Kata, die Pferde schon gehasst hatte, als ihre Klassenkameradinnen noch ihre Zimmer mit Wendy-Pferde-Postern tapezierten.

«Ihr heißt ja nicht die apokalyptischen Fußgänger», scherzte Satan, wie Kata fand, eher mau, und erklärte ihr: «Ich habe dich zur zweitmächtigsten Reiterin gemacht.»

Eine Tatsache, die Sven und den Turnschuhpfarrer schwer eifersüchtig machte.

«Nur zur zweitmächtigsten, ich bin nicht deine Favoritin?», fragte Kata bissig.

«Doch, das bist du. Aber der Platz des mächtigsten Reiters ist schon vergeben. Darauf habe ich keinen Einfluss. Es ist jemand, der schon seit Anbeginn der Zeiten auf der Erde wandelt», erklärte Satan mit einer Stimme, die Kata erschauern ließ.

«Ich möchte dir dieses Wesen gerne vorstellen», sagte er und zeigte auf Marie, die zu Katas Erstaunen aus dem Learjet heraus auf die Gangway trat.

«Das hier ist der Reiter namens Tod», verkündete Satan.

«Das ist meine Schwester», erwiderte Kata verblüfft.

Satan aber grinste nur: «Der Tod nimmt gerne die Gestalt eines Menschen an, den er bald zu sich nehmen wird.»

50

Ich heulte lange auf meinem Bett, irgendwo zwischen einer halben und einer Zweidrittelewigkeit. Wenn ich nicht wegen Joshua weinte, dann wegen Kata, wenn ich nicht wegen Kata weinte, dann wegen Joshua. Es war eine Heulkarussellfahrt des Grauens. Von mir aus hätte die dusselige Welt sofort untergehen können, und mir war mittlerweile auch völlig egal, ob ich ins Himmelreich kam oder auf ewig im Feuersee verbrannte. Hauptsache, das hier hatte ein Ende.

«Marie?», sagte eine tiefe Stimme.

Im Türrahmen stand Pastor Gabriel, den ich gerade brauchte wie die *Titanic* einen zweiten Eisberg.

«Dein Vater hat mich reingelassen», erklärte er und fragte dann: «Weinst du?»

«Nein, ich wässere die Zimmerpflanzen», erwiderte ich.

Ich merkte, dass Gabriels Anwesenheit doch etwas Gutes hatte. Vor ihm wollte ich nicht länger flennen und fand daher die Kraft aufzuhören.

«Ist es wegen Jesus?», fragte Gabriel und setzte sich zu mir auf das Bett, obwohl ich ihn nicht dazu aufgefordert hatte. «Er hat mir erzählt, dass du ihn abgewiesen hast.»

Hatte Joshua den Pastor vielleicht zu mir geschickt, um mich nochmal umzustimmen? Vielleicht akzeptierte er ja mein Schlussmachen nicht und wollte nochmal um mich kämpfen. Es soll ja Männer geben, die sich von Frauen, die schwer zu kriegen sind, herausgefordert fühlten.

«Er wird heute Nachmittag nach Jerusalem abreisen», sagte Gabriel und zerstörte meine Hoffnung.

Um nicht gleich wieder loszuflennen, fragte ich, was er hier wolle.

«Mich bei dir entschuldigen», antwortete Gabriel. «Du bist nicht des Satans, sonst hättest du Jesus nicht ziehen lassen. Es tut mir leid.»

«Schon gut», antwortete ich, ich war viel zu matt, um noch sauer auf ihn zu sein.

«Und deiner Mutter habe ich auch schweres Unrecht angetan.» Gabriel war nun sehr zerknirscht. «Kannst du bei ihr vielleicht ein gutes Wort für mich einlegen?»

«Ich glaube, das müsste eher ein ganzer guter Wortschwall sein.»

Gabriel nickte zustimmend, dann druckste er etwas herum und sagte schließlich: «Da gibt es noch etwas, was du wissen musst und sie auch wissen sollte.»

«Und was?»

«Ich bin ein Engel.»

«Das ist nicht gerade bescheiden von Ihnen.»

«Ich meine, ich bin ein echter Engel», klärte er mich auf. «Der Erzengel Gabriel, zum Menschen geworden.»

Vor ein paar Tagen noch hätte ich darauf wohl nur «Tri-tra-trullala» geantwortet. Aber inzwischen konnte mich nichts mehr umhauen. Und wenn man genauer darüber nachdachte, war es die Erklärung für viele Dinge: für Gabriels Narben auf dem Rücken, dafür, dass Jesus bei ihm übernachtete, und für dessen Behauptung, Gabriel habe einst Maria seine Geburt verkündet.

«Müssten Sie nicht mit den himmlischen Heerscharen an Jesu Seite in Jerusalem kämpfen?», fragte ich.

«Schon, obwohl ich jetzt ein Mensch bin, wäre dies meine Pflicht.»

«Aber …?»

«Ich widersetze mich ihr. Ich will bei Silvia sein und für sie sprechen, wenn sie vor Gott tritt.»

Auf mein Erstaunen hin erklärte er mir, dass er wegen meiner Mutter Gott einst gebeten hatte, Mensch zu werden, und dann all die Jahrzehnte vergeblich auf ein Zeichen der Liebe von ihr gehofft hatte. Ich war gerührt, als ich das hörte, es war so romantisch von ihm, so bezaubernd, natürlich auch komplett dämlich, aber das ist das romantische Tun doch meistens.

Ich ertappte mich dabei, dass ich auf einmal neidisch auf meine Mutter wurde, da Gabriel für die Liebe zu ihr seinem Gott den einstmals geflügelten Rücken gekehrt hatte.

Ich überredete meine Mutter am Telefon, sich mit Gabriel zu treffen. Ihn bat ich, die Geschichte seiner Herkunft bis zum Ende der Welt für sich zu behalten, vorher würde sie ihm sicher nicht glauben und sich von ihm veräppelt fühlen.

Gabriel teilte diese Einschätzung und entschuldigte sich daher bei meiner Mutter für sein Verhalten, ohne von seinem Geheimnis zu erzählen. Danach saßen die beiden auf meinem Jugendbett eine Weile stumm nebeneinander wie zwei verunsicherte Teenager. Lange. Viel zu lange, wie ich nach einer Weile fand, denn in diesen Zeiten hatte man keinen Moment des Lebens mehr zu vergeuden. Daher rutschte mir heraus: «Na los, küsst euch doch!»

Beide lachten verlegen, dann nahm sich meine Mutter ein Herz und gab Gabriel einen Kuss. Der war erst etwas verunsichert, schließlich stand ich ja noch im Raum, aber meine Mutter drückte ihre Lippen so stark auf die seinen, dass er gar nicht anders konnte, als zurückzuküssen. Lange. Viel zu lange, wie ich nach einer Weile fand, zumal die beiden mich wohl mittlerweile vergessen hatten und auch noch anfingen, sich zu befummeln. Ich dachte bei mir: Hey, das ist echt ein Superaugenblick, um zu verschwinden, wandte mich zur Tür und wollte raus, doch da stand Papa. Und er sah seine Exfrau beim Petting.

«Silvia?», fragte er erstaunt.

Die beiden auf dem Bett hörten auf, sich zu küssen, und sahen ertappt zu ihm. Es gibt Augenblicke, da wäre ich gerne Speedy Gonzales, die schnellste Maus von Mexiko.

Ich erwartete, dass Papa gleich mal einen zünftigen Amoklauf hinlegen würde, schließlich hatte er meiner Mutter über zwanzig Jahre nachgetrauert. Doch nichts dergleichen geschah. Er lächelte stattdessen und sagte: «Scheint so, als ob wir beide unser Glück gefunden hätten.»

Mama lächelte zurück: «Ja, das haben wir wohl.»

Komisch, bis vor zwei Tagen noch hatte ich mir insgeheim gewünscht, dass meine Eltern wieder zusammenkommen, aber jetzt war ich überglücklich, dass sie sich nicht mehr stritten und sich die neuen Partner gönnten. Ja, es sah so aus, als ob ich vielleicht doch noch erwachsen würde, gerade noch rechtzeitig vor dem Weltuntergang.

Mein Vater lud uns zu Kohl und Pinkel in der heimischen Küche ein und kündigte an, später noch in der Fußgängerzone zum Nachtisch ein leckeres Eis zu spendieren. Mama und Gabriel sahen sich beim Kohlessen verliebt an, Swetlana und Papa sahen sich ebenfalls verliebt an, und ich sah meine Kartoffeln nicht ganz so verliebt an.

Ich saß allein zwischen zwei glücklichen Paaren – das hatte etwas von Single-Albtraum –, und ich vermisste Joshua so sehr. Es waren noch ein paar Tage bis nächste Woche Dienstag, und ich würde sie mit Liebeskummer verbringen. Na, super.

Swetlanas kleine Tochter kam in die Küche gerannt, weil Papa die extra für sie gemachten Pommes aus dem Ofen holte. Im Schlepptau hatte die Kleine eine neue Freundin namens Lulu, die zu den siebenjährigen Mädchen gehörte, die Lipgloss benutzten. Die beiden setzten sich an den Tisch und wehrten jeglichen Versuch Swetlanas, ihnen auch nur ein bisschen Gemüse auf den Teller zu tun, erfolgreich ab. Ich sah diese kleinen Mädchen und musste unwillkürlich an Maja und Mareike denken, die beiden Töchter, die ich mir immer gewünscht hatte, und plötzlich wurde mir endgültig klar, was für ein großartiger, außergewöhnlicher Mann Joshua war. Nicht etwa wegen seiner Wunderheilung, auch nicht wegen seiner besonderen Art des Aquajoggings, nein, er war der erste Mann gewesen, der eine Familie mit mir gründen wollte und mit dem auch ich eine hätte haben wollen. In meiner Beziehung mit Marc war ich es, die sich nach einer Familie sehnte, während er von Kindern ähnlich viel hielt wie von der Monogamie, und in den Jahren mit Sven war er es, der insgeheim eine Familie wollte, während ich immer sehr genau auf die Anzahl der Pillen in meiner Packung achtete. Jetzt aber hatte sich ausgerechnet der falscheste aller Männer, in den ich mich hätte verlieben können, als genau der Richtige entpuppt.

Doch ich hatte diesen außergewöhnlichen, großartigen Mann von mir gestoßen, weil Gott es befohlen hatte. Na ja, nicht richtig befohlen, sondern eher nahegelegt. Er hatte ja meine Entscheidung meinem freien Willen überlassen. Und mit dem hatte ich mich gegen meinen eigentlichen Willen entschieden.

Lilliana und ihre Lipgloss-Freundin lachten laut auf, als Papa sich beim Versuch, ihnen Ketchup aufzutun, selbst mit der roten Soße bekleckerte. Das Lachen der Kleinen war nur ein bisschen süß – um ehrlich zu sein, klang es wie bei Babyhyänen, wenn sie auf eine Antilope mit gebrochenem Bein treffen. Aber ich dachte an das Lachen von Maja und Marei-ke, das wäre garantiert viel, viel entzückender gewesen.

Warum hatte ich nicht für unsere Liebe gekämpft?

Nur weil sie unrealistisch war?

Und Gott etwas gegen sie hatte?

Was waren das für alberne Argumente, wenn man wirklich liebte?

Gabriel hatte sich doch auch nicht um die göttliche Ordnung geschert. Ich beobachtete, wie er es sichtlich genoss, dass meine Mutter ihre Hand so auf seinen Schoß legte, wie es sich in der Öffentlichkeit eigentlich nicht schickte. Wenn Gabriel so glücklich werden konnte, obwohl er nicht seiner Bestimmung folgte, könnte es Joshua doch vielleicht auch. Wenn er wirklich etwas für mich empfand – und ich hatte keine Zweifel daran, Joshua konnte ja nicht lügen –, würde er auch den Konflikt mit Gott ertragen können. Und müssen! Man konnte doch nicht ewig Papasöhnchen (Mamasöhn-chen, Wasauchimmersöhnchen) sein, oder?

Ich sah auf die Uhr, Joshua würde sich jeden Augenblick zum Hamburger Hafen aufmachen, um sein Schiff nach Je-rusalem zu bekommen. Vielleicht war er aber schon dort und sang im Moulin Rouge mit den Freiern und den Prostituier-ten Psalmen.

Wenn ich weiter auf meine Kartoffeln starrte, würde ich es nie herausfinden.

Und garantiert nie mehr eine Familie gründen.

Ich wusste natürlich genau, dass die Chance dafür circa eins zu 234 Phantastilliarden war. Aber ich musste versuchen, diese Chance zu nutzen. Wenn Gott etwas dagegen hatte, dann hätte er mir eben keinen freien Willen geben sollen! Oder nicht die verdammte Liebe erfinden dürfen.

51

Ich sprang vom Tisch auf, erklärte meinem Papa, dass mein Aufbruch keinesfalls an seinen Kochkünsten liege – obwohl die das Potenzial hatten, eine Massenpanik auszulösen –, lief aus dem Haus und anschließend auf dem Uferweg am See Richtung Pfarrhaus. Ich rannte wie weiland Harry in «Harry trifft Sally». Doch leider reichte meine Kondition gerade mal für vierhundert Meter, dann begann ich zu schnaufen, nach circa siebenhundert Metern japste ich, und kurz darauf bekam ich die ersten Seitenstiche – wie zum Teufel schafften die Leute in den romantischen Komödien es nur immer, durch halb New York zu rennen? Gut, die hatten ja auch einen Regisseur, der sie in schnellen Bildschnitten durch die Stadt brachte, netto liefen die vielleicht gerade mal vierzig Sekunden. Außerdem hatten sie in der Regel keine Schuhe mit Absatz an wie ich gerade. Wenn eine Frau doch mal welche trug, zog sie die im Rennen aus, ohne sich dabei die Beine zu brechen, und rannte barfuß durch die Großstadt, ohne auch nur ein einziges Mal in eine Glasscherbe zu treten oder in Hundekacke.

Aber ich war nicht im Film, der Uferweg war voll mit Hundekacke, Glasscherben sowie benutzten Kondomen (die Malenter Gymnasiasten nannten den Weg nur «Way of Life»), also konnte ich meine Schuhe nicht ausziehen. Manchmal konnte die Realität echt blöd sein.

Geplagt von Seitenstichen, schleppte ich mich die Ufertreppe, die zum Pfarrhaus führte, hoch. Als ich den Kiesweg betrat, sah ich, wie Joshua mit seinem Gepäck aus dem Pfarrhaus trat. Trotz der Schmerzen rannte ich auf ihn zu, ich japste, ich schnaufte, ich schwitzte und hoffte, dass er die Schweißflecke unter meinen Achseln nicht bemerken würde.

«Marie, du siehst aus, als seist du durch die Wüste Sinai gewandert», sagte er verwundert.

Ich antwortete darauf nicht, ich war einfach nur sehr glücklich, dass Joshua noch nicht abgereist war. Aber er sah kein bisschen erfreut aus, dass ich jetzt vor ihm stand. Ganz im Gegenteil.

«Geh mir bitte aus dem Weg», forderte er mich auf.

«Ich …»

«Du glaubst nicht an Gott», schnitt er mir das Wort ab.

«Das hab ich nie gesagt», widersprach ich und versuchte zu relativieren: «Ich sagte, ich glaube nicht genug an Gott.»

«Nicht genug ist nicht genug», erwiderte er scharf und ging an mir vorbei. Er ließ mich stehen. Einfach so.

Niemand durfte mich so einfach stehenlassen! Nicht mal er!

Sauer rief ich ihm hinterher: «Spiel hier nicht die beleidigte Leberwurst und lass uns wie zwei Erwachsene miteinander reden!»

Joshua drehte sich zu mir um und erwiderte: «Ich hab keine Ahnung, wie eine Wurst beleidigt sein kann.»

«Das war eine Metapher», erklärte ich genervt.

«Und von mir Ironie», konterte Joshua.

Na toll, dachte ich mir, ausgerechnet jetzt begreift er, was Ironie ist!

Wir sahen uns wütend in die Augen. So wie es nur zwei Menschen tun können, die Gefühle füreinander empfinden. Der Eindruck verfestigte sich bei mir, dass wir doch recht weit von einer Versöhnung, geschweige denn von einer Familiengründung entfernt waren. Zeit also für die goldene

Regel: Was hätte ich an Joshuas Stelle gewollt? Eine sachliche Erklärung!

«Ich glaube an dich», fing ich an und schlug dabei einen sanfteren Tonfall an, «und das meiste von dem, was du in der Bergpredigt gesagt hast, finde ich auch ziemlich gut ...»

Das stimmte ihn milder, seine Stirn lag nun nicht mehr in Zornesfalten.

«... selbst wenn ich das mit den Perlen und den Schweinen nicht hundertprozentig verstanden habe ...»

«Das ist so gemeint ...», hob Joshua zu einer Erklärung an.

«Das ist mir jetzt scheißegal!», unterbrach ich ihn unwirsch.

Er schwieg, ich hatte das Gefühl, die Schweine waren ihm auch gerade ziemlich egal.

«Durch dich», erklärte ich wieder etwas ruhiger, «habe ich Frieden mit meiner Mutter gefunden, mit meinem Vater, sogar mit der Frau, die ich Wodka-Nutte genannt habe ...»

«Wodka-Nutte?»

«Ebenfalls egal», sagte ich. «Und ich glaube fast, ich bin auch etwas reifer geworden, erwachsener. Darauf hätte wohl noch vor drei Tagen kein Mensch auch nur einen Cent gewettet, selbst ich nicht ... Aber es gibt eine Sache, mit der ich einfach nicht klarkomme: Das ist diese ganze Gott-Bestrafungs-Höllen-Nummer ... Weißt du, ich bin mehr so für die antiautoritäre Erziehung.»

«Antiautoritäre Erziehung?», fragte Joshua irritiert. «Marie, du redest ähnlich wirr wie der Besessene von Gadara.»

Ich wusste nicht, wer dieser Besessene war, und vermutete, dass es auch besser war, ihn nie kennengelernt zu haben. Aber Joshua hatte recht, ich musste klarer werden und vor allem so reden, dass er mich verstand.

«Wie steht es doch in der Bibel?», fragte ich daher. «Traget keine Furcht im Herzen. Lebet ohne Angst vor einer Strafe oder vor den Feuern der Hölle. Tuet Gutes den Menschen um euch herum, weil es euer freier Wunsch ist, und sei es auch nur um eurer selbst willen, denn euer eigenes Leben wird dadurch reicher und schöner werden.»

Joshua schwieg zunächst. Dann sagte er: «Das … das … steht nicht in der Bibel.»

«Sollte es aber!», machte ich meinen Punkt nun endgültig klar.

Das gab ihm sichtlich zu denken. Daher ergänzte ich: «So wie ich dich kennengelernt habe, scheinst du mir auch nicht der Mann zu sein, der andere bestrafen kann!»

Er nickte fast unmerklich.

«Du bist so viel anderes», erklärte ich ihm eindringlich, «ein Mann, der lehren kann … ein Mann, der heilen kann … ein Mann, der inspirieren kann … ein Mann …»

«… den man verdammt gut küssen kann», wollte ich am liebsten sagen, aber meine Stimme versagte bei der Erinnerung daran.

«Du hast recht», antwortete er. «Nicht Angst sollte den Menschen regieren, sondern die Liebe.»

Als er «Liebe» sagte, gab es beim Reden einen fließenden Übergang in der Bedeutung, die er dem Wort verlieh, bei «Lie» wollte er wohl noch über Nächstenliebe reden, bei «be» war er dann schon in Gedanken und im Gefühl bei uns.

Er sah mich an wie vor dem Kuss. Diesem wunderbaren Kuss. Ich konnte nicht anders … Meine Lippen näherten sich wieder den seinen … Und diesmal näherten sich seine auch … Sie kamen näher … Und näher … Immer näher …

Bis wir ein Wiehern hörten.

Das Wiehern war laut kreischend, klang nicht wie von dieser Welt, sondern unglaublich böse. Es kam von oben, aus dem Himmel. Unsere Köpfe wichen zurück, unsere Gesichter reckten sich nach oben, und wir erblickten vier Pferde, die aus den Wolken über Malente hervorbrachen und wie Fackeln brannten. Auf den flammenden Rossen, die gen Erde sausten, saßen Gestalten, die ich auf die Entfernung nicht genau erkennen konnte, aber instinktiv wusste ich, die Reiter waren noch furchterregender als ihre Tiere.

«Die apokalyptischen Reiter», stellte Joshua fest, seine Überraschung hinter seiner klaren, festen Stimme verbergend.

Mein Herz zog sich vor lauter Furcht zu einem kleinen Knoten zusammen.

«Ich muss dorthin», verkündete Joshua.

Und ich muss vor lauter Angst Pipi, ergänzte ich in Gedanken.

52

Unterdessen

Der erste Reiter, der mit seinem flammenden Ross in Malentes Fußgängerzone landete, war der Mann namens Krieg. Satan hatte Sven zwei übernatürliche Kräfte verliehen, zum einen sich – wie die anderen Reiter auch – nicht auf dem feurigen Pferd den Hintern zu verbrennen, und zum anderen, durch seine bloße Anwesenheit allen unterdrückten Hass der Menschen freizusetzen. Sven selbst trug genug unterdrückten Hass in sich, besonders gegen Frauen. Er war immer nett zu ihnen gewesen, zu seiner Mutter, zu den Ärztinnen im Krankenhaus, wo er als Pfleger arbeitete, zu seiner Verlobten Marie ... Und was hatte er zurückbekommen? Seine Mutter fand, dass er die Geburts-qualen nicht wert gewesen war, die Ärztinnen nannten ihn ab-schätzig «Schwester Sven», und Marie hatte bei der Hochzeit auf der nach oben offenen Demütigungsskala neue Spitzenwerte erreicht. Aber jetzt konnte Sven, Satan sei Dank, seinem Hass endlich freien Lauf lassen. Binnen Sekunden verwandelte sich Malentes Fußgängerzone in eine No-go-Area. Harmlose Shop-ping-Bummler wurden zu Wesen, die sich mit Schaum vor dem Mund gegenseitig den Schädel spalten wollten. Eine Mutter trat ihren Ehemann dahin, wo es besonders wehtut, weil er sich – ob-wohl sie bereits vier Kinder hatten – partout nicht sterilisieren lassen wollte. Eine füllige Frau zerkratzte ihrer besten Freundin das Gesicht, weil sie es nicht mehr ertragen konnte, dass sie jede Süßigkeit essen konnte, ohne dass ihre Figur darunter litt, zwei Zeugen Jehovas zwangen Menschen mit vorgehaltenem Messer, ihnen endlich mal Eintritt in ihr Haus zu gewähren, und ein jun-ger Moslem entschied sich gegen eine Ausbildung in der Gastro-nomie und für eine Berufskarriere, bei der er mit Jungfrauen be-lohnt würde. Außerdem rief der türkische Besitzer von Malentes bester Dönerbude einem Skinhead zu: «Verlass das Land!», und ging mit seiner elektronischen Dönersäge auf den Neonazi los, der gerade noch ängstlich stammeln konnte: «Das ... das ist aber echt intolerant ...»

Mitten in diesem Kriegsgebiet landete der zweite apokalypti-sche Reiter. Als Kind war Turnschuhpfarrer Dennis richtig fett gewesen, die anderen Kinder hatten ihm daher Spitznamen ver-liehen wie «Jabba the Hut», «Straßensperre» oder «Bitte, spring nicht auf mich rauf». Als Jugendlicher dann trieb Dennis wie

ein Verrückter Sport, aß nur Karotten und trank Energydrinks,
die synthetischer schmeckten als die Polyesterhemden, an deren
Ärmeln er immer vor lauter Unsicherheit knabberte. Schließ-
lich war Dennis rank und schlank, aber er verspürte immer noch
Hunger, den er nie mehr richtig stillte, aus Angst, wieder so aus-
zusehen wie zuvor. Aber jetzt, als Reiter namens Hunger, sah er
plötzlich, dass alle Menschen ein Verlangen in sich spürten, das
sie im Leben nicht stillen konnten. Die einen sehnten sich nach
Liebe, andere wiederum nach Geld, Sex oder auch nur nach vol-
lem Haupthaar. Dieses ganz persönliche unstillbare Verlangen,
das ein jeder Mensch unterdrückte, konnte Dennis nun durch
seine pure Anwesenheit an die Oberfläche bringen. Ein Mitt-
fünfziger nannte seine Frau, mit der er seit 35 Jahren verheiratet
war, «Gammelfleisch» und stellte dann Zwanzigjährigen nach,
die bauchnabelfreie Tops trugen. Single-Frauen klauten Babys
aus Kinderwagen, eine völlig erschöpfte alleinerziehende Mutter
ließ dies gerne zu, die ortsansässige Weight-Watcher-Gruppe
plünderte Süßwarenabteilungen, Grundschüler Handyläden
und überraschend viele Männer Boutiquen, um sich Frauen-
kleider anzuziehen. Außerdem entdeckte ein Biedermann, der
bis dato seine Neigung zur Pyromanie nie ausgelebt hatte, hoch-
erfreut die leichte Entflammbarkeit von denkmalgeschützten
Fachwerkhäusern.

Über dem Inferno kreiste auf einem brennenden Ross der dritte
apokalyptische Reiter namens Krankheit. Während Sven und
Dennis ihre neue Macht wie im Rausch genossen, rang Kata
noch mit sich, doch der Drang, der eigenen dunklen Seite nach-
zugeben, wurde immer stärker. Als ihr Pferd über dem Stadt-
krankenhaus kreiste, konnte sie nicht mehr anders. Sie sauste
hinab, genau auf das oberste Stockwerk zu, dessen Mauerwerk
unter den Flammen des Rosses zerbarst. Die Patienten blickten

sie erschrocken und angsterfüllt an, doch Kata, die nun mit ihrem Pferd im Krankenhausgang stand, hatte nur Augen für die Ärzte, den Berufsstand, den sie so hasste. Den meisten von ihnen war ihr Leiden herzlich egal gewesen, und so rächte sie sich mit ihrer neuen Kraft: Sie konnte alle Krankheiten hervorrufen, die bereits dem Körper der jeweiligen Person innewohnten und eigentlich erst viel später ausbrechen sollten. Der Chefärztin verlieh sie eine Kombination von Diabetes und Parkinson, sodass es für sie keine Freude werden würde, sich die Insulinspritzen selber zu setzen. Bei dem Notarzt löste sie Fresssucht aus und dazu ein breites Spektrum an Lebensmittelallergien. Und dem jungen Assistenzarzt verpasste Kata Demenz und Inkontinenz gleichzeitig, sodass er Wasser lassen musste, sich aber nicht mehr erinnern konnte, wo sich die Toilette befand.

Daran, Satan auszutricksen, dachte Kata jetzt nicht mehr, auch sie befand sich im Rausch der neuen Macht.

Der einzige Reiter, der sich vornehm zurückhielt und auf seinem Ross weiterhin seelenruhig wie ein Todesgeier im Himmel über Malente kreiste, war der Tod. Er hatte immer noch die Gestalt von Marie und wartete darauf, dass sie das erste Todesopfer des Jüngsten Gerichts würde.

53

Joshua eilte in Richtung Fußgängerzone, über der nun schwarze Rauchwolken emporstiegen. Mit seinem temporeichen Schritt konnte ich kaum mithalten. Scheißschuhe.

Beim Anblick des entschlossen schreitenden Joshua konnte ich, trotz apokalyptischer Reiter und brennender Innenstadt, nur an eins denken: an den verpassten Kuss. Ich war unglaublich traurig, dass dieser magische Moment unterbrochen wurde. Dann wiederum erfüllte mich ein Glücksgefühl, weil Joshua mich wirklich erneut hatte küssen wollen, und gleich darauf sackte mein Herz so richtig in sich zusammen, weil ich befürchtete, dass für uns beide alles zu spät war, jetzt wo das Jüngste Gericht einen Frühstart hinlegte.

«Wie kann das sein mit dem Jüngsten Gericht?», fragte ich Joshua, nach Luft schnappend. «Ich dachte, wir haben noch Zeit bis nächste Woche Dienstag? Und außerdem sind wir hier in Malente und nicht in Jerusalem.»

«Unterschätze niemals die Macht und die Verschlagenheit Satans», antwortete Joshua ernst.

«Ähem …», mir kam ein beunruhigender Gedanke, «was passiert eigentlich, wenn der die Endschlacht gewinnt?»

«Dann», so verkündete Jesus, «herrscht das Böse bis auf alle Ewigkeit.»

Ich malte mir vor Angst zitternd aus, wie Mörder, Sadisten und Finanzinvestoren endgültig das Zepter in die Hand nehmen würden. Sie würden die Guten quälen, foltern und ausbeuten, und da niemand mehr sterben konnte, ginge das dann so weiter bis in alle Ewigkeit. Dagegen war der Feuersee ein Wellness-Spa.

Die Innenstadt sah aus wie eines jener Kriegsgebiete, bei denen man in der «Tagesschau» sofort weiterzappt, um lieber zu sehen, was sie so beim «Perfekten Dinner» zubereiten. Häuser brannten, der Mob plünderte gierig die Geschäfte, Menschen liefen blutüberströmt durch die Straßen, und ein Türke verfolgte einen Skinhead mit einer elektronischen

Säge – zugegeben, Letzteres sah man nicht allzu oft in der «Tagesschau». Bevor ich mir Gedanken machen konnte, ob ich die Skinhead-wird-angesägt-Geschichte nicht vielleicht sogar mal ganz gerne in den Nachrichten gesehen hätte, ging Jesus auf einen verletzten Mann zu, der am Rinnstein saß, eine Platzwunde unter dem Auge hatte, nichts mehr sehen konnte und vor sich hin brabbelte: «Sie hat mir vorher nie gesagt, wie schlecht sie mich im Bett findet …»

Joshua setzte sich zu ihm, und der Mann zuckte vor Angst zusammen, so als ob er gleich erneut geschlagen würde. Doch Joshua sagte zu ihm: «Fürchte dich nicht.»

Dann spuckte er auf die Erde, bereitete mit dem Speichel einen kleinen Teig und rieb dem Mann diesen unter das verletzte Auge. Danach träufelte er etwas Wasser, das er in einer Trinkflasche in seiner Tasche dabeihatte, auf die Stelle, spülte damit den Teig ab, und die Platzwunde war verschwunden, der Mann konnte wieder sehen. Aber nicht nur das: Joshuas bloße Anwesenheit sorgte dafür, dass die Menschen, die sich in einem ganz kleinen Umkreis von wenigen Metern um ihn herum befanden, ihren Zorn und ihre unbändige Gier vergaßen. Die bösen Gefühle wichen einer Seelenruhe. Plünderungen hörten auf, ebenso wie Gewaltakte, und eine Frau gab einer Mutter ihren Kinderwagen zurück, auch wenn diese davon nicht restlos begeistert war. Mit meiner eigenen Seelenruhe war es in diesem verstörenden Inferno hingegen nicht mehr allzu weit her, zumal mir gerade siedend heiß einfiel, dass meine Eltern geplant hatten, mit Gabriel, Swetlana und den Kindern in der Stadt Eis essen zu gehen. Ich wollte Joshua bitten, sofort mit mir nach ihnen zu suchen, aber er rettete gerade eine Politesse, der Verkehrssünder ihre Strafzettel (alle zweihundert Stück) in den Rachen gestopft und damit eine weitverbreitete Autofahrerphantasie ausgelebt hatten.

Mir war klar, Joshua könnte nicht von den Menschen in Not ablassen, nur um nach meiner Familie zu suchen, der es vielleicht gutging – mit etwas Glück saß sie ja noch zu Hause und verdaute Papas unverdauliches Essen. So rannte ich allein mit schmerzenden Füßen in Richtung Eisdiele. Vorbei an brennenden Häusern, Männern in Frauenklamotten und Kindern, die einen Handyverkäufer vermöbelten. Das Martinshorn eines Notarztwagens jaulte, und ich freute mich, dass es Ärzte geben würde, die Joshua nun unterstützten. Doch als ich zu dem Wagen sah, bemerkte ich, dass er Schlangenlinien fuhr, und diese Schlangenlinien führten … direkt auf mich zu! Ich war starr vor Schreck. Der Wagen kam immer näher, aber ich konnte mich nicht bewegen, auch wenn mein Hirn meine Beine anschrie: «Hey, ihr kleinen stämmigen Stampfer, bewegt euch!» Aber die Todesangst hatte die Verbindung zwischen Hirn und den stämmigen Stampfern blockiert.

«Scotty, schaffen wir das?»
   «Das wird eng.»
   «Wie eng?»
   «Enger als der Rock von Uhura!»
   «Das ist verdammt eng!»

Ich konnte bereits durch die Windschutzscheibe den Fahrer sehen, dessen Gesicht rot und aufgequollen war und der sich überall kratzte, so als hätte er eine Ganzkörperallergie. Gab es so etwas? Und was hatte das hervorgerufen? Vielleicht die Bananen, die er sich gerade gierig in den Mund stopfte? Konnte er mich überhaupt durch seine aufgeschwollenen Augen sehen? Und wenn ja, war er nicht viel zu viel mit Fressen beschäftigt? Was für eine fürchterliche Sache hatte ihn so durchdrehen lassen?

Ich hatte nur noch wenige Sekunden, bis der Wagen mich überfahren würde, und es war kein echter Trost, dass dann wenigstens die ärztliche Notversorgung zur Stelle sein würde.

Da hörte ich das grausame Kreischen der flammenden apokalyptischen Höllenpferde über mir. Ich blickte hoch, sah, dass die Reiter sich nun oben im Himmel sammelten, und konnte dabei einen flüchtigen Blick auf ihre Gesichter erhaschen. Für einen Augenblick glaubte ich zu erkennen, dass ... nein, das konnte nicht sein!

Aber allein der Gedanke, dass ich richtig gesehen haben könnte, sendete solche Schockwellen durch den Körper, dass die Verbindung zwischen Hirn und Beinen wieder funktionierte, Letztere hörten den Befehl des Hirns: «Springt, sonst ist Orangenhaut euer kleinstes Problem!» Meine Beinmuskeln spannten sich zum Sprung, der Wagen war nur noch wenige Meter entfernt, und anstatt zu bremsen, stopfte der Fahrer eine Tüte Haselnüsse in sich rein, was sein Gesicht anschwellen ließ. Ich sprang, so weit ich konnte, also etwas unter zwei Meter. Der Wagen verlor endgültig die Kontrolle und knallte gegen einen Laternenpfahl, keine vierzig Zentimeter von mir entfernt.

Ich stand auf, was schmerzhaft war, hatte ich doch an den Beinen Schürfwunden. Kaum hatte ich den ersten Schreck abgeschüttelt, blickte ich in das Führerhaus. Der Fahrer war unversehrt, jedenfalls vom Unfall, ansonsten sah er dank der Allergiebeulen und des manischen Kratzens aus wie jemand, mit dem nicht mal der Elefantenmensch in der Öffentlichkeit gesehen werden möchte.

Ich hoffte für ihn, dass Joshua bald zu ihm vordringen würde, und humpelte weiter in Richtung Eisdiele. Ich musste wissen, ob meine Familie – und ja, zu der zählten jetzt irgendwie auch Swetlana und ihre Tochter – sich in Gefahr befand. Ich wich einem jungen Mann aus, der sich einen Gürtel aus Flaschen mit Düngemittel basteln wollte, aber nicht genau wusste, wie er das anstellen sollte, und auch einer Frau, die ihrem Gatten immer wieder auf die Weichteile sprang und dabei schrie: «Gleich bist du sterilisiert!»

Ich war froh, dass sich die meisten aggressiven Leute nicht um mich kümmerten, waren sie doch viel zu sehr damit beschäftigt, ihre eigenen Kämpfe auszutragen. Es war ein mittleres Wunder, dass noch niemand gestorben war, und wohl nur noch eine Frage der Zeit. Da baute sich plötzlich ein Mittfünfziger vor mir auf und sagte: «Am liebsten habe ich Zwanzigjährige …»

«Dann sind Sie bei mir ganz offensichtlich zu spät», antwortete ich und wollte an ihm vorbei, doch er ließ mich nicht durch.

«… aber die kann ich nicht einfangen.»

«Einfangen?»

«Aber du bist auch noch ganz knackig», stellte er fest, und ein leichter Sabber lief aus seinem Mundwinkel.

«Ganz im Gegensatz zu dir», erwiderte ich, wollte wieder vorbei, aber er stellte sich mir erneut in den Weg.

«Ich steh auch auf Mollige», erklärte er und packte mich. Ich wusste nicht, was mich wütender machte, dass dieser Kerl mich anfasste oder dass er mich «mollig» nannte, jedenfalls erwiderte ich: «Dann geh doch zu Mutter Beimer!»

Dabei trat ich ihm gegen das Schienbein. Er schrie auf, und ich rannte davon, so schnell mich meine gequälten Füße und geschundenen Beine trugen. Dankenswerterweise war der alte Knacker auch nicht der Schnellste. Unser Verfolgungsrennen durch die brennende Fußgängerzone war daher sicherlich eines der langsamsten in der Geschichte der

Katastrophengebiete. Schließlich wurde der Mann von zwei Zeugen Jehovas aufgehalten, die mit ihm mal in Ruhe über Gott reden wollten und ein «Nein danke» nicht mehr als Antwort akzeptierten.

Ich rannte weiter in Richtung Eisdiele, wo sich die beiden kleinen Mädchen an den Tischen draußen im aufgeschütteten Sand schlugen, kratzten und bissen, weil Lilliana unbedingt das Lipgloss von ihrer Freundin haben wollte. Mama Swetlana war dies egal, sie war viel zu sehr damit beschäftigt, mit einem abgeschlagenen Pellegrino-Flaschenhals wahllos auf Männer zuzugehen, sah sie wohl in jedem von ihnen einen potenziellen Freier, während mein Vater meine Mutter würgte und sie dabei anschrie: «Wegen dir war ich zwanzig Jahre unglücklich!» Gerade wollte ich die beiden voneinander trennen, da sah ich, dass Gabriel auf dem Dach des vierstöckigen Hauses gegenüber stand. Er breitete die Arme aus, so als ob er fliegen wollte. Er war ein Mensch, aber irgendetwas hatte in ihm das unstillbare Verlangen hervorgerufen, wieder einmal fliegen zu wollen, auch wenn es ihm dafür doch etwas an Flügeln mangelte. Ich wusste gar nicht, wen ich zuerst an seinen Aktionen hindern sollte: die prügelnden Kinder, die durchdrehende Swetlana, den würgenden Papa oder den potenziellen zukünftigen Fettfleck. Da kam Joshua hinzu und nahm mir die Entscheidung aus der Hand. Er überzeugte mit sanften Worten Gabriel, von der Dachkante wegzutreten, linderte mit Handauflegen die Wut meines Vaters und die von Swetlana und brachte die beiden Mädchen dazu, sich das Lipgloss schwesterlich zu teilen: «Sammelt eure Schätze nicht hier auf der Erde, sondern sammelt eure Schätze im Himmel, denn wo dein Schatz ist, ist auch dein Herz.»

Während er das sagte, waren seine Augen voller Liebe zu den Menschen. Und mir wurde plötzlich klar, was es gewesen sein musste, das Maria Magdalena einst zu ihm gesagt hatte. Gewiss waren es die Worte …

«Du brauchst echt lange, bis du mal kommst!»

Nein, das waren nicht ihre Worte.

«Rufst du jetzt auch mal deine himmlischen Heerscharen, damit wir richtig loslegen können?»

Das hatte sie natürlich auch nicht gesagt.

Ich drehte mich um, und an einem Tisch saß eine schwarze Frau, die genüsslich Espresso schlürfte und Joshua spöttisch anblickte. Sie sah aus wie Alicia Keys, für die Kata doch immer so schwärmte. Kata? War sie das da oben vielleicht doch … Nein, das konnte … das durfte nicht sein!

«Wir haben uns lange nicht gesehen, Jesus», erklärte die Soul-Diva, die garantiert keine Soul-Diva war.

«Das letzte Mal trafen wir uns in der Wüste Judäa, als du mich verführen wolltest», antwortete Joshua der Frau.

«Da warst du eine verdammt harte Nuss», grinste Alicia und verwandelte sich mit einem Knall in ein scheußliches rotes Geschöpf mit Hörnern und Hufen, eine Gestalt wie aus einem Kasperletheater … wenn Stephen King es sich ausgedacht hätte.

«Scotty?»

«Ja, Captain?»

«Ich kündige auch.»

«Was halten Sie davon, wenn wir beide Ökobauern werden?»

«Eine exzellente Idee, Scotty, eine exzellente Idee.»

Ich zitterte am ganzen Körper, meine Nase füllte sich mit beißendem Schwefelgestank, und der Rauch brannte in meinen Augen, aber Joshua zuckte nicht mal mit der Wimper. Mit einer Geste bot Satan ihm an, sich zu ihm an den Tisch zu setzen. Doch Joshua blieb stehen, bedeutete nur Gabriel mit einer knappen Geste, uns alle außer Reichweite zu führen. Meine Familie, Swetlana und die Kinder folgten dem Pastor eilig, doch ich blieb stehen. Gabriel lief zu mir, berührte meinen Arm und wollte mich davonziehen, aber ich sagte nur: «Ich weiche nicht von seiner Seite.»

Gabriel lächelte auf einmal stolz: «Ich hab dir Unrecht getan.»

Dann führte er die anderen so schnell es ging davon. Dem blutroten Mephisto war dies völlig egal, er war sich wohl sicher, dass er sie alle früher oder später kriegen würde. Er wandte sich an Joshua und erklärte: «Es ist an der Zeit für dich, zu kämpfen. Der Krieg hat begonnen.»

Er deutete zur Illustrierung des Gesagten auf das Chaos in der Malenter Fußgängerzone und führte dabei mit seinem hässlichen Schweif genüsslich die Espressotasse an seinen Mund.

«Ich werde nicht kämpfen», erwiderte Jesus.

«Du, du willst nicht in die Endschlacht ziehen?» Satan ließ verdutzt von seinem Espresso ab.

«Nein», antwortete Joshua sanft, aber bestimmt.

«Du machst wieder deine ‹Ich halte die andere Wange hin›-Nummer?» Satan versuchte seine Contenance zu bewahren, da hatte er auf eine Schlacht gehofft, und Joshua verweigerte sie ihm.

«Ich würde es anders nennen, aber was den Sinn betrifft, stimmt deine Äußerung», gab Joshua ihm recht.

Satan war verunsichert; vielleicht, so hoffte ich aufgewühlt, warf ihn das jetzt so sehr aus der Bahn, dass er die ganze Chose abblasen würde … wo kein Gegner war, konnte man ja keinen Krieg führen, oder?

Doch dann lächelte Satan maliziös, wie nur ein König der Hölle lächeln konnte: «Wenn das so ist, mein lieber Jesus, vernichte ich dich eben ohne Gegenwehr.»

Au Mann, das mit dem «andere Wange hinhalten» schien wohl nie richtig zu funktionieren!

«KOMMT ZU MIR!», rief Satan in den Himmel, und die vier Reiter sausten auf ihren flammenden Pferden zu uns herab. Jetzt, bei ihrem Anflug, erkannte ich endlich ihre Gesichter … einer der Reiter war der neue Pfarrer?

Der nächste war … Sven???

Dann war da auch noch … Kata??????

Und der vierte Reiter sah aus wie ich.

Warum dies so war, fragte ich mich gar nicht mehr. Mir waren die Fragezeichen ausgegangen.

Die Reiter jagten aus dem Himmel auf die Fußgängerzone zu, und ihre Absicht war klar: Sie wollten Jesus vernichten.

Die Reiter landeten direkt vor unseren Füßen. Die Pferde schnaubten, aus ihren Nüstern flammte höllisches Feuer, und zusammen mit dem Restschwefel, der noch von Satans Verwandlung in der Luft hing, ergab das alles einen entsetzlichen Gestank. Sven und der neue Pfarrer freuten sich sichtlich auf das kommende Gemetzel, sie waren völlig machttrunken. Hingegen hatte die Reiterin, die aussah wie ich, leere kalte Augen, und da ich ja die Namen der vier apokalyptischen Reiter kannte und in der Lage war, logisch zu kombinieren, ahnte ich: Das ist der Tod. Dass er so aussah wie ich, war mit an Sicherheit grenzender Wahrscheinlichkeit kein gutes Omen.

Die Angst vor meinem eigenen Tod wurde aber von einem anderen Gefühl völlig verdrängt, dem Mitleid mit Kata. Sie saß auf ihrem flammenden Ross, ganz ohne sich den Hintern zu versengen. Sie sah mich mit traurigen Augen an und flüsterte mir mit gebrochener Stimme zu: «Er hat mir gedroht, dass ich bis in alle Ewigkeit am Tumor leide … Ich bin nicht stark genug, mich zu widersetzen … oder ihn auszutricksen … Verzeih … mir …»

Da gab es nichts zu verzeihen, ich verstand sie: Es war schon nicht die einfachste Übung, nach der Bergpredigt zu leben, wenn man gesund war, doch wenn man krank war und der Tumor den eigenen Körper zerfraß, verkaufte man gerne die Seele an den Teufel.

«Ich wäre auch nicht so stark», antwortete ich Kata, und ein ganz leichtes, kaum wahrnehmbares trauriges Lächeln umspielte ihren Mund. Sie war dankbar, dass ich sie nicht verurteilte.

Satan stellte sich zwischen uns: «Ich hoffe, ich stör euch bei eurem schwesterlichen Gequatsche nicht allzu sehr, wenn ich jetzt den Befehl gebe, Jesus zu vernichten.»

«Wir machen das nur zu gerne», sagte Sven zu Joshua.

«Du bist ja auch selber schuld», lächelte der Turnschuhpfarrer Joshua sadistisch an, «hättest du mir so viel Macht gegeben, wie es Satan tat, wäre ich nie zu ihm übergelaufen, aber du hast mich ja stets alleingelassen. Selbst als damals der Bademeister vor den Mädchen der achten Klasse sagte, ich wäre eine visuelle Umweltbelästigung.»

Joshua antwortete nicht, seine ganze Körperhaltung und sein entschlossener Blick verrieten, dass er keinerlei Furcht hatte. So hatte er sicherlich damals auch Pontius Pilatus gegenübergestanden.

Als einziger der Reiter konzentrierte der Tod sich nicht auf ihn, sondern hatte nur Augen für mich – eine Aufmerksamkeit, auf die ich lieber verzichtet hätte.

Dennis und Sven ließen nun ihren neuen übernatürlichen Kräften freien Lauf; was sie genau machten, verstand ich nicht ganz, aber nachdem sie ihre Hände gen Joshua streckten, schrie der kurz auf, und sein ganzer Körper verkrampfte sich. Manchmal fackelte Zorn in seinen Augen auf, gar Hass, dann wieder Verlangen, aber immer wieder schaffte er es, diese Gefühle im Zaum zu halten. Ein Umstand, der Satan sichtlich nicht gefiel. Er wandte sich, nun nicht mehr überheblich grinsend, an Kata und befahl ihr: «Hilf ihnen!»

Meine Schwester wollte sich am liebsten wehren, aber wie sie schon selbst gesagt hatte, sie war zu schwach, die Furcht vor dem ewigen Tumor brachte sie dazu, ihr Pferd näher an Joshua zu führen. Plötzlich begannen dessen alte Wunden an Händen und Füßen wieder zu bluten. Ich wusste nicht, was schrecklicher war: Joshua so leiden zu sehen oder meine Schwester so leiden zu sehen, weil sie als Reiter namens Krankheit einem Menschen nun Schmerzen angedeihen ließ, die sie in einem ähnlichen Maß früher selber hat erleiden müssen und vor deren ewiger Qual sie sich selbst so fürchtete. Ich musste sie aufhalten, um Joshuas willen, aber auch um ihrer selbst willen. Ich trat zwischen die Reiter und Joshua, der sich kaum noch aufrecht hielt und Schmerzensschreie nur mit letzter Willenskraft unterdrücken konnte.

«Wenn ihr Jesus wollt», sagte ich zu den Reitern, «dann müsst ihr erst mich töten.»

Ich hatte die kleine Hoffnung, dass Sven und Kata noch so viele Gefühle für mich empfanden, dass sie von uns abließen. Joshua machte eine schwache Handbewegung – sprechen konnte er nicht mehr, sein innerer Kampf war zu fürchterlich –, aber die Geste war klar: Ich sollte fliehen. Er wollte nicht, dass ich mich für ihn opferte. Ich aber blieb stehen.

Kata führte ihr Ross wieder ein paar Schritte nach hinten,

sie wollte mich nicht mit fürchterlichen Krankheiten strafen, ihre Liebe zu mir war in diesem einen Augenblick stärker als ihre Angst.

«Kämpfe!», forderte Satan sie auf.

Sie schüttelte nur den Kopf. So viel Macht hatte er dann doch nicht über sie. Denn ihre Liebe zu mir war stärker als die Angst. Auf ihre Art hatte sie so Satan doch noch ausgetrickst.

Das schmeckte dem nun gar nicht. Er deutete mit seinem Ringelschwanz auf Sven. Der konnte sich nicht der Macht Satans widersetzen, wollte es auch gar nicht, sein innerer Hass hatte ihn längst zerfressen. «Okay», sagte er zu mir, «dich zu töten passt mir ganz gut in den Kram.»

Als sie das hörte, begann Kata am ganzen Leib zu zittern. Auch Joshua litt, aber er war machtlos, kämpfte er dank der Reiter doch mit den inneren Dämonen, die in einem jeden Menschen wohnen. Und der Reiter, der so aussah wie ich, lächelte nun kalt. Ich wusste, dass ich nun sterben würde. Angst hatte ich keine. Nur Wut. Auf Gott. Weil Kata litt. Und Joshua. Und sie beide noch mehr leiden würden, wenn ich gleich starb.

Deswegen rief ich zornig in den Himmel: «Eloi, Eloi frika sabati!»

Und ich bekam auch eine Antwort: *«DAS BEDEUTET: MEIN GOTT, MEIN GOTT, MEINE FRIKADELLE IST UNFRUCHTBAR.»*

Um mich herum fror auf einmal die ganze Szenerie ein, als hätte jemand auf Standbild geschaltet. Niemand bewegte sich mehr, alle wirkten wie Statuen. Der teuflische Schweifträger blickte zornig drein, Jesus stand da in schmerzgekrümmter Haltung, das Feuer, das aus den Nüstern der Pferde züngelte, hing eingefroren in der Luft, und auch Kata zitterte nicht mehr. Keiner machte einen Mucks, niemand schrie mehr vor Schmerz, Gier oder Aggression. Plötzlich war alles friedlich.

Ganz still.

Das Einzige, was man hören konnte, waren die zischelnden Flammen des brennenden Dornbuschs, der aus dem Nichts neben mir erschien.

«Eloi, eloi, dharma, sabalili!», schleuderte ich ihm anklagend entgegen und hoffte, diesmal die richtigen Worte gefunden zu haben.

«UND DAS BEDEUTET: MEIN GOTT, MEIN GOTT, MEIN DARM LEISTET SCHWERST-ARBEIT.»

«Du weißt genau, was ich meine!», schimpfte ich und hätte ihm am liebsten volle Kanne Schaumlöscher in die Blätter gespritzt.

«VERZEIH», antwortete der Busch und verwandelte sich gleich darauf in Emma Thompson, die diesmal jedoch kein Kleid aus dem achtzehnten Jahrhundert trug, sondern einfach nur Sachen von H&M – Gott schien nicht so der Typ Frau zu sein, der auf teure Markenklamotten stand.

«Ich habe dich nicht verlassen. Ich verlasse keinen einzigen Menschen», erwiderte Emma/Gott.

«Sieht man ja an deinem Sohn», gab ich vor Wut bebend zurück.

Emma/Gott blickte mitfühlend, ja sogar mitleidend auf Joshua, der mit schmerzverzerrtem Gesicht wie festgefroren dastand. Dann sagte sie: «Mein Sohn will kein Jüngstes Gericht.»

«Wenn du mir die Schuld daran geben willst, dass ich ihn dazu gebracht habe, dann bitte, nur zu! Ich bin sogar stolz drauf!»

«Die Schuld? Nun, du bist dafür verantwortlich», befand Emma/Gott in ruhigem Tonfall.

«Dann wirf mich doch in deinen beknackten Feuersee!», schleuderte ich ihr entgegen, ich hatte nun keine Angst mehr, nicht vor Satan, nicht vor Gott, vor niemandem!

«Ich soll dich verbrennen?», fragte Emma/Gott.

«Du kannst mich auch gerne zur Salzsäule erstarren lassen, ist ja auch etwas, was dir Spaß macht», schimpfte ich.

«Warum sollte ich das tun?»

Die Frage verwunderte mich und nahm etwas Dampf aus mir raus: «Weil … weil ich alles durcheinandergebracht habe …»

«Das hast du.»

«Aber?»

«Du hast es aus Liebe getan.»

Ihr wunderbares, gütiges Lächeln ließ meine Wut gänzlich verfliegen.

«Ja, das habe ich …», bestätigte ich.

Das Lächeln wurde noch gütiger, noch wundervoller, und dann sagte Emma/Gott zu mir: «Wie könnte ich dich dafür bestrafen? Es gibt nichts, was mich stolzer machen könnte.»

Ich stand völlig verdattert da. Emma/Gott blickte sich um, und wo sie hinsah, heilte die Welt. Die eingefrorenen Menschen hörten auf zu bluten, Flammen und Rauch verzogen sich, und die abgebrannten Häuser standen auf einmal wieder da wie neu, ebenso wie der Notarztwagen und der Laternenpfahl, gegen den er gefahren war, selbst der Notarzt sah nun wieder aus wie ein ganz normaler Mensch. Emma/Gott blickte zu Satan und den flammenden Rossen, und die lösten sich in Luft auf. Ebenso wie der Tod, dessen Verschwinden mich jetzt doch sehr erleichterte. Kata, Sven und der Turnschuhpfarrer saßen nun zivilisiert an einem Eiscafé-Tisch, und die Fußgängerzone sah wieder ganz so aus wie eine stinknormale Fußgängerzone, wenn man mal davon absah, dass alle Menschen noch wie festgefroren wirkten und einer von ihnen Joshua war. Emma/Gott streichelte mit ihrer Hand über sein Haar, und dann war auch er verschwunden.

«Werde ich ihn nochmal wiedersehen?», fragte ich ängstlich.

«Das hängt von ihm ab», antwortete Emma/Gott, und ich spürte, dass auch sie nun verschwinden wollte.

«Ich hab da noch eine Frage.»

«Frage.»

«Warum Tumore?»

«Oder die Monatsregel?», lächelte Emma/Gott.

Ich nickte.

«Ohne Geburt und Tod gibt es kein Leben.»

Ich sagte noch: «Ja schon, aber kann man das nicht etwas netter gestalten …?», doch da war sie schon verschwunden.

Im nächsten Augenblick tobte wieder das Leben in der Fußgängerzone, so als sei nie etwas geschehen: Die Menschen
marodierten nicht mehr durch die Straßen, sondern shopp-
ten, ohne dabei die Fensterscheiben einzuschlagen. Alle
schienen das Geschehene komplett vergessen zu haben. Fast
alle. Die ehemaligen menschlichen apokalyptischen Reiter
sahen mich schuldbewusst und voller Scham an. Sven und
der Pfarrer waren mir völlig egal, aber nicht ...

«Kata ...»

Ich ging auf sie zu, doch sie stand auf und rannte davon,
konnte es nicht ertragen, mich zu sehen. Ich wollte ihr hin-
terherlaufen, aber Gabriel, der zu mir getreten war, hielt
mich davon ab: «Gib deiner Schwester Zeit. Sie wird etwas
brauchen, das zu verarbeiten.»

Ich nickte, der Engel a.D. hatte recht. Auch er erinnerte
sich an das Geschehene und stellte die Theorie auf, dass alle,
die mit dem Übernatürlichen in Berührung gekommen waren, es nie vergessen würden.

«Aber ... warum hat Gott das Jüngste Gericht abgebla-
sen?», fragte ich ihn.

«Dafür gibt es nur zwei Erklärungen», antwortete Gabriel.
«Entweder all dies war von Gott von langer Hand als Prüfung
geplant, so wie bei Abraham oder Hiob ...»

«Abraham und Hiob?», fragte ich.

«Abraham musste letztendlich doch nicht seinen Sohn
opfern, obwohl er dachte, es wäre Gottes Wille. Es war dann
aber nur eine Prüfung. Und Hiob, der alles Leid ertrug, das
Gott ihm aufbürdete, wurde ebenfalls vom Allmächtigen auf
die Probe gestellt. Am Ende wurde er von seiner Krankheit
erlöst und durfte erneut eine Familie haben.»

«Mir fehlt ein bisschen der Zusammenhang», sagte ich
verwirrt.

«Vielleicht», so Gabriel, «waren das Jüngste Gericht und dessen Prophezeiung in der Offenbarung des Johannes nur eine Schimäre, niemals ernst gemeint, sondern nur um herauszufinden, welches Potenzial die Menschheit hat. Und die auserkorene Person für diese Prüfung war diesmal kein Abraham, kein Hiob, sondern du, Marie.»

Ich verstand immer noch nicht ganz.

«Deine Liebe hat Gott von den Menschen überzeugt.»

Ich atmete tief durch, und Gabriel musste nun grinsen: «Du, eine Gestalt wie in der Bibel … wer hätte das gedacht?»

Seine Theorie, dass alles – das Jüngste Gericht, mein Treffen mit Joshua, die Teestunde mit Gott – nur ein Test für die Menschheit mit mir als exemplarischer Vertreterin war, bereitete mir ein schwer mulmiges Gefühl, daher fragte ich: «Und … was ist die andere mögliche Erklärung?»

«Du hattest verdammtes Glück.»

Das Glück, wenn es denn eins war, konnte ich allerdings nicht empfinden, denn Joshua war nicht bei mir – würde ich ihn überhaupt nochmal wiedersehen? Ich verabschiedete mich von Gabriel und ging zu dem Stammplatz am See, ohne wirklich Hoffnung zu haben. Doch dann passierte das Unglaubliche: Joshua saß auf dem Steg und blickte auf das Wasser, das friedlich von der Sonne beschienen wurde. Ich war unendlich glücklich, ihn zu sehen, setzte mich neben ihn und ließ wieder meine Füße neben den seinen über dem Wasser baumeln. Nach einer Weile des gemeinsamen Schweigens erklärte er: «Ich habe mit Gott gesprochen.»

Ich hätte jetzt fragen können, ob Gabriels Theorie denn stimmte und ich tatsächlich ein quasibiblischer Crashtest-Dummy war, aber mir war etwas anderes viel, viel wichtiger: «Erlaubt er uns beiden …», begann ich, hörte dann aber auf zu reden, weil ich zu viel Angst vor seiner Antwort hatte. Am liebsten hätte ich Joshua vorgeschlagen, zu schweigen und mit mir die nächsten Jahrhunderte einfach so auf dem Steg sitzen zu bleiben.

«Er überlässt unsere Zukunft unserem freien Willen», erklärte Joshua.

«Du … du … du … ich?», fragte ich nun stammelnd.

«Ja, du und ich, wenn wir es denn wollen.»

«Du … du … du … ?», fragte ich nun Joshua nach seinem freien Willen.

«Ja.»

Es war einfach unfassbar.

Er griff nach meiner Hand; just als seine Finger die meinen berührten, erklärte er: «Ich werde wie Gabriel sterblich.»

«Sterblich?», fragte ich irritiert.

«Ich werde als Mensch wieder auf die Erde kommen und ein Leben führen bis zum irdischen Tod.»

Er wollte für mich tatsächlich alles aufgeben, sogar seine Unsterblichkeit. Das war schwer romantisch. Das Großartigste, was je ein Mann für mich tun wollte.

Aber mir gefiel es dennoch nicht.

«Ähem, muss das denn mit dem Sterben sein …?», wollte ich wissen und nahm meine Hand fort.

«Ja, nur so kann ich auch altern», erklärte Joshua, «stell dir vor, du bist siebenundneunzig, und ich bin immer noch so alt wie jetzt …»

«Dann hätte ich einen jungen Mann, was ist daran verkehrt?», unterbrach ich hastig.

«Aber nur so können wir ein normales Leben führen, Kinder kriegen und eine Familie gründen.»

«Eine Familie …», seufzte ich sehnsüchtig.

«Und ich werde sie ernähren als Zimmermann.»

Ich wusste nicht, ob das Gehalt eines Zimmermanns reichen würde für eine Familie, das hing sicherlich auch von der Entwicklung der Baukonjunktur ab, aber ich konnte ja auch noch arbeiten. Und wenn es doch sein freier Wille war, sterblich zu werden, wer war dann ich, ihm das zu verwehren?

In diesem Augenblick traf mich eine Kastanie am Kopf. Sie kam aus Richtung See, genauer gesagt, von einem Tretboot, in dem Swetlanas kleine Tochter und ihre Freundin fuhren. Die Mädchen hatten nun beide Lipgloss auf den Lippen, lachten sich scheckig, und es fiel mir wirklich immer schwerer, sie niedlich zu finden. Joshua aber lächelte ihnen zu, und ich erinnerte mich wieder an das Inferno, wie er den Kleinen geholfen hatte und wie ich dabei darauf gekommen war, was Maria Magdalena einst zu ihm gesagt haben musste.

Tief betrübt blickte ich Joshua daraufhin an.

«Was ist mit dir?», fragte Joshua, und das erste Mal meinte ich, in seiner sonst so starken Stimme so etwas wie Furcht zu hören.

Leise flüsterte ich: «Unser freier Wille muss sich gegen uns entscheiden.»

«Jetzt … redest du sogar noch wirrer als der Besessene von Gadara», sagte Joshua und zitterte leicht dabei. Es war furchtbar, ihn zittern zu sehen.

«Was hat Maria Magdalena dir gesagt, warum ihr eure Liebe nicht leben dürft?», fragte ich.

Er schwieg eine Weile, hörte auf zu zittern und antwortete schließlich mit wehmütiger Stimme: «Weil meine Liebe allen gehören muss.»

«Und deswegen darfst du nie sterben», flüsterte ich kaum hörbar, «und auch nicht bei mir bleiben.»

Darauf antwortete er nicht mehr. Denn ich hatte recht. Beziehungsweise Maria Magdalena hatte recht gehabt.

Es ist nie schön, wenn man merkt, dass die Ex klüger war als man selber.

Joshua kämpfte nun nicht mehr um eine gemeinsame Zukunft mit Tischlerjob. Sein freier Wille folgte seiner Bestimmung. Und entschied sich gegen uns.

Und mein freier Wille schloss sich dem seinen an.

Manchmal bereitet es einem keine Freude, wenn man sich einig ist.

Wir saßen stumm da und blickten ein letztes Mal gemeinsam über den See. Ich kämpfte mit den Tränen, die reichlich fließen wollten. Gegen die meisten gewann ich, aber eine freche, nervige, völlig beknackte Träne verließ mein Auge und kullerte doch herunter.

Joshua berührte mit seiner Hand meine Wange und küsste mir sanft und zärtlich die Träne weg.

Ich hörte auf zu weinen.

Mit dem Kuss hatte er all meine Trauer genommen. Wie der kleinen Lilliana die Epilepsie.

Jesus streichelte mir noch einmal über die Wange und sagte: «Ich liebe dich.»

Dann löste er sich in der sommerlichen Luft auf.

Und ich blieb allein zurück auf dem Steg.

So wundervoll hatte mich noch nie ein Mann sitzenlassen.

56

Unterdessen

Emma Thompson und George Clooney saßen auf der Bank am See und fütterten die Enten. Jedes Mal, wenn eine von ihnen ein vergiftetes Brotstück von Clooney aß, erweckte Emma das Tier wieder zum Leben, was Clooney sehr frustrierte. Noch mehr ärgerte es ihn aber, dass er ganz offensichtlich auch nur eine Variable in Gottes Versuchsanordnung gewesen war.

«Also», fragte Clooney schließlich, als er merkte, dass er selbst beim Kampf um die Enten den Kürzeren zog, «das Jüngste Gericht wird es nicht mehr geben?»

«Die Menschheit ist erwachsen geworden», antwortete Emma.

«Aber bei weitem noch nicht perfekt.»

«Das ist doch kein Erwachsener», schmunzelte Emma.

Clooney konnte nicht mit schmunzeln, seine ganze Existenz lang hatte er auf die Endschlacht hin gefiebert, und nun war auf einmal seine Daseinsberechtigung verflogen. So mussten sich all jene Arbeitslosen fühlen, die bereit waren, für einen neuen Lebensinhalt ihre Seele zu verkaufen.

«Du bekommst das, was du dir am sehnlichsten gewünscht hast», munterte Emma ihn auf.

«Einen freien Willen?» Satan mochte es kaum wagen, dies zu hoffen.

«Ja, du kannst jetzt auf die einsame Südseeinsel reisen, wie du es immer wolltest.»

Clooney lächelte voller Erleichterung. Er könnte nun allein leben und müsste sich nicht mehr um diese nervenden Sünder kümmern. Gott hatte ihm soeben ein eigenes persönliches Himmelreich geschenkt.

«Darf ich …?», begann er.

«Nein, die Zeichnerin darfst du nicht mitnehmen.»

Clooney biss sich kurz auf die Lippe, dann zuckte er mit den Schultern, sagte: «Man kann nicht alles haben», und machte sich davon, ohne sich zu bedanken. Er würde mit dem Learjet des kalifornischen Gouverneurs in die Südsee fliegen.

Während Satan verschwand, schritt Jesus den Uferweg entlang und setzte sich zu Emma Thompson auf die Bank.

«Und du, mein Sohn, kommst du wieder zu mir in den Himmel?»

«Nein», antwortete Joshua bestimmt.

«Du bleibst bei Marie?» Emma war erstaunt, aber nicht ungehalten, Jesus durfte mit seinem freien Willen anstellen, was er wollte.

«Auch das werde ich nicht. Aber dank ihr weiß ich, was ich nun zu tun habe.»

«Und was wird das sein?» Emma war jetzt doch recht neugierig.

«Ich werde die Welt bereisen.»

«Und du wirst Marie nie mehr wiedersehen?»

«Doch, das werde ich», antwortete Jesus mit Wehmut in der Stimme, «ich werde immer mal wieder hierher zurückkehren, ohne dass sie davon erfährt, und nachschauen, ob es ihr gutgeht … und ihren Kindern … und ihren Enkeln.»

«Und auch den Urenkeln?» Emma musste lächeln.

«Und deren Kindern», lächelte Jesus zurück.

57

Ich saß noch eine ganze Weile auf dem Steg und starrte auf das Wasser, voller innerer Ruhe. Ich fühlte keinerlei Herzschmerz. Joshua hatte wirklich mit seinem liebevollen Kuss dafür gesorgt, dass ich nicht leiden musste und dass ich frei sein würde, mich in diesem Leben nochmal in jemand anders verlieben zu können. Erst als die Sonne langsam unterging, rappelte ich mich auf und ging heim. Auf halbem Weg nach Hause schob sich das profane, aber dringende «Ich muss mal Pipi»-Gefühl endgültig in den Vordergrund. Da ich Büschen ja nun recht ambivalent gegenüberstand, ging ich zu Michis Videothek, die am nächsten lag. Er wollte natürlich wissen, was passiert war, und ich erklärte ihm, durch die Toilettentür hindurch, dass nächste Woche Dienstag nicht mehr Stichtag für die Welt war.

«Das ist ja phantastisch!», jubelte Michi erleichtert.

Doch zwischen uns stand immer noch, dass er in mich verliebt war. Daher fragte ich, nachdem ich mir die Hände gewaschen hatte und zu ihm an die Theke trat, vorsichtig: «Was wird denn Franko Potente mit der neu gewonnenen Zeit anstellen?»

«Der gute alte Franko», antwortete Michi, «hat begriffen, dass das Leben jederzeit zu Ende sein kann.»

«Und?»

«Daher will er nicht mehr einer Liebe hinterhertrauern, die er niemals bekommen wird, und sich im Internet bei jeder nur möglichen Partnerbörse anmelden. Außer vielleicht bei sadomaso.de.»

«Franko ist ein ziemlich schlauer Kerl», stellte ich fest.

«Ich hab nie etwas anderes behauptet», antwortete Michi

grinsend. Und ich war einfach nur froh, dass wir unsere platonische Freundschaft weiterleben konnten.

Als ich nach Hause kam, saß Kata im Garten unter einem schönen, schattigen Baum und zeichnete in den letzten hellen Minuten des Tages. Ich setzte mich dazu, und sie sagte traurig: «Ich bin keine Heldin.»

«Für mich schon», antwortete ich.

«Ich bin ihm gefolgt.»

«Nicht den ganzen Weg …»

«Ich hätte ihm ganz widerstehen müssen … aber ich bin allein nicht so stark, wie ich immer dachte, sonst hätte ich es vielleicht geschafft …»

Kata wirkte nun ganz zerbrechlich.

«… aber ich will nicht mehr allein sein, ich brauche jemanden …»

Meine Schwester brauchte mich. So wie ich sie.

«Bleibst du noch hier in Malente?», wollte ich wissen.

«Warum fragst du?»

«Es ist besser, wenn ich noch bei dir bleibe, bis es dir wieder gutgeht», erklärte ich.

«Die ganzen hundert Jahre?», fragte sie traurig.

«Solange es nötig ist», grinste ich nun.

Dann umarmte sie mich.

«Du erdrückst mich», stöhnte ich auf, und sie erwiderte: «Das will ich ja auch!»

Daraufhin drückte ich zurück. Nach all dem Wahnsinn war es schön, in ihren Armen wieder so etwas wie Frieden zu spüren.

«Scotty?»

«Ja, Captain?»

«Ich liebe unseren Ökohof.»

«Ich auch, Captain, ich auch.»

Als Kata und ich irgendwann mit Drücken fertig waren, zeigte sie mir ihren Block mit dem neuesten Strip.

«Da steht unten ‹The End› drauf», stellte ich überrascht fest.

«Das ist ja auch der letzte Strip, den ich für meine Reihe ‹Sisters› zeichne», erklärte Kata.

«Der letzte?»

«Ich bin eine andere geworden», lächelte sie. «Und du auch.»

Kata hatte recht. Ich hatte mich mit meinen Eltern versöhnt und sogar den Mut gefunden, Gott zu widersprechen und mich Satan zu stellen. Ich hatte entdeckt, was alles in mir steckt.

Ich war kein M.o.n.s.t.e.r. mehr.

Alles nur, weil ich mich verliebt hatte.

Besonderen Dank an Ulrike Beck, die immer an das Projekt geglaubt hat, Marcus Gärtner, Marcus Hertneck und Michael Töteberg, den besten Agenten dieses und jedes anderen Universums.

David Safier

Mieses
Karma

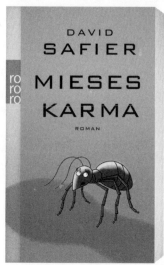

rororo 978-3-499-24455-1

Wiedergeburt gefällig?

Nichts hat sich Moderatorin Kim Lange mehr gewünscht als den
Deutschen Fernsehpreis. Nun hält sie ihn triumphierend in den
Händen. Schade eigentlich, dass sie noch am selben Abend von
den Trümmern einer russischen Raumstation erschlagen wird.

Im Jenseits erfährt Kim, dass sie in ihrem Leben sehr viel mieses
Karma gesammelt hat. Die Rechnung folgt prompt. Kim findet
sich in einem Erdloch wieder, mit sechs Beinen und einem wirklich dicken Po: Sie ist eine Ameise! Aber Kim hat wenig Lust,
fortan Kuchenkrümel durch die Gegend zu schleppen. Außerdem
kann sie nicht zulassen, dass ihr Mann sich mit einer Neuen trös-
tet. Was tun? Es gibt nur einen Ausweg: Gutes Karma muss her!